gialli tea

Dello stesso autore in edizione TEA:

I casi di Petri e Miceli
Un mattino d'ottobre
Commissario domani ucciderò Labruna
Lo specchio del barbiere
La morte al cancello
Pesca con la mosca
Il ferro da stiro
Chiuso per lutto
Troppo tardi per la verità
La scomparsa di De Paoli
Fiori per un vagabondo
La chiave rubata e altre storie

Le indagini del commissario Lucchesi
Piazza San Sepolcro
Il filosofo di via del Bollo
Sezione Omicidi
Contro ogni evidenza
Omicidio senza colpa
Tiro al bersaglio
Il singhiozzo del violino

Altri romanzi
Il merlo

Gianni Simoni

Troppo tardi per la verità

Romanzo

TEA

Per informazioni sulle novità
del Gruppo editoriale Mauri Spagnol visita:
www.illibraio.it

TEA - Tascabili degli Editori Associati S.r.l., Milano
Gruppo editoriale Mauri Spagnol

www.tealibri.it

Prima edizione Narrativa TEA settembre 2014
Prima ristampa Narrativa TEA ottobre 2014
Prima edizione Mystery TEA gennaio 2017
Prima edizione Gialli TEA gennaio 2024

TROPPO TARDI PER LA VERITÀ

Non c'è verità che non abbia le sue contraddizioni;
solo le matematiche, che però sono prive di contenuto.
Giuseppe Prezzolini

Nota dell'autore

Le vicende raccontate in questo romanzo sono frutto della fantasia dell'autore, e anche alcuni luoghi sono immaginari. Altri no, poiché, come spesso accade, dai ricordi emergono luoghi, ma anche personaggi, realmente esistiti o esistenti. Niente di più di uno spunto narrativo, tuttavia, e ogni coincidenza con situazioni e persone reali è puramente casuale.

Capitolo 1

Ventotto aprile, dieci minuti a mezzanotte. L'asfalto lucido che rifletteva la luce dei lampioni stradali e quella dei fari delle automobili, poche a quell'ora. Un piovasco improvviso, durato poco più di mezz'ora, ma sufficiente a inondare i margini della strada, là dove i tombini non erano stati ripuliti dal fogliame che li aveva intasati. La macchina scura era partita dal semaforo un centinaio di metri prima. L'uomo era sceso dal marciapiedi, muovendo un passo incerto. Pareva barcollare. L'impatto col veicolo fu devastante. Il corpo che veniva caricato sul cofano e poi proiettato in avanti, ricadendo a faccia in giù, con un tonfo sordo, mentre la macchina, dopo una brusca sterzata, si allontanava, aumentando la velocità e scomparendo a destra, in direzione del tunnel che portava all'autostrada.

La telefonata arrivò alla Stradale trenta secondi dopo.

Una voce maschile, affannosa: «Un investimento... temo mortale... in via Fratelli Ugoni. L'automobilista è fuggito. Il corpo sta in mezzo alla strada...»

«Chi parla?» chiese il centralinista.

«Mi chiamo Cancelli, Luigi Cancelli...»

«Resti lì. Arrivano subito un'auto di pattuglia e un'ambulanza.»

Aveva ripreso a piovigginare, gocce trasportate dal vento.

Un'altra macchina. Chi era alla guida vide all'ultimo

momento il fagotto scuro sull'asfalto. Cercò invano di evitarlo. Passandogli sugli arti inferiori, il mezzo fece un piccolo sobbalzo e si fermò una decina di metri più in là. Ne scese una donna con un impermeabile e stivali senza tacco, un medico, che aveva staccato alle undici e trenta dal Pronto soccorso del Civile e stava tornando a casa. Nel cruscotto aveva una torcia. La prese, l'accese e tornò sui suoi passi, tenendola alta e agitandola davanti a sé. Si avvicinò al corpo, messo di traverso, e gli posò una mano sul collo.

Nessun segno di vita.

La dottoressa Laura Sommaruga si rialzò e restò lì, continuando ad agitare la torcia. Non voleva che qualche altra automobile travolgesse il malcapitato, come era accaduto a lei.

Tra le nuvole nere che si rincorrevano, a tratti occhieggiava l'ultimo quarto di luna.

L'ululato delle sirene che si avvicinavano. L'auto della Stradale, seguita a poca distanza da un'ambulanza. Rallentarono vedendo la luce della torcia che oscillava. Una frenata e accostarono sulla destra.

Due agenti si avvicinarono alla donna con la torcia.

«È lei che ci ha chiamati?»

«No. Io sono sopraggiunta dopo, credo poco dopo l'investimento. Ho visto una massa scura sull'asfalto e ho cercato di evitarla, ma non ci sono riuscita. Credo di essergli passata sulle gambe, ma...»

«Intanto, non si muova», la interruppe in tono secco il primo agente e, preso dal bagagliaio un cavalletto con la parte superiore costellata da grossi catarifrangenti e due frecce rosse alle estremità, lo pose di traverso, qualche metro prima del corpo disteso sulla strada.

Il secondo agente si curò di deviare le rare automobili che sopraggiungevano, facendole rallentare e spostare sul lato sinistro della carreggiata. Impugnava una paletta luminosa e con gesti nervosi evitava che si fermassero.

Nel frattempo si avvicinarono due infermieri con una lettiga montata su un supporto metallico che scorreva silenziosamente su grandi ruote di gomma. Erano seguiti da un paramedico che si accostò al corpo e, a sua volta, gli tastò il collo, reclinato in un angolo grottesco, e poi il polso. Dopo averlo girato in posizione supina, iniziò a fargli il massaggio cardiaco.

«Credo sia inutile», mormorò la donna che non si era più mossa e teneva ancora la torcia in mano.

Il paramedico interruppe le manovre e alzò lo sguardo.

«Sono un medico», proseguì la donna. «A mio parere non c'è più nulla da fare.»

Il paramedico non rispose.

Dalla macchina della Polizia era sceso un terzo agente, munito di metro snodabile e di macchina fotografica. Si avvicinò al corpo e iniziò a far scattare il flash. Il paramedico aveva ancora un ginocchio posato per terra.

«Si sposti, per favore», disse l'agente, continuando a scattare fotografie.

«Ho cercato di fargli un massaggio cardiaco, ma è morto.»

«Il corpo era in questa posizione?» chiese l'agente.

«L'ho girato sulla schiena per cercare di rianimarlo. Prima era bocconi.»

«Per accertarsi se c'erano ancora segni di vita non occorreva girarlo. Non lo doveva girare. Lo rimetta nell'esatta posizione in cui l'ha trovato.»

Il paramedico eseguì, senza ribattere. Era mortificato.

Altri flash. L'agente gli mise in mano il metro snodabile. «Lo tenga fermo, in questa posizione. Questo almeno lo sa fare?»

«È questo il punto d'impatto», gridò il collega. «Ci sono frammenti di vetro a terra, forse di un fanale o del parabrezza. Misura la distanza e scatta un paio di foto prima che li raccolga. Potrebbero esserci utili per individuare la macchina fuggita dopo l'incidente.»

«Proprio lì, forse un paio di metri prima.» A parlare era stato un tizio fermo sul bordo della strada, al limitare dei giardini. Accanto a lui una donna. La zona era in penombra, anche per i platani che si susseguivano a poca distanza l'uno dall'altro vicino al ciglio stradale, appena al di qua della striscia asfaltata che li divideva dalle aiuole dei giardini.

«Lei ha assistito all'incidente?» gli chiese l'agente avvicinandoglisi.

«Sì, abbiamo sentito il botto. L'uomo era fermo sul bordo del marciapiede poco avanti a noi e a un tratto ha attraversato, finendo contro la macchina che sopraggiungeva. Sono stato io a telefonarvi.»

«Le sue generalità, per favore.»

«Cancelli, Luigi Cancelli. E questa è mia moglie, Rita Somaschi. Vi avevo già detto il mio nome al telefono.»

«L'avrà segnato il centralinista. Per favore, indirizzo e numero di telefono.»

«Corso Palestro, 39. Telefono fisso o cellulare?»

«Entrambi», rispose l'agente, annotando tutti i dati su un taccuino. «Com'è che vi trovavate a passare di qui a quest'ora?»

Salvatore Armiento, il sovrintendente Armiento, era un palermitano che, entrato nella Polizia di Stato, era approdato alla Stradale per caso, ma, nonostante facesse quel lavoro da soli tre anni, era arcistufo di doversi occupare soltanto di morti o feriti da incidenti stradali. Aveva sempre avuto il pallino delle indagini e le sue ambizioni erano ben altre, perciò non c'era incidente che non cercasse di sviscerare a fondo, convinto che spesso le cose potevano essere diverse da come apparivano.

«Eravamo appena usciti dal cinema, il multisala Freccia Rossa, e stavamo avviandoci a casa», rispose Luigi Cancelli. «Sono un ingegnere», aggiunse.

«Questo particolare non mi interessa. Piuttosto, che film avete visto?»

«*Io sono Li*, ma che c'entra?»

Armiento non rispose e annotò sul taccuino anche il titolo del film. Sarebbe stato lui, in qualità di capo pattuglia, a stendere la relazione di servizio, e le sue relazioni erano sempre di un'incredibile completezza, fitte di particolari e di circostanze che qualche volta con l'incidente parevano aver poco a che fare. Tuttavia, nessuno ormai ci scherzava più, perché, al di là di quelle che sarebbero potute sembrare piccole bizzarrie, il suo lavoro lo sapeva fare meglio di chiunque altro.

«Adesso è tardi e vi lascio andare a casa. Domattina, però, alle nove, vi voglio alla nostra caserma in via Monte Grappa, per una deposizione formale.»

«Ma... a parte che, domattina alle nove, ho un impegno...» fece per ribattere l'ingegner Cancelli.

«Se preferite, potete venire subito.»

«Luigi, ti prego, i tuoi impegni di domani li potrai anche spostare. Adesso sono stanca, sono troppo stanca...» mormorò la donna al suo fianco.

Non aveva ancora aperto bocca, e il sovrintendente Armiento si trovò a fissare una bella bruna sulla quarantina, con un impermeabile stretto in vita che non riusciva a nasconderne la figura, decisamente accattivante.

Armiento la guardò con un brillio negli occhi scuri. Aveva venticinque anni ed era cocciuto come un mulo, ma per le donne, da buon siciliano, aveva sempre avuto un debole, nonostante l'innata timidezza. «Allora?» sollecitò il marito.

«D'accordo. Domani alle nove, ma non credo che debba venire anche mia moglie...»

«Sì», lo bloccò Armiento, «tutti e due.» Si diresse, quindi, verso i colleghi che stazionavano ancora intorno al fagotto scuro che giaceva sull'asfalto. «Finito con le foto e le misurazioni? Bene, il corpo all'obitorio, e lei, signora...»

«Sommaruga, Laura Sommaruga per l'esattezza, dottoressa in medicina interna presso l'ospedale Civile.»

«Lei, dottoressa Sommaruga, per sua stessa ammissione ha arrotato il corpo.»

«Sì, ma come dicevo...»

«Il resto è tutto da accertare. La sua auto è sotto sequestro. La portiamo via noi.»

«E a casa come ci torno a quest'ora? Abito a San Polo.»

«La riaccompagneremo noi. Ma per il momento viene in via Monte Grappa per le sue dichiarazioni. Voi», continuò rivolto agli infermieri che stavano finendo di caricare il corpo sull'ambulanza, «fate mettere da parte tutti gli indumenti indossati dalla vittima, poi li manderemo a ritirare. I documenti del morto li hai presi tu, Padoan?» chiese al collega.

«Nessun documento. Non aveva portafogli, né nelle tasche dei pantaloni, né in quelle della giacca. Soltanto alcune carte in una tasca dell'impermeabile, insieme a qualche banconota e un po' di spiccioli e un mazzo di chiavi. Ho messo tutto in questa busta.»

«E va bene... Non sappiamo neppure chi sia questo povero cristo. Tu», disse rivolto al terzo agente, «rimetti l'attrezzatura nel bagagliaio, e lei, dottoressa, salga sul sedile posteriore della sua vettura, mentre Padoan si mette alla guida. Un'ora al massimo e sarà a casa.»

A quell'ora gli uffici della Polizia stradale erano semideserti.

Altre due pattuglie erano uscite, per altrettanti incidenti. In una stanza sonnecchiava un ispettore, ormai anziano e del tutto demotivato. Stava su un piccolo divano. Si era tolto le scarpe e aveva allentato la cinghia dei pantaloni. A un tavolo, poco discosto, due giovani agenti giocavano a dama, muovendo le pedine in silenzio, per non disturbarlo. Anche loro sonnacchiosi.

Soltanto il centralinista era ben sveglio, ma era quasi certo che nelle successive due ore le chiamate sarebbero state molto rare, per poi infittirsi verso le tre, le quattro del mattino, alla chiusura delle discoteche, che avrebbero vomitato in strada ragazze e ragazzi ebbri di birra, di fumo e di quelle mille luci roteanti che, da sole, erano in grado di mandarli fuori di testa.

L'una e quaranta quando, nel cortile, fece il suo ingresso la pattuglia di Armiento.

Scesero tutti, compresa la dottoressa Sommaruga, stanchissima dopo il turno al Pronto soccorso e quell'imprevista appendice che l'aveva tenuta inchiodata in mezzo alla strada per quasi un'ora. Stanca e agitata, perché sopra quel corpo, che non aveva potuto evitare, c'era passata anche lei, pur essendo quasi certa di aver colpito soltanto gli arti inferiori. Tuttavia, si sentiva inquieta, perché l'altra auto si era dileguata nella notte. L'uomo si trovava già a terra, immobile, quando era sopraggiunta lei, ma niente poteva escludere che avesse in qualche misura contribuito alla sua morte. Non le restava che sperare nel lavoro del medico legale che avrebbe eseguito l'autopsia, sempre che si trattasse di un collega che sapeva e voleva fare il suo lavoro per bene.

All'istituto di medicina legale non conosceva nessuno. Si era laureata a Pavia, veniva dalla provincia e lavorava a Brescia da un anno solo, condividendo con una collega meno giovane di lei, che non aveva ancora trent'anni, un bilocale in una villetta a schiera nel quartiere di San Polo, nella zona sud della città.

Adesso sedeva su una panca, fuori dell'ufficio in cui erano entrati i tre agenti che l'avevano caricata in via Ugoni. La porta era socchiusa e sentiva le loro voci: quella sonora, dall'inconfondibile accento siciliano, del capo pattuglia e un'altra con un'inflessione veneta.

«Tu, Padoan, che smonti tra meno di mezz'ora, lasciami subito tutto: le foto che mi scarichi dal computer, le misurazioni, lo schizzo sommario che hai fatto sul luogo dell'incidente, tutto quello che può servirmi per buttar giù una planimetria. Devo fare la nottata, fino a domattina alle dieci. Bellini, tu, che dovresti fermarti fino alle quattro, fai un rilievo degli pneumatici della macchina che abbiamo sequestrato. Intanto, io sentirò quella tizia che ci siamo portati dietro. Poi tu la riporterai a casa, non con la sua macchina, naturalmente. Domani, quando riprenderai servizio, passa dall'obitorio e ritira gli effetti personali del morto. Ci saranno di certo utili. Se hai un momento di tempo, controlla anche i pezzi di vetro raccolti sulla strada. Può darsi che ci aiutino a restringere il campo delle ricerche dell'auto pirata. Già da domani, un giro delle carrozzerie della città, anche se, uno che scappa dopo un investimento, è probabile che tenga la macchina in garage per qualche giorno. Ma non si può mai dire... Adesso potete andare e fate entrare la donna.»

A un cenno di uno dei due agenti Laura Sommaruga si alzò ed entrò nell'ufficio.

Una stanza di piccole dimensioni, i muri di un verdastro stinto, quasi spoglia, a eccezione di un tavolo, alcune sedie e tre classificatori di metallo. Alle pareti una foto incorniciata di Napolitano e due grandi carte geografiche: una che riproduceva tutta la provincia, di colore chiaro, in verticale, con le provincie finitime colorate di scuro; la seconda con la toponomastica della città, grande quanto l'altra, col reticolo di vie punteggiato di pallini rossi e bianchi, le capocchie degli spilli che vi stavano conficcati.

Dall'estremità di una delle due carte sporgeva una piccola bandiera rigida, rosa e nero, sulla quale si fermò lo sguardo della dottoressa Sommaruga, mentre prendeva posto su una sedia.

Armiento seguì il suo sguardo. «Si metta comoda. Vedo che sta guardando quella piccola bandiera...»

«Sì. Sono i colori della Polizia stradale? Il vostro logo?»

«No, non si tratta del nostro logo, che è un centauro; sono i colori della mia squadra del cuore, il Palermo.»

«Ah... Mi era sembrato che lei avesse un accento siciliano. Anche mia madre era di origine siciliana, ma di Catania.»

Armiento fece una smorfia di fastidio e riprese un'aria seria. «Dunque, dottoressa...»

«Sommaruga, Laura Sommaruga.»

«Lei ci ha detto sommariamente quanto è accaduto, mi riferisco alla sua condotta. Adesso, in poche righe, lo verbalizziamo e poi lei ci mette una firma. Non penso che ci sia bisogno di un avvocato... Vedrà che le faremo perdere poco tempo.»

Il sovrintendente Armiento, tutto sommato, aveva un cuore tenero e in effetti un po' di tenerezza gli faceva quella piccola donna seduta di fronte a lui: gli occhi chiari e i capelli biondi che per la pioggia le si erano appiccicati in testa e le mani scosse da un leggero tremore.

«La sua velocità, dottoressa?»

«Solitamente rispetto i limiti stabiliti: in città cinquanta, massimo sessanta all'ora. Non perché io sia una cittadina esemplare. È che sono una guidatrice ancora inesperta. Ho preso la patente da pochi mesi. La Clio che avete portato qui l'ho acquistata di seconda mano da una concessionaria di via Triumplina. Adesso il nome non lo ricordo, ma nel cruscotto della macchina dovrebbe esserci tutto.»

«Bene, lei, di solito, rispetta i limiti di velocità, mi pare di capire. Ma questa sera, quando ha investito il corpo, a che velocità andava?»

«Anche meno di cinquanta, agente. Non posso essere più precisa. Se le sparassi una cifra esatta, capirebbe anche lei che me la sono inventata...»

«Certo, ha ragione. Ma com'è che non ha visto in tempo il corpo sulla strada?»

«Non lo so. Non ero distratta, ma l'ho visto all'ultimo momento. Infatti, sono riuscita a sterzare, ma solo quel tanto che mi ha permesso di passargli, invece che sul torace, sopra una gamba, o su entrambe, anche questo non so dirlo. Poi ho frenato e mi sono fermata in pochi metri, tornando subito indietro con la torcia che avevo nel cruscotto.»

«D'accordo. Le misurazioni le abbiamo fatte, mi riferisco alla distanza tra il corpo e la sua macchina ferma. A occhio e croce penso anch'io che andasse sui cinquanta, forse anche meno. L'unico problema sarà capire se lei ha arrotato un corpo già morto, oppure no, magari colpendolo non soltanto sulle gambe...»

«Penso che un buon medico legale sia in grado di accertarlo.»

«Lo credo anch'io», concluse Armiento, quindi le porse un foglio rigato, scritto con una grafia chiara e rotonda. «Mi scuso se ho scritto a mano. Col computer, che tra l'altro è in un'altra stanza, non ci so molto fare, e la stampante funziona a singhiozzo. Qui ci sono le mie domande e le sue risposte. Lo rilegga e, se non vuole aggiungere altro e ritiene che tutto vada bene, ci metta la firma, accanto alla mia.»

Laura Sommaruga rilesse il verbale senza alcuna difficoltà e lo firmò. «È perfetto, agente, non saprei che altro aggiungere. La ringrazio.»

Armiento arrossì di piacere. «Sono io a dover ringraziare lei. Spero che nella stessa giornata di domani, o forse dopodomani, perché dovremo sentire il parere del medico legale, potrà ritirare la sua Clio. Non appena possibile, la chiamerò io stesso, sul cellulare. Naturalmente, come le dicevo, tutto dipende dagli accertamenti del medico legale, perché, se anche lei avesse concorso a causare la morte di quel tizio, le cose cambierebbero e la sua auto resterebbe sotto sequestro. Questo lo comprende anche lei.»

«Certo. In ogni caso, è meglio se mi manda un messaggio. Quando sono di turno al Pronto soccorso, a tratti tengo il cellulare spento.»

«Allora, d'accordo, un messaggio... E, appena a casa, si asciughi per bene i capelli e magari prenda un'aspirina...»

«Lo avevo già messo in preventivo. Si è scordato che faccio il medico?»

«Per un momento sì. Sembra una ragazzina.»

«Grazie, agente. La saluto.»

Armiento la seguì con lo sguardo. Certo non una bellezza, ma senza dubbio carina, a suo modo.

Capitolo 2

Per prima cosa prese lo schizzo e gli appunti di Padoan e si trasferì in un'altra stanza, nella quale c'era un grande tecnigrafo, indispensabile per fare una planimetria precisa.

Non gli ci volle molto. Segnò il punto in cui avevano trovato la Clio in sosta, quello in cui giaceva il corpo della vittima e, poco più indietro, quello del probabile impatto, dove erano stati raccolti i frammenti di vetro. Poi con un pennarello indicò i punti con un numero e, in calce, scrisse la legenda.

Considerò il lavoro con aria soddisfatta. Era chiaro e completo. Il mattino successivo vi avrebbe allegato le fotografie e la relazione di servizio che, poco dopo, stese senza alcuna difficoltà. Ci avrebbe pensato Bellini a tradurla sul computer, facendone un paio di piccoli fascicoli, uno per uso interno e il secondo da inviare alla Procura.

Gli pareva, però, di aver dimenticato qualcosa... Ci arrivò dopo un momento: il luogo esatto dove stava la coppia che aveva assistito all'incidente. Lo ricordava benissimo: proprio all'altezza del punto in cui avevano raccolto i pezzi di vetro. Per maggior sicurezza fece un confronto con le fotografie: la prima inquadrava l'asfalto, dove i cocci si potevano soltanto indovinare, contrassegnati da un cartello che riportava il numero « 1 »; la seconda era una foto d'insieme e sullo sfondo, accanto al cartello, si vedeva la coppia dei testimoni, sfocata ma perfettamente riconoscibile.

Si erano fatte quasi le tre. Forse avrebbe potuto allungarsi su una poltrona e schiacciare un pisolino.

Si ricordò, però, che Padoan gli aveva lasciato sul tavolo anche una busta contenente tutto quello che era stato trovato nelle tasche della vittima non identificata. Valeva la pena darci un'occhiata, ma prima ci voleva almeno un caffè. Uscì in corridoio e lo prese alla macchina distributrice, molto zuccherato.

Tornò nel suo ufficio, aprì la busta e ne rovesciò il contenuto sul tavolo: un mazzo di chiavi; due banconote da cinquanta, una da venti e due da cinque, spillate con una graffetta, oltre ad alcune monete, per un totale di centotrentotto euro; un paio di scontrini fiscali per il valore di un euro: due caffè; una piccola agenda tascabile quasi intonsa, salvo alcuni numeri di telefono seguiti da una sigla – la grafia, però, era quasi incomprensibile, così come molte delle cifre dei numeri telefonici, un tre poteva essere anche un cinque, un uno si confondeva con un sette, avrebbe comunque tentato, il giorno dopo, ma non ci sperava molto; un paio di biglietti che parevano strappati da un taccuino, con alcuni appunti decisamente indecifrabili – possibile che... forse si trattava di un medico, pensò sorridendo, spesso scrivono in modo quasi incomprensibile, magari li faccio vedere a un farmacista; spiegazzato, un biglietto del cinema indicante il numero della sala e la data, quella del giorno prima, *Io sono Li*, il titolo del film.

Spalancò gli occhi. Ma, allora... Iniziò a pensare intensamente. Non ci si scappava, l'ignota vittima era stata nello stesso cinema della coppia di testimoni e anche lei stava tornando a casa, e la casa, se l'uomo stava andando a piedi, non poteva essere lontana.

I casi della vita, concluse, e si allungò sulla sedia, posando i piedi sul bordo della scrivania.

Cinque minuti dopo si era assopito, e così lo trovò, prima di staccare, l'agente Bellini che, tornato da San Polo, aveva trovato il modo, in officina, di fare il calco dei battistrada delle ruote anteriori della Clio.

L'assopimento di Salvatore Armiento, pur in quella posizione precaria, si trasformò ben presto in un sonno profondo. Era una dote che molti colleghi gli invidiavano: riusciva a dormire, che fosse per cinque minuti o un paio d'ore, in qualsiasi posizione e in ogni situazione che glielo permettesse. Anche in piedi, qualcuno aveva ironizzato.

Si svegliò quasi alle sei. Una luce sporca entrava dall'unica finestra e non si udiva alcun rumore. Ancora quattro ore di servizio, pensò stiracchiandosi e, dopo un paio di sbadigli, si recò nel bagno comune per farsi una doccia e cambiare almeno la maglietta della salute. Nel sonno aveva sudato.

Si rivestì in fretta, un'occhiata fugace allo specchio, passandosi una mano sui capelli che teneva sempre molto corti. Poi tornò in ufficio, non prima, però, di essersi fermato al distributore automatico per prendere un cappuccino e una ciambella che, con una smorfia di disgusto, levò dall'involucro di cellophane. Era vecchia di un paio di settimane, ma la mandò giù, intingendola a piccoli bocconi nella tazza del cappuccio, niente di più di un caffelatte, ma almeno caldo. In qualche modo doveva pur tappare il buco che aveva nello stomaco.

In corridoio si imbatté nei colleghi che avevano preso servizio alle quattro.

«Tutto tranquillo?» chiese.

«Tutto tranquillo, stanotte. Soltanto un tamponamento fuori da una discoteca, ma ci ha pensato una pattuglia che stava rientrando e passava da quelle parti. Nessun ferito, salvo il solito colpo di frusta...»

«Un modo come un altro per cercar di mungere qualche centinaio di euro dall'assicurazione», brontolò Armiento e rientrò in ufficio, dove trovò De Simone, un napoletano noto per la sua capacità di defilarsi nei momenti più impensati.

Stava guardando i calchi di pneumatico, riportati anche su alcuni ampi fogli di carta. «E questi che sono?»

Armiento si avvicinò al tavolo e vide il biglietto lasciatogli da Bellini: *Impronte delle gomme anteriori della Clio che sta in cortile.*

«Bellini si meriterebbe un encomio. Ha trovato il tempo di fare tutto prima di smontare e me li ha messi sul tavolo senza neppure svegliarmi. Questi veneti se ne stanno zitti ma...»

«Sono dei somari», concluse De Simone.

«Non dire cazzate. Il somaro sei tu, terrone che non sei altro...» ribatté Armiento.

De Simone non rispose, chiedendosi soltanto come potesse dargli del terrone uno che era nato cinquecento chilometri più in giù di lui. Ma Armiento era un sovrintendente, e tutti lo rispettavano, anche i superiori, non solo per la sua bravura, ma anche per la mano precisa e pesante che qualche collega più giovane aveva avuto già modo di sperimentare, senza fare un fiato.

Si rimise al tavolo. Ancora un'occhiata al fascicoletto con la planimetria, alla sua relazione, alle dichiarazioni della giovane dottoressa del Civile.

Si socchiuse la porta. L'agente Polito, con una grossa sacca in mano.

«Che c'è, Polito?»

«Li ha lasciati per te Bellini. Dovrebbero essere tutti gli indumenti indossati dall'uomo che questa notte...»

«Capito. Già che ci sei, dammi una mano», e incominciò a svuotare la sacca.

Un impermeabile scuro, una giacca marrone e pantaloni nocciola; un gilet di lana, una camicia, un paio di boxer e una maglietta, calze di cotone a mezza gamba e mocassini con suola di gomma. Sulla parte inferiore dei pantaloni, sufficientemente chiare, le impronte di uno pneumatico, con un disegno abbastanza particolare, appena smussato sul lato destro.

«Polito, aiutami a distendere bene questo paio di pantaloni. Tu cosa ci vedi?»

«L'impronta di uno pneumatico, come se una macchina ci fosse passata sopra.»

«Pare anche a me. Ma è il tuo parere che voglio. Hai visto quei calchi? E il disegno riportato sui fogli di carta? Secondo te c'è qualche somiglianza?»

L'agente Polito considerò attentamente i calchi e i disegni che li riproducevano, quindi i pantaloni. Infine, alzò gli occhi. «Mi sembra che non possano esserci dubbi: l'impronta sembra corrispondere del tutto. Mi riferisco a questa», disse indicando uno dei calchi.

Armiento girò il cartellino che aveva avuto cura di nascondere. «Perfettamente d'accordo. Si tratta della ruota anteriore destra. Vai a prendere la macchina fotografica che scattiamo alcune immagini.»

Prima i pantaloni, poi le riproduzioni su carta dei calchi, infine una foto d'insieme: i pantaloni accanto ai disegni.

«Grazie, Polito. Scaricami subito queste foto e riportamele. Poi puoi andare.»

Poco dopo, si risedette al tavolo, prese tutte le fotografie scattate durante la notte e quelle appena fatte e iniziò a esaminarle.

Tutto quadrava: il cadavere era disteso di traverso sull'asfalto, con le gambe rivolte verso i giardini e il capo dall'altra parte opposta, verso gli edifici che si susseguivano senza soluzione di continuità fino al semaforo, prima che il largo viale si biforcasse, scendendo a destra verso il tunnel che portava all'autostrada e a sinistra verso piazza Repubblica, dove i veicoli si disponevano su due file parallele.

La dottoressa Sommaruga era stata precisa nelle sue dichiarazioni: un'istintiva sterzata quando aveva visto l'ostacolo, che non era riuscita del tutto a evitare, colpendolo però soltanto sugli arti inferiori, con la ruota anteriore destra.

Tuttavia, un colpo di telefono all'Istituto di medicina legale era opportuno. Il sovrintendente Armiento non voleva trascurare nulla. Diede un'occhiata all'orologio. Qualcuno avrebbe trovato. Ancora presto naturalmente per conoscere i risultati dell'esame autoptico, ma almeno una sommaria descrizione delle lesioni riportate dal pedone forse qualcuno avrebbe potuto dargliela.

Cercò il numero sulla rubrica che stava sul tavolo e lo digitò, restando in attesa. Qualche minuto prima che qualcuno si decidesse a rispondere.

«Sì, pronto.»

«L'Istituto di medicina legale? Qui è la Polizia stradale. Stanotte siamo intervenuti per un incidente mortale in via Fratelli Ugoni. Il corpo, appartenente a un individuo di sesso maschile, dovrebbe esservi stato portato intorno all'una...»

«Il dottor Gentilini non c'è. Si è preso due o tre giorni di ferie.»

Armiento abbozzò, non sapeva chi fosse Gentilini. Di certo non il solo medico legale in forza all'Istituto, però. «E chi lo sostituisce?» chiese senza sbilanciarsi.

«Il dottor Rosa, il suo vice, che sta per andarsene, e il dottor Pizzi, che gli subentrerà per il resto della giornata.»

«D'accordo. Mi passi il dottor Rosa.»

«Ma le ho appena detto che sta per andarsene. Forse è già uscito.»

«Me lo rintracci, per cortesia. Si tratta di una cosa importante.»

Questa volta l'attesa durò una decina di minuti.

«Pronto, Rosa. Cosa diavolo... Non le hanno detto che stavo per uscire?»

«Sì, lo so, abbia pazienza, dottore, e voglia scusarmi. Ma si tratta di cosa molto urgente e importante. Lei era di turno questa notte, se non ho capito male...»

«Sì, ero di turno, o meglio, ero reperibile, perché qui di

urgenze non ce ne sono. Comunque, adesso me ne sto andando.» Una voce catarrosa e un tono sbrigativo, del tutto privo di cortesia.

«Le ho già detto di avere pazienza, non le ruberò più di un momento. Verso l'una vi è stato portato il corpo di un uomo, più o meno un cinquantenne, vittima di un episodio di pirateria stradale.»

«Quel tizio di cui avete mandato a ritirare tutti gli indumenti?»

«Sì, mi riferisco proprio a quel tizio.»

«E perché vi occorrevano subito i suoi indumenti?»

«Perché in un caso di pirateria possono anche risultare utili. Magari costituiscono un piccolo elemento in più per cercare di rintracciare l'automobilista che dopo l'investimento si è dato alla fuga. Forse un piccolo frammento di vernice della macchina... cose del genere che poi vengono analizzate dalla Polizia scientifica. Immagino che l'autopsia non sia ancora stata eseguita, ma quello che vorremmo sapere subito...»

«Il corpo sta in una cella frigorifera», lo interruppe irritato Rosa.

«Ma una sommaria descrizione delle lesioni riportate penso che lei l'abbia fatta. Magari soltanto un'occhiata...»

«E perché avrei dovuto? Verrà fatto tutto oggi in sede di autopsia.»

«Noi, però, la vorremmo adesso. Subito. Non gliene posso spiegare le ragioni, ma ci ha appena sollecitato in questo senso lo stesso procuratore della Repubblica, e allora le chiedo di effettuare subito una verifica. Resto al telefono, nel frattempo.»

Il dottor Rosa sembrò un po' ammansito. Ci piantò uno scaracchio e un profondo sospiro. «Inutile che lei resti al telefono. Per verificarlo devo scendere giù. Mi ci vorrà almeno un quarto d'ora, accidenti a lei e a quel dannato...»

«Procuratore della Repubblica?» chiese con voce tranquilla Armiento.

«No, non volevo dir questo. Mi richiami al numero... Anzi, la richiamo io. Mi dia il suo telefono diretto.»

«Grazie, dottore. Lei è molto gentile e apprezzo la sua disponibilità», e gli dettò il numero del telefono che stava su un angolo del tavolo.

«Non è questione di gentilezza o meno. È che ho finito verso le undici di ieri sera un'autopsia. Poi me ne sono andato a casa e mi hanno richiamato neanche due ore dopo per una donna accoltellata dal marito, col sostituto di turno che voleva sapere subito quale potesse essere stata la dinamica del fatto, come se fosse facile stabilirlo quando ti trovi di fronte a una ventina e passa di coltellate. Infine, un paio di ore fa... Insomma, avrò dormito non più di tre o quattro ore.»

«La capisco», disse Armiento, «anch'io me ne sto qui dalle nove di ieri sera, salvo l'uscita di un paio d'ore, sotto l'acqua, per quel tizio che adesso sta in cella frigorifera. Comunque, aspetto la sua chiamata, dottore», e chiuse la comunicazione.

Rosa fu di parola.

«Pronto, sono il dottor Rosa. Ho esaminato il corpo, se vuole prendere nota.»

«Dica pure.»

«Condizioni pessime. Fratture multiple al bacino, addome devastato, con probabile sfacelo degli organi interni, fegato, milza, eccetera. Lacerazioni e contusioni sulla schiena. Frattura delle vertebre cervicali, che da sola avrebbe potuto provocare la morte. Viso devastato, come se avesse sbattuto con violenza sull'asfalto. Anche qualche contusione sulla parte inferiore delle gambe, sotto il ginocchio, più sulla destra che sulla sinistra. Le basta?»

«Sì, mi pare che ce ne sia d'avanzo. Ancora una cosa, dottore: ha parlato di contusioni sulle gambe. Solamente contusioni o anche fratture?»

«Soltanto contusioni; se avessi riscontrato delle fratture

anche sulle gambe, glielo avrei detto. Comunque, di rado mi è capitato di vedere un corpo ridotto in un simile stato.»

«Evidentemente l'auto che l'ha investito andava a forte velocità...»

«Su questo non ci sono dubbi, una bomba. L'uomo dev'essere stato caricato sul cofano, proiettato in avanti e, fatto un volo, dev'essere caduto proprio di faccia, come un corpo morto. Ha preso nota di tutto?»

«Sì, dottor Rosa e la ringrazio, anche a nome del Procuratore.»

«Me lo saluti.»

«Non mancherò. Lo conosce?»

«No. Ma me lo saluti lo stesso», rispose Rosa.

Il sovrintendente Armiento tirò un respiro di sollievo. Tutto a posto, si disse, e si apprestò finalmente a uscire.

Magari avrebbe potuto passare dall'ispettore Cacioppo, quantomeno per informarlo. Gli avrebbe lasciato, giusto per la forma, il fascicolo che aveva preparato. Anche se Cacioppo se ne fotteva. Ma avrebbe dovuto spiegargli tutto dall'inizio, e Cacioppo, come al solito, sarebbe stato a sentirlo, anche lui per la forma, dal momento che era il suo diretto superiore, e poi avrebbe finito col fottersene.

Quella cui Caciopo aspirava era soltanto la quiete, in attesa della pensione. Non che fosse un cattivo diavolo e, forse, da giovane era stato diverso, ma ora non sapeva o non voleva guardare al di là del proprio naso. Era tra i pochi a godere come un riccio di fronte a ogni notizia che riportasse il decremento delle vendite automobilistiche. Tanto meglio per noi, soleva dire. Non era un economista. Il Pil e lo Spread per lui erano concetti confusi e pressoché ignoti. Pensava solamente al suo orticello e forse tutti i torti non glieli si poteva dare.

A quest'ora, pensò Armiento, è di sicuro al bar di fronte a farsi un'abbondante colazione. Gli metto una copia del fascicolo sul tavolo, con due righe di accompagnamento, e me la squaglio indisturbato.

Anche per Armiento ormai la stanchezza si faceva sentire e non vedeva l'ora di tornarsene a casa e farsi una buona dormita. Sarebbe stato di turno anche la notte successiva.

Abitava a trecento metri, in via Rossetti, in un monolocale che aveva trovato in locazione per un prezzo accessibile.

Indossò l'impermeabile sopra la divisa e si diresse verso l'uscita dell'ufficio.

All'improvviso gli si materializzò davanti la figura della biondina coi capelli appiccicati in testa dalla pioggia e della Clio che ancora stava in cortile. Un colpo di telefono l'avrebbe rassicurata. Ma non fu soltanto questa la ragione per cui tornò sui suoi passi e fece il numero della donna.

Rispose una voce femminile, al terzo squillo.

«Sono il sovrintendente Armiento, Salvatore Armiento, della Polizia stradale. Parlo con la dottoressa Sommaruga?»

«No, sono la collega con cui divide l'appartamento. In questo momento la dottoressa Sommaruga è...»

«È già uscita?» chiese Armiento.

«No, è in bagno.»

«Magari telefono più tardi. Le sarei comunque grato se potesse dirle che forse è tutto a posto. Credo che lei capirà.»

«Credo di aver capito anch'io. Laura mi ha raccontato quello che è accaduto questa notte. Aspetti un momento, sta arrivando, gliela posso passare.»

«Pronto, Laura Sommaruga.»

«Buongiorno, dottoressa. Sono Armiento. Forse il mio nome non le dirà nulla, ma abbiamo trascorso quasi un paio d'ore insieme questa notte... cioè... volevo dire...»

«Ho capito benissimo a cosa si riferisce», rispose con una piccola risata Laura Sommaruga.

«Bene. La telefonata era solamente per dirle che ormai non dovrebbe più avere alcun motivo di preoccupazione.

Abbiamo confrontato le impronte degli pneumatici della Clio con quelle rilevate sui pantaloni della vittima. Non avevo dubbi su quanto mi aveva detto, ma adesso abbiamo dei dati oggettivi: lei ha effettivamente colpito sulle gambe quello che ormai era un corpo senza vita, e con la sola ruota anteriore destra, per fermarsi subito dopo. L'Istituto di medicina legale mi ha tra l'altro informato che agli arti inferiori non sono state riportate fratture, soltanto contusioni. Nessuna responsabilità da parte sua, quindi, può stare tranquilla, e la Clio, salve alcune formalità, già da questa sera potrà essere a sua disposizione.»

«Grazie, agente. Non so come ringraziarla. In effetti ero un po' preoccupata. Allora posso passare a ritirare la macchina questa sera? Sono di turno al Pronto soccorso dalle ventuno, quindi passerei prima. Forse lei mi sa dire con quale mezzo pubblico posso raggiungervi?»

«Veramente... anch'io riprendo servizio alle ventuno. Potrei portarle io l'auto, intorno alle venti. Poi, magari, essendo di strada, lei mi riaccompagna e prosegue per il Civile. Cosa ne dice? Mi farebbe piacere. Potrei anche avere il tempo di offrirle un aperitivo...» Non seppe come proseguire e si morse il labbro di fronte al silenzio dall'altra parte. «Mi scusi, forse mi sono buttato un po' avanti.»

«No, sovrintendente, mi sembra un'ottima idea.»

«Dice sul serio?»

«Mai stata così seria. Potremmo fare anche alle diciannove e trenta.»

Armiento, chiusa la telefonata, corse nell'ufficio di Cacioppo e gli lasciò un biglietto: era d'accordo sulla restituzione della macchina alla Sommaruga? Se ci fosse stato qualcosa in contrario, avrebbe potuto chiamarlo a casa.

Era decisamente allegro e si apprestò di nuovo a uscire.

L'idea che il suo comportamento non fosse stato proprio rispettoso della prassi ufficiale lo sfiorò per un solo istante.

Capitolo 3

La telefonata a Laura Sommaruga lo aveva distratto. Iniziò a radunare qualche carta che intendeva portare con sé, dando un'occhiata all'orologio, quando squillò il telefono interno.

«Armiento? Sono Cacioppo. Credo che non vi siano problemi per la restituzione della macchina a quella dottoressa. Ci pensi tu?»

«Certo, ispettore, ma non mi dica che in cinque minuti ha già letto tutto...»

«E invece sì. Una domanda sola: questa dottoressa è carina?»

Armiento restò di sale. Qualche volta Cacioppo era in grado di sorprenderlo.

Le nove e quarantacinque, un paio di colpi alla porta dell'ufficio.

«Avanti.»

La porta si dischiuse: Luigi Cancelli, con la moglie al seguito. Se n'era completamente scordato.

«La prego di scusarci per il ritardo, noie con la macchina, la batteria...» disse l'ingegnere.

«D'accordo, d'accordo, accomodatevi.»

I due coniugi presero posto di fronte a lui, al di là della scrivania.

«Mi dispiace di avervi disturbato», esordì Armiento, «ma capirete anche voi quanto le vostre dichiarazioni siano importanti. Siete gli unici testimoni oculari e, questa notte, sotto la pioggia, non potevo certo raccogliere la vostra deposizione. Se non ricordo male, mi avete detto che eravate da poco usciti dal cinema...»

«Sì, e stavamo tornando a casa, in corso Palestro.»

«Esatto, in corso Palestro», confermò Armiento, consultando il suo taccuino. «Un istante di pazienza che mettiamo tutto a verbale.» Fogli e penna, e li guardò, prima l'uno e poi l'altra. «Le vostre esatte generalità, per favore.»

«Cancelli Luigi, ingegner Cancelli Luigi, nato a Brescia il 2 giugno 1960. Residente a Brescia, corso Palestro 39. Mia moglie, Rita Somaschi, nata a Pieve del Cairo il 3 novembre 1971, ovviamente anche lei residente al trentanove di corso Palestro.»

Armiento levò gli occhi sulla donna che stava seduta a fianco del marito. Che fosse una bella bruna lo aveva già notato la notte precedente, pur nella luce incerta dei lampioni stradali. Le parve che indossasse lo stesso impermeabile, adesso slacciato. Sotto, un maglioncino rosa a collo alto, aderente, che metteva in rilievo due seni che gli parvero meravigliosi. A colpirlo furono, però, il pallore del viso e le labbra ben disegnate, senza un filo di rossetto, che la donna teneva serrate. E anche lo sguardo, che gli parve inquieto, a fronte della sicurezza del marito, quasi ostentata.

«Allora, siete usciti dal cinema alle...»

«L'ora precisa non gliela so dire. Al termine del film, comunque. Era l'ultimo spettacolo.»

«E vi siete avviati verso casa...» mormorò Armiento.

«Sì, ci siamo avviati verso casa. Abbiamo attraversato al semaforo e ci siamo portati sul lato opposto, dove ci sono i giardini, per poi risalire...»

«Mi scusi, ingegnere, ma per raggiungere corso Palestro, dove mi pare che il trentanove sia più o meno all'inizio, pochi metri dopo la chiesa di San Francesco, la via più breve non è quella di fronte – via Fratelli Bronzetti mi pare si chiami – e poi a sinistra in vicolo della Quiete, quindi in vicolo delle Stelle... no, mi sbaglio, quella che sta sopra e che porta subito alla piazzetta dietro San Francesco...»

«Tresanda San Nicola, certo, ma avevamo voglia di fare due passi. Intendevamo arrivare in via Cairoli per poi scendere da via Bassiche.»

«Con quel cattivo tempo?»

«Non avevamo sonno, vero Rita?»

La donna fece un impercettibile segno col capo.

«Va bene. Si tratta di un particolare che mi incuriosiva, senza importanza. Ciò che mi preme sapere, invece, è se l'uomo, che poi è stato investito, lo avevate notato già prima o ha richiamato la vostra attenzione soltanto al momento dell'incidente.»

«Un momento prima. Camminava con passo affrettato e malfermo una decina di metri davanti a noi, vero Rita?»

La donna questa volta non rispose. Ad Armiento parve che avesse un tic agli occhi. Li sbatteva in continuazione.

«E poi, cosa è accaduto? Su questo cerchi di essere molto preciso.»

«L'uomo all'improvviso si è fermato e mi è sembrato che volesse attraversare la strada, sempre con passo malfermo. L'impressione è che avesse bevuto.»

Armiento mise da parte il verbale e fece una rapida annotazione sul suo taccuino. «Prosegua, per favore.»

«Mi sono girato per dire qualcosa a mia moglie, una frazione di secondo, non di più, e abbiamo sentito il botto. Un corpo che volava per aria, una grande giravolta e quello che piombava a terra, qualche metro avanti, quasi alla nostra altezza. La macchina ha proseguito a velocità sostenuta. La sensazione che non avesse neppure frenato, quindi ha girato l'angolo dopo il semaforo, scomparendo sulla destra. Ho capito subito che l'investimento era stato fatale. Un miracolo se quel povero diavolo fosse sopravvissuto a quel volo tremendo... Vi ho telefonato immediatamente, senza muovermi.»

«Ma potevate immaginare che, nel tempo che abbiamo

impiegato ad arrivare, qualcun altro avrebbe potuto investirlo.»

«Era già morto. Ne sono più che convinto. Comunque, ci ho pensato anch'io, perciò mi sono appostato sul ciglio della strada, proprio sotto un lampione, agitando le braccia. Credo, però, che non siano passate più di tre o quattro macchine e tutte sono riuscite a evitare il corpo, anche se non si sono fermate. Avrei voluto mettermi in mezzo alla strada, ma con quella luce incerta rischiavo di essere investito anch'io. Per un momento sono anche stato tentato di farlo, ma mia moglie mi ha dissuaso, non è vero Rita?»

La donna parve non averlo sentito. Soltanto il battito delle ciglia che si infittiva.

È ancora sotto shock, pensò Armiento. «A lei, signora, non viene in mente nulla oltre a quello che ha riferito suo marito? Un particolare, una circostanza che potrebbe sembrare anche trascurabile...»

La donna guardò l'agente. Per un momento sembrò sul punto di dire qualcosa, schiudendo appena le labbra, ma ci rinunciò, limitandosi a gettare un'occhiata al marito, e rispose: «No, nient'altro», scuotendo il capo.

Allora una voce ce l'ha pure lei, si disse Armiento che cominciava a sospettare che fosse affetta da mutismo. «Va bene. Credo che possiate andare. Rileggete e metteteci entrambi la firma.»

L'ingegner Cancelli ripercorse attentamente il verbale e ci appose uno svolazzo, porgendolo poi alla moglie che lo firmò a sua volta, senza rileggere.

«Grazie, abbiamo finito. Se per caso ricordaste qualcos'altro, fatemi un colpo di telefono. Dimenticavo, però, una cosa: la macchina. Cosa potete dirmi della macchina?»

«Niente, o quasi niente», rispose l'ingegnere. «Di colore scuro, nera o blu o forse antracite, non so essere più preciso. Credo di grossa cilindrata.»

«Inutile chiedervi se avete intravisto la targa...»

«Del tutto inutile», confermò Cancelli.

«A proposito, dimenticavo anche questo: quando siamo arrivati sul posto, c'era una donna che segnalava l'incidente. Una donna con una torcia in mano, che probabilmente, sopraggiungendo con l'auto, aveva urtato a sua volta il corpo. Potete dirmi qualcosa su questo punto?»

«Ah... quella. Quella è arrivata cinque minuti dopo l'incidente, dopo che erano già passate quelle altre macchine che, come le ho detto, erano riuscite a scansare il corpo e avevano proseguito. Lei andava piano e credo che l'abbia preso di striscio, ma è stata l'unica a fermarsi subito e a ritornare indietro a piedi con quella torcia. No, agente, quella non c'entra niente, secondo me. Se l'ha urtato, e non ne sono neanche sicuro, quell'uomo era già bello morto stecchito.»

Armiento assentì. «Adesso abbiamo veramente finito. Spero che la batteria non vi crei altri problemi.»

«Quale batteria?»

«Quella della sua macchina. Non mi aveva detto che il ritardo con cui vi siete presentati era dovuto a noie della batteria?»

«Certo, certo, la batteria. Prima o poi dovrò decidermi a farla sostituire. Buongiorno, agente», e si avviò verso la porta, seguito dalla moglie, che, fermandosi un istante sulla soglia per richiudersi l'impermeabile, si girò verso Armiento.

Uno sguardo difficile da decifrare, salvo una nota di smarrimento negli occhi scuri, che all'agente parvero lucidi.

Arrivato a casa, Armiento fece una colazione come si deve. Quindi, si spogliò, chiuse le persiane e si infilò a letto. Una buona dormita lo avrebbe rimesso in sesto.

Era intrigato da quella sorta di appuntamento con la giovane dottoressa, che lei di sua iniziativa aveva addirittura anticipato di mezz'ora. Forse, oltre a un aperitivo, ci sarebbe stato spazio anche per uno spuntino insieme. Armiento si crogiolò un momento all'idea e si addormentò con aria beata.

Lo svegliò il suono del cellulare. Aveva messo la sveglia alle diciotto, ma si rese subito conto di avere ancora sonno. Non si trattava della sveglia, ma di una chiamata.

Allungò una mano verso il comodino, urtando il cellulare che cadde a terra, continuando a suonare.

«Armiento? Scusami, se ti ho svegliato. So che sono le quattro del pomeriggio e conosco le tue abitudini, ma penso proprio che dovresti fare un salto qui, subito.»

«Perché? Cosa è successo?»

«Si è costituito... non so se si possa dire così... Insomma, cinque minuti fa, si è presentato un certo Francesco Villa.»

«E chi sarebbe?»

«Il guidatore dell'auto pirata di questa notte. L'ispettore Cacioppo non ne ha voluto sapere e mi ha detto di chiamare te, e forse è la cosa migliore. Adesso questo Villa sta nel tuo ufficio.»

«Dieci minuti e sono lì», rispose Armiento balzando dal letto.

Una lavata al viso e uscì di casa come una furia.

Francesco Villa se ne stava seduto in ufficio, ingobbito su una sedia.

Padoan si aggirava nella stanza con la fronte aggrottata, che gli si spianò vedendo entrare Armiento che gli faceva cenno. Uscirono in corridoio.

«Senti, Padoan, stanotte ho sentito quella dottoressa e stamattina i testimoni, ma in qualche maniera, verbalizzando a mano, voglio dire. Qui, però, è un altro paio di maniche, dobbiamo fare le cose per bene. Tu col computer ci sai fare, mi pare?»

«Sì, mi arrangio discretamente. Potremmo trasferirci nell'altro ufficio dove abbiamo tutto, computer e stampante.»

«Bene, su questo siamo d'accordo, ma non possiamo sentirlo così, ci vuole anche un avvocato...»

«Ce l'ha. Mi ha detto che dovrebbe arrivare a minuti.»

«Perfetto. Bisogna avvertire l'ispettore Cacioppo: l'interrogatorio di questo tizio lo dovrebbe fare lui.»

«Gliel'ho già chiesto, ma mi ha detto che ha un altro impegno e che dovresti occupartene tu.»

Armiento sospirò e rientrarono nella stanza.

«Lei è il signor Villa?» chiese Armiento.

«Sì, Villa Francesco.»

«E sarebbe l'automobilista che stanotte in via Ugoni ha investito un uomo dandosi poi alla fuga?»

«Non è che sia fuggito. Non mi sono fermato, ero spaventato e... sì, si può anche dire che sono fuggito.»

«E oggi ha deciso di venire da noi per raccontarci come sono andate le cose...»

«Sì. Non volevo aggiungere cazzata a cazzata. Mi sono anche consultato col mio avvocato, il quale mi ha incoraggiato a presentarmi. Tanto più che in trent'anni di patente non ho mai avuto il minimo incidente. Anzi, sono incensurato, mai avuto a che fare con la giustizia.»

«Mi diceva, però, che ha un avvocato di fiducia.»

«Sì, l'avvocato Beccalossi, un civilista che si interessa un po' dei miei affari: clienti che non pagano, qualche questione di tasse, cose del genere... Ho un grosso negozio di abbigliamento e tessuti a Roncadelle.»

«Il suo avvocato dovrebbe arrivare tra poco?»

«Credo sia questione di minuti. Eravamo d'accordo di trovarci qui alle sedici, ma mi ha telefonato per dirmi che avrebbe tardato un momento.»

«E la macchina? La macchina che guidava stanotte?»

«È qui fuori. Si possono vedere anche i danni riportati a seguito dell'incidente.»

«Bene. Dia le chiavi al collega che la porta in cortile. A proposito, che macchina è?»

«Una Mercedes, ma non potete sbagliarvi, ha un fanale

rotto e il parabrezza incrinato nella parte superiore, vicino al montante. Comunque, se volete incominciare senza il mio avvocato... Sarei venuto anche senza di lui, ma ha insistito per essere presente.»

«Aveva perfettamente ragione. Se non avesse avuto un legale di fiducia, gliene avremmo procurato uno d'ufficio.»

«Ma allora la mia situazione è proprio grave?»

«Direi di sì. Non gravissima, perché sempre di omicidio colposo si tratta. C'è stata anche la fuga, però, ed è omissione di soccorso.»

«Ma come "omissione di soccorso"? Ho capito subito di averlo ucciso sul colpo. Come avrei potuto soccorrerlo, ormai?»

«Che lei l'avesse capito, o ritenesse di averlo capito, non conta. Avrebbe anche potuto essere ferito gravemente, per quel che ne sapeva. Avrebbe dovuto fermarsi e telefonare subito. Un incidente può capitare a chiunque, ma una persona civile e responsabile...»

«Ha ragione, brigadiere.»

«Non sono un brigadiere, sono un sovrintendente», replicò Armiento. «Comandavo la pattuglia che è intervenuta questa notte. Scusa, Padoan, intanto che arriva l'avvocato vado a fare un colpo di telefono.»

Si recò nella stanza accanto e chiamò la Procura della Repubblica, chiedendo del sostituto di turno.

«Buongiorno, dottore. Sono il sovrintendente Salvatore Armiento della Polizia stradale. Stanotte siamo intervenuti per un incidente mortale avvenuto in città. Il guidatore non si era fermato, ma si è presentato qui da noi pochi minuti fa, portandosi dietro anche la macchina con cui ha investito il pedone. Tra un momento dovrebbe arrivare anche il suo avvocato, l'avvocato Beccalossi...»

«Lo conosco», rispose il sostituto. «Una persona corretta, a parte l'aspetto.»

«In che senso?»

«Che invece di chiamarsi Beccalossi potrebbe chiamarsi Beccamorti, sarebbe più appropriato. Ma non si faccia ingannare dalle apparenze. Come le dicevo, è una persona corretta, e sono quasi certo che dev'essere stato lui a incoraggiare il suo cliente a presentarsi.»

«Capisco, mi scuso per averla disturbata. Il fatto è che ci troviamo di fronte a un omicidio colposo con omissione di soccorso e vorrei sapere come comportarmi, anche perché l'automobilista è un uomo di mezza età, incensurato.»

«Mi sta chiedendo se dovete fermarlo?»

«Sì, più o meno.»

«Non c'è alcuna necessità. Pochi giorni di galera e poi lo si dovrebbe mettere fuori. Quasi un'iniziativa demagogica, presa per soddisfare l'opinione pubblica un po' scossa da casi simili sempre più frequenti. Ma il suo caso mi sembra diverso. Sentitelo per bene, macchina ovviamente sotto sequestro e denuncia a piede libero per omicidio colposo e omissione di soccorso.»

«Grazie, signor procuratore.»

«Di nulla, agente. Come ha detto che si chiama?»

«Armiento, sovrintendente Salvatore Armiento. Ho già preparato la relazione, completa di testimonianze e planimetria. Ve l'avrei inviata in giornata, ma adesso...»

«Non c'è niente che scappi, sovrintendente. Ci sentiamo.»

Tornò di là. L'avvocato Beccalossi era arrivato. Un sessantenne allampanato, con un viso triste. Si presentò.

Armiento fece altrettanto, stringendogli la mano. «Avvocato, ho fatto portare l'auto del suo cliente in cortile. Ovviamente è sotto sequestro.»

«Ovviamente», fece Beccalossi con aria lugubre.

«Visto che c'è ancora una buona luce, ne approfitterei per far fotografare, alla sua presenza, i danni riportati.»

«Come vuole», rispose l'avvocato.

Si recarono tutti in cortile. Padoan aveva sistemato la vettura in buona posizione, appena discosta dalle altre.

Senza che nessuno glielo avesse suggerito, si era portato dietro anche il sacchetto contenente i frammenti di vetro raccolti sulla strada.

La Mercedes aveva il faro destro in frantumi, il cofano leggermente schiacciato e il parabrezza che presentava un grosso bozzo, da cui partivano sottili incrinature a formare quella che pareva una ragnatela.

«I vetri raccolti sono quelli del fanale», disse subito Padoan estraendone alcuni dal sacchetto e confrontandoli con il fanale di sinistra intatto. «Il corpo che rimbalza sul cofano», e indicò la lieve depressione, «e va a sbattere contro il parabrezza e la parte superiore del montante. Forse un colpo di freno istintivo al momento dell'urto, quindi il volo in avanti...» Mentre parlava, scattava fotografie da tutte le posizioni, soffermandosi sui particolari per poi passare all'insieme della vettura.

«Il faro destro...» mormorò Armiento, quasi parlando tra sé. «Ciò significa che il pedone ha attraversato...» Si interruppe. Poteva avere attraversato da sinistra a destra, come da destra a sinistra. Nel primo caso sarebbe andato a impattare contro la macchina che sopraggiungeva passandole davanti per essere colpito dallo spigolo anteriore destro; nella seconda ipotesi avrebbe percorso non più di due passi, andando subito a sbattere contro la Mercedes.

«Scusate un momento, e tu, Padoan, continua con le fotografie. Torno subito», e rientrò di corsa in ufficio, portando con sè la planimetria sulla quale era segnato il punto preciso in cui erano stati trovati i resti del vetro del fanale. La vettura proveniva dalla zona in cui via Milano sbocca in piazza Garibaldi, diretta verso piazza della Repubblica.

Le distanze dai bordi del viale erano annotate, prendendo come base ideale il centro dei frammenti di vetro. La carreggiata, in quel punto, era larga dieci metri. Un metro e diciassette centimetri dal lato destro, otto e ottantatré da quello sinistro. Non poteva che significare che la macchina, anche tenendo conto del suo ingombro in larghezza, viaggiava strettamente sulla destra.

Ripiegò la planimetria.

«Penso che possiamo rientrare in ufficio e dare inizio all'interrogatorio.»

Padoan si mise al computer. «Oggi... 29 aprile 2012, alle ore 16.40, avanti a noi, sovrintendente Armiento Salvatore e agente scelto Padoan Luca, si è spontaneamente presentato Villa Francesco, nato a...» Levò lo sguardo verso il Villa.

«Roncadelle, provincia di Brescia, il 18 febbraio 1950, residente a Roncadelle via Caduti del Lavoro, 87.»

«Assistito dall'avvocato...»

«Giustino Beccalossi.»

«Assistito dall'avvocato Giustino Beccalossi del foro di Brescia.»

«Senta, signor Villa», intervenne Armiento, «in questa fase, il collega Padoan potrebbe prendere appunti che completerà in seguito in forma ufficiale. Forse, per il momento, sarebbe meglio che lei iniziasse a raccontarci, con le sue parole, quanto è accaduto stanotte. Quantomeno, tutto quello che è in grado di ricordare con precisione e, sempre che il suo avvocato sia d'accordo, potremmo registrare il suo racconto.»

«Sono d'accordo», disse Beccalossi.

Il Villa prese la parola: «Credo che fosse intorno a mezzanotte, sull'ora non sono in grado di essere più preciso. Venivo da una trattoria che si trova quasi in fondo a via Milano. È la trattoria... in questo momento il nome mi sfugge, ma è un posto all'interno di un portone che dà su un bel cortile con le colonne. È molto nota perché ci si mangia bene, tutte specialità bresciane, e ha anche una buona cantina. Eravamo un gruppo di amici e, quando si è in compagnia, magari si beve un bicchiere in più...»

«Venga al sodo», lo interruppe l'avvocato.

«Ma non ero ubriaco, neanche per idea», proseguì Francesco Villa, come se avesse colto l'implicito suggerimento, «soltanto un poco allegro, perché era stata una specie di rimpatriata. Io sono andato via per primo. Non volevo far tardi, anche perché mia moglie è a letto con l'influenza e, quando sono fuori, mi aspetta sempre sveglia. Comunque, in fondo a via Milano ho girato a destra e ho imboccato via Ugoni. Credo di avere rallentato al primo semaforo, quello che c'è all'incrocio con via Vantini, anche se mi pare che fosse lampeggiante, poi ho ripreso ad andare. Non c'era in giro quasi nessuno...»

«Sulla sua velocità cosa può dirci?» chiese Armiento. «Mi interessa il suo ricordo, sebbene, sulla base del punto d'urto, dei danni riportati dalla Mercedes e della distanza cui è stato proiettato il corpo, potremmo anche ricostruirla con un buon grado di approssimazione.»

«Be'... non andavo di certo piano. Questa Mercedes ha una ripresa che uno neanche se la immagina. Forse sugli ottanta... So che ero sopra i limiti di velocità, ma la strada era completamente sgombra.»

«Magari anche novanta. Vedremo di accertarlo. Comunque, già ottanta o novanta è una velocità compatibile con le conseguenze che ha avuto l'investimento. E procedeva in mezzo alla strada o stava sulla destra?»

«Sulla destra, senza dubbio, anche perché dopo l'altro semaforo che sta più giù avrei dovuto svoltare a destra.»

«Sbaglio o il pedone che attraversava avrebbe dovuto vederlo da lontano? Dal limite dei giardini alla sua auto, infatti, aveva percorso più di otto metri...»

«Ma cosa sta dicendo? Il pedone non ha attraversato la strada venendo dai giardini, che scendendo stanno sulla sinistra. È sceso dal marciapiede che stava sulla mia destra. L'avevo intravisto sul marciapiede, dove camminava da solo, e non avrei mai pensato che volesse attraversare. Il fatto è che, quando ero ormai a pochi metri, è sceso all'improvviso dal marciapiede e ha fatto un passo, un passo e mezzo... Non ho neanche avuto il tempo di frenare.»

«Signor Villa», lo interruppe Armiento, «lei si è presentato di sua spontanea volontà, e io le parlo con schiettezza. Già da questa mattina avevamo iniziato le ricerche dell'automobile. Forse l'avremmo trovata o forse no. Ad esempio, se lei avesse pescato un carrozziere compiacente, addirittura fuori Brescia, disposto a riparare in fretta e furia i danni, o se avesse tenuto la Mercedes in garage per qualche tempo... Ma, come le dicevo, lei si è presentato spontaneamente e credo che una persona che si comporta in questo modo lo faccia per sgravarsi di un peso che non è in grado di sopportare. Mi riferisco al fatto non solo che ha ammazzato una persona, ma anche che non si è fermato dopo l'incidente, è fuggito, si è comportato, mi scusi la brutalità, come un vero e proprio pirata della strada. In questa situazione, mi aspetterei di sentirmi dire la verità, e non so se lei me la sta dicendo, perché noi abbiamo un paio di testimoni, marito e moglie – è lui che ci ha telefonato chiedendo il nostro intervento – che affermano con sicurezza che l'uomo camminava davanti a loro, dalla parte dei giardini, e poi all'improvviso ha attraversato la strada. Allora, chiedo a lei: queste persone che, le ripeto, ci hanno telefonato per avvertirci mentre lei si dava alla fuga, che interesse potevano avere di venire a raccontarci una cosa per l'altra? Questo chiedo a lei.»

Villa si limitò a impallidire, prima di decidersi a parlare con aria smarrita. «Si saranno sbagliati... Non lo so... Non so darle una risposta.»

«Oppure hanno dichiarato il falso», intervenne l'avvocato.

«A che scopo?» chiese Armiento.

«Questo sta a voi scoprirlo», disse in tono grave l'avvocato Beccalossi.

Nella stanza calò il silenzio.

«Un'ultima cosa», aggiunse poi Armiento, «riesce a

spiegarmi perché è fuggito? Se le cose stessero come mi ha raccontato, omissione di soccorso a parte, la sua responsabilità per l'investimento potrebbe anche essere messa in discussione. D'accordo, lei procedeva a velocità superiore a quella consentita, soprattutto in un'ora notturna, ma un pedone che attraversa la strada a pochissimi metri invadendo la carreggiata, potrebbe anche essere considerato un evento imprevedibile... »

« ... e probabilmente inevitabile anche se il mio cliente avesse viaggiato a cinquanta all'ora », intervenne l'avvocato.

« Su questo non sono del tutto d'accordo, perché un conto è essere investiti da un veicolo che procede a cinquanta all'ora e altra cosa è essere travolti da uno che viaggia a novanta. Tuttavia, potrebbe anche essere una buona linea difensiva. Quindi, torno a domandarle: perché non si è fermato ed è fuggito? »

« Paura, credo. Una tremenda paura per quello che mi era capitato. Non ho avuto neanche il tempo per pensare, ho schiacciato l'acceleratore e ho proseguito. So di non avere giustificazioni, ma è andata proprio così. Poi, arrivato a casa, ho confessato l'accaduto a mia moglie. Non abbiamo chiuso occhio e ne abbiamo parlato per tutta la notte. Così questa mattina ho telefonato al mio avvocato, il quale mi ha detto che l'unica cosa sensata da fare era venire da voi per costituirmi, cosa di cui ero già convinto io. Adesso cosa succederà? Avete intenzione di arrestarmi? »

« No, Villa. Credo che non ce ne sia bisogno. Mi ha detto di essere incensurato? Controlliamo subito. »

Fece un cenno a Padoan che attraverso il computer si mise in contatto col casellario giudiziario. Pochi secondi: Francesco Villa non aveva alcun precedente.

« In effetti è incensurato, si è presentato spontaneamente e ci ha portato la macchina. La denunciamo per omicidio colposo e omissione di soccorso, ma a piede libero. Con questo penso che abbiamo finito. Adesso stendiamo il verbale.»

«Credo che il suo collega lo abbia già fatto in forma riassuntiva. Vi potremmo allegare la cassetta della registrazione dell'interrogatorio. Il racconto del mio cliente mi è parso molto puntuale, vi si colgono sfumature che sulla carta andrebbero perdute», osservò l'avvocato Beccalossi.

«Ritengo che si possa fare», convenne Armiento.

Capitolo 4

Rimasti soli, Armiento e Padoan si guardarono in faccia.

«Tu che ne dici?» chiese Armiento.

«Che ci si sono scompigliate le carte in mano. Sembrava tutto chiaro e adesso... Non può essere che dietro ci sia lo zampino dell'avvocato? Gli avvocati sono fatti apposta per mischiare le carte.»

«A me il Villa è sembrato sincero. A parte questo abbiamo un dato oggettivo: la posizione dei vetri del fanale, bada bene che si tratta del fanale destro, a poco più di un metro dal ciglio destro della strada. Elemento che si concilia alla perfezione con l'ipotesi che l'investito sia sceso all'improvviso dal marciapiede, secondo la direzione di marcia dell'automobilista, e abbia compiuto uno, al massimo due passi.»

«Allora i nostri due testimoni potrebbero essersi sbagliati nel riferire quanto hanno visto, guarda che non è la prima volta che succede. Ricordi quel caso di pochi mesi fa, lo scontro tra due macchine in via Chiusure? In quel caso, i testimoni erano cinque, tutti disinteressati, e sembravano avere assistito a cinque incidenti diversi.»

«Me lo ricordo benissimo», rispose Armiento. «Ma questo caso è diverso. Proviamo a rileggere insieme cosa hanno dichiarato quell'ingegnere e sua moglie.»

Il fascicolo stava sul tavolo, trovarono subito il verbale redatto a mano.

«Ecco qui.» Armiento lesse: «"... ci siamo avviati verso

casa. Abbiamo attraversato al semaforo e ci siamo portati sul lato opposto, dove ci sono i giardini..." Poi gli ho chiesto se avevano già notato l'uomo prima dell'investimento. Risposta: "Un momento prima. Camminava con passo affrettato e malfermo una decina di metri davanti a noi..." E più avanti: "L'uomo all'improvviso si è fermato e mi è sembrato che volesse attraversare la strada, sempre con passo malfermo. L'impressione è che avesse bevuto. ... Mi sono girato per dire qualcosa a mia moglie, una frazione di secondo, non di più, e abbiamo sentito il botto. Un corpo che volava per aria, una grande giravolta e quello che piombava a terra, qualche metro più avanti, quasi alla nostra altezza". Non mi sembra che possano esserci dubbi. Questo Cancelli ha affermato che l'uomo camminava dalla parte dei giardini, quindi a sinistra rispetto all'automobilista. Poi l'hanno visto scendere, quindi il botto».

«Sì, però, il Cancelli ha anche detto che si era girato per dire qualcosa alla moglie. "Una frazione di secondo", ha sostenuto. Ma cosa significa una frazione di secondo? Niente più di un'impressione, quasi un modo di dire. Il fatto è che per un piccolo periodo di tempo l'aveva perso di vista. Il tempo occorrente per percorrere quei circa otto metri...» ribatté Padoan.

Armiento parve riflettere. «No, non ci siamo. Il Villa ha detto che camminava da solo sul marciapiede dall'altra parte ed è sceso all'improvviso facendo poco più di un passo. Ma, se camminava con passo malfermo, frazione o meno di secondo, come può aver fatto a percorrere più di otto metri, sfilando addirittura davanti alla vettura, cosa che potrebbe fare uno che va di corsa? Qui qualcuno non ce l'ha raccontata giusta, non è questione di testimoni che riferiscono in modo diverso sullo stesso incidente.»

«I testimoni sono soltanto due: l'ingegnere e sua moglie e hanno visto la stessa cosa, quindi è come se fossero un testimonio solo», insisté Padoan. «Il Villa, l'automobilista, non è un testimonio. È l'autore dell'investimento che poi si è dato alla fuga, e le sue dichiarazioni hanno un interesse preciso.»

«Vero anche questo», disse Armiento. «Ma Cancelli e consorte li voglio risentire, e questa volta separati. Poi magari anche il Villa. Adesso cerco di rintracciarlo attraverso il suo avvocato e per domani riconvoco Cancelli e signora. Lui alle otto e trenta, lei mezz'ora dopo. E durante la deposizione dell'uno e dell'altra niente contatti tra i due. Vado d'istinto e non saprei spiegartene le ragioni, ma in questa faccenda c'è qualcosa che mi puzza, mi puzza tremendamente.»

«Si dovrebbe ricordare a quelli di medicina legale di controllare il tasso alcolemico anche della vittima», suggerì Padoan.

«Sta nel protocollo. Lo faranno comunque. Alcol ed eventuale uso di droghe. Troveremo tutto nel verbale di autopsia», rispose Armiento che aveva più esperienza.

«Col Villa, invece, non essendosi fermato ed essendosi presentato sedici ore dopo... che facciamo?» chiese Padoan.

«Non possiamo farci niente. Tra poco me ne vado. Monto di nuovo stasera alle ventuno e ho appena finito di fare uno straordinario. Prima di andarmene, però, un paio di telefonate.»

La prima all'Istituto di medicina legale. Era presente solo il dottor Claudio Pizzi. Una voce giovane, ben educata. «Dovete scusarmi, ma l'autopsia del pedone deceduto la scorsa notte in un incidente stradale non l'ho ancora fatta. C'era un sacco di lavoro arretrato. Il dottor Gentilini tornerà tra un paio di giorni, perciò mi trovo a mandare avanti la baracca quasi da solo. Sarà la prima cosa che farò domattina e forse, già nel pomeriggio, potrete avere un anticipo sulla relazione autoptica, anche se per il verbale completo dovrete aspettare almeno quarantott'ore, mi dispiace.»

«Va bene, dottore, mandi pure la relazione completa tra un paio di giorni», rispose Armiento.

La seconda telefonata a chi doveva farla? Sapeva che era importante... «A chi devo telefonare ancora?» chiese a Padoan. «Me ne sono dimenticato. Evidentemente non ho dormito abbastanza.»

«Forse a quel Cancelli?»

«Già, a quel Cancelli.»

Provò sul cellulare: spento. Spento anche quello della moglie. Forse a casa, e fece il numero del fisso. «Qui è la Polizia stradale, vorrei parlare con...»

«No capire», rispose una voce stridula.

Non riuscì a comprendere se all'apparecchio vi fosse un uomo o una donna. Forse ho sbagliato numero, pensò riattaccando.

Dopo averlo controllato, ci riprovò. «È casa Cancelli? La casa dell'ingegner Cancelli?»

«Sì, Cancelli, Cancelli.» La voce di prima.

«Lei chi è?»

«Chamina.»

«Non c'è l'ingegnere, o la signora?»

«No ingegnere, no signora.»

«Sono usciti?»

«Sì, usciti, andati fuori.»

«Quando ritornano? Quando li posso trovare?»

«Due giorni, otto giorni. No sapere. No Brescia.»

«Sa dove sono andati?»

«Fuori, andati fuori.»

«Ma dove fuori?»

«No sapere, fuori, forse no Italia.»

«Sono andati all'estero?»

Un breve silenzio.

«No Italia, ma fuori? Estero?» chiese Armiento adeguandosi al linguaggio del suo interlocutore, o interlocutrice che fosse.

«Sì. Forse. No sapere.»

«Grazie», e mise giù il ricevitore.

Inutile lasciare un messaggio a questa Chamina. Se faticava a esprimersi in lingua italiana, più che probabile che non sapesse neppure scrivere. Ci riproverò tra qualche giorno, pensò, e si alzò per infilarsi l'impermeabile.

«Ciao, Padoan, ci sentiamo. Se ci fosse qualcosa di urgente, mi puoi rintracciare sul portatile. Ma soltanto se si tratta veramente di un'urgenza. Altrimenti mi lasci un biglietto sul tavolo. Lo troverò alle ventuno.»

Voleva passare da casa, farsi una doccia, radersi e cambiarsi d'abito.

Finì che erano quasi le sette. Prese il telefono e chiamò la dottoressa Sommaruga. «Pronto, dottoressa, sono il sovrintendente Armiento.»

«L'avevo capito. Qualche contrattempo? Non può essere da me alle diciannove e trenta?»

«No, ci sarò. Parto subito. Volevo soltanto esser sicuro che le diciannove e trenta andassero bene.»

«Tranquillo, sovrintendente. Alle sette e mezza mi troverà pronta.»

Un'occhiata allo specchio: un'altra passata di rasoio e una ravviata ai capelli che non ne avrebbero avuto bisogno.

Si era portato dietro la Clio che aveva parcheggiato sotto casa. Partì dopo essersi assicurato di avere in tasca l'indirizzo. In una ventina di minuti fu a destinazione, con un lieve anticipo che gli permise di districarsi in quel nuovo quartiere, nel quale vie e casette sembravano l'una uguale all'altra.

Davanti a una villetta, due donne, che parevano in attesa. Stava per passare oltre, quando una delle due si mise a sventolare una mano.

Frenò bruscamente, accostando sulla destra.

«Buonasera, sovrintendente, è puntualissimo», disse Laura Sommaruga avvicinandosi.

Era quasi irriconoscibile: i capelli biondi, che Armiento

ricordava bagnati e incollati in testa, ora erano acconciati in una piega che le si arricciava sul collo; un tocco di rosso sulle labbra e gli occhi chiari che le brillavano.

«Volevo presentarle la mia collega con la quale divido l'appartamento. Le ho parlato di lei e voleva conoscerla.»

«Molto lieto», disse Armiento intimidito, stringendo la mano di una quarantenne dal viso ossuto e due occhi indagatori, carichi di rimmel, che lo scrutarono da capo a piedi.

«Piacere», rispose la donna. «Tutti gli agenti della Polizia stradale sono come lei?»

«In che senso? Non capisco...»

«Be', se sono come lei, o le somigliano almeno un po', la prossima volta potrebbe portarsi dietro anche un collega...» e la donna scoppiò in una risata che le illuminò il viso. «Ora vi lascio. Questa sera sono libera, penso che me ne andrò a letto presto. Arrivederci, agente. Ciao, Laura, ci vediamo domattina.»

Fece dietro front e si avviò lungo il vialetto ghiaioso che conduceva alla porta di casa.

«Mi deve scusare, sovrintendente, spero che Alessandra, la mia collega, non l'abbia messa in imbarazzo. È fatta un po' a modo suo e moriva dalla voglia di conoscerla. Non ha voluto sentir ragione.»

Armiento arrossì. Aveva in mano le chiavi della Clio. Fece per porgerle alla dottoressa.

«Non guiderebbe lei? Poi da via Monte Grappa all'ospedale proseguirò io, naturalmente», propose lei.

«Volentieri», rispose Armiento e le aprì la portiera di sinistra.

«Mi pare che avessimo deciso di prendere l'aperitivo insieme. Il tempo lo abbiamo. Ha idea di dove andare?»

«Dalle mie parti c'è un posticino che richiama vagamente un bistrot...»

«Splendido!» esclamò Laura Sommaruga.

«E sul retro c'è una saletta che dà su un giardino interno, sui tavolini tovaglie a scacchi bianchi e rossi. Si possono anche mangiare piccole cose molto appetitose. Qualche volta ci andavamo noi colleghi per festeggiare...»

«Questa sera festeggiamo qualcosa?»

Armiento non seppe cosa rispondere e arrossì per la seconda volta.

«La nostra conoscenza, sovrintendente?» buttò là lei.

Un cenno col capo. «Sì, la nostra conoscenza. A patto che la cosa non la faccia sorridere.»

«E perché dovrei sorridere? Mi sembra un'ottima idea», rispose Laura Sommaruga.

Un piatto di affettati, autenticamente bresciani, e una pasta e fagioli, non troppo calda, furono subito d'accordo. E d'accordo furono anche su una brocchetta di rosso della casa. Neppure due bicchieri a testa. Alle ventuno entrambi avrebbero ripreso servizio.

«Mi piacerebbe sapere qualcosa di lei, del suo lavoro, della vita che conduce. Una ragazza ce l'ha?»

«No», rispose Armiento. «Un tempo, al paese, vicino a Palermo, dove sono nato. Ma non è durata molto. Mi ci ero molto affezionato, e anche lei a me. Ci conoscevamo fin da ragazzi. Poi, però, le cose cambiarono e divenne di una gelosia che non sopportavo, così il nostro rapporto finì, senza drammi, per fortuna. Forse avevamo scambiato l'amicizia per amore, o forse l'amicizia cambiò col trasformarsi dei rapporti tra noi... nel senso che...»

«Diventarono intimi?» chiese Laura Sommaruga.

«Sì, quando diventarono intimi. Eravamo molto giovani tutti e due. Io non avevo mai toccato una ragazza né lei un ragazzo. Fu come una scoperta per entrambi e credevamo che fosse amore...» Armiento arrossì di nuovo.

«Come fa di nome? Non lo ricordo.»

«Salvatore, non credo di averglielo detto.»

«Salvatore, ha un modo delizioso di arrossire.»

Il rossore di Armiento aumentò. Le gote brune, per

quella barba scura che anche appena rasato pareva sempre in agguato, gli si imporporarono.

«Io mi chiamo Laura, penso che questo lo sappia, e credo di avere qualche anno più di lei, ma anch'io non ho un ragazzo, anzi, non ne ho mai avuti.»

Un'occhiata all'orologio: le venti e trentacinque.

«Maledizione! Tra poco devo scappare. Sull'orario sono inflessibili. Almeno cinque minuti li impiego per cambiarmi e alla puntualità ci tengo molto. Un insegnamento di mio padre.»

«Cosa faceva suo padre?»

«Il medico, come me, e il suo?»

«Il contadino», rispose Armiento.

«Mi piacerebbe saperne di più, ma devo proprio andare. L'accompagno...»

«Non occorre. Qui è di strada, al Civile ci arriva in meno di dieci minuti. Andrò a piedi», rispose Armiento. «L'accompagno alla macchina.»

Prima di salire, Laura Sommaruga si girò. «Non ho con me i turni al Pronto soccorso, ma la prossima settimana lavorerò quasi sempre di giorno, quindi di serate libere ne avrò parecchie. Sono troppo sfrontata se le chiedo di telefonarmi? Il mio cellulare ce l'ha, me lo ha chiesto stanotte. Mi chiamerà? Mi farebbe piacere rivederla.»

«La chiamerò di sicuro», rispose Armiento. «Non avevo il coraggio di chiederglielo, ma... lei mi ha soltanto preceduto.»

Laura Sommaruga gli fece una piccola carezza sul volto. «La prossima volta si rada più a fondo e non metta quella cravatta», disse ridendo.

Salì in macchina e partì con un sobbalzo, senza dargli il tempo di rispondere.

Cinque minuti più tardi Armiento era in ufficio. Prese il fascicolo dell'incidente e memorizzò sul cellulare i numeri di telefono di Laura Sommaruga: mobile e fisso.

Sul tavolo un biglietto di Padoan: *Ti eri scordato di telefo-*

nare all'avvocato di Francesco Villa. Domani alle undici parte per Roma per un processo in Cassazione, starà via per due o tre giorni. Gli ho detto che volevi risentire un momento il suo cliente. Sarebbe disposto ad accompagnarlo qui alle otto e trenta di domani. Sono rimasto d'accordo che, se non lo richiami in serata allo 030-394576, saranno qui domattina alle otto e trenta. Ci sarò anch'io. Spero di non aver fatto una sciocchezza. P.

Una notte tranquilla. Una vera fortuna perché piovve quasi ininterrottamente. Salvatore Armiento la passò sonnecchiando e riesaminando di quando in quando le dichiarazioni del Villa e quelle dei coniugi Cancelli, ma soprattutto ripensando alla dottoressa Sommaruga.

Un medico e un agente della Stradale. La figlia di un medico e il figlio di un contadino siciliano...

Finì col concludere che comunque una cena insieme, e magari anche un cinema, ci potevano anche stare. Dopotutto, non le aveva detto che il suo diploma di geometra era riuscito a prenderselo.

Si addormentò verso mattina, nella solita posizione, con le gambe sul tavolo. Non venne disturbato né dal telefono, né da qualche collega inoperoso desideroso di fare quattro chiacchiere.

Fu Padoan a svegliarlo, alle otto meno un quarto, con un lieve tocco alla spalla.

Aprì gli occhi, tolse i piedi dal tavolo e rimise la sedia in posizione verticale.

«Mi dispiace averti svegliato. Dormivi come un bambino e avevi un mezzo sorriso sulle labbra. Forse stavi facendo un bel sogno», disse Padoan che, quando lo vide in piedi, sbarrò gli occhi. «Armiento, non ti avevo mai visto così elegante! Quando te ne sei andato, ieri pomeriggio, avevi un appuntamento galante?»

«Avevo un appuntamento, sì, avevo un appuntamento», brontolò Armiento ancora non del tutto sveglio.

«Non ti chiedo con chi... Non è che per caso ti stai facendo la ragazza?»

«Vai al diavolo, Padoan», e si diresse verso il bagno.

Si guardò allo specchio. Avrebbe dovuto radersi. Avrebbe dovuto farlo almeno tre volte al giorno. Il nodo della cravatta allentato, su quella camicia e con quella giacca un vero schifo. La tolse e fece per mettersela in tasca. Poi ci ripensò: era uno schifo, punto e basta. L'appallottolò e la gettò nel cestino della carta straccia. Si tolse camicia e maglietta e si strofinò vigorosamente viso e torace con l'acqua fredda, mettendo poi il capo sotto il rubinetto. Una rapida asciugata e fu pronto.

Ritornò in ufficio. Padoan era seduto a un capo del tavolo. Leggeva e rileggeva le dichiarazioni inserite nel fascicolo, mentre ascoltava la cassetta registrata, scuotendo il capo.

«Ne sei venuto a capo?» chiese Armiento.

«Non lo so, non credo, anche se una cosa è sicura...»

«Quale?»

«Che i due testimoni non hanno alcun interesse a mentire. Per loro che il pedone stesse attraversando la strada da sinistra a destra o da destra a sinistra che differenza fa? I coniugi Cancelli erano a piedi, mica in macchina. Il Villa, invece, un interesse ce l'ha. Tu stesso hai riconosciuto che, se le cose fossero andate come ci ha detto, si potrebbe addirittura discutere sulla sua responsabilità nell'investimento. E non dimenticare che quelle dichiarazioni ce le ha fatte non perché lo abbiamo pescato noi, chiedendogli a brutto muso come erano andate le cose, ma molte ore più tardi, dopo essersi consultato col suo avvocato...»

«Ma, se la vittima camminava con passo malfermo, a percorrere quegli otto metri e passa ci avrebbe messo un po' di tempo, e l'automobilista avrebbe avuto modo di vederlo e di frenare...»

«Certo, ma leggi qui: "Eravamo un gruppo di amici e, quando si è in compagnia, magari si beve un bicchiere in più..." E l'avvocato l'ha subito interrotto: "Venga al sodo", gli ha detto, e lui ha raccolto al volo l'imbeccata, aggiungendo: "Ma non ero ubriaco, neanche per idea". Invece, secondo me, era mezzo sbronzo, ed è questa la ragione per cui è scappato. Lo sai che quando acchiappiamo un pirata della strada otto volte su dieci ha bevuto, se non si è drogato? E lo sai che le tracce di alcol, dopo un buon numero di ore, sono destinate a scomparire?»

«Lo so», rispose Armiento guardandolo con interesse.

Furono interrotti da un lieve bussare alla porta.

«Avanti», fece il sovrintendente.

L'avvocato Beccalossi, che sembrava pronto per recarsi a un funerale, e alle sue spalle Francesco Villa.

«Accomodatevi, accomodatevi», disse Armiento. «So che lei, avvocato, deve partire per Roma, ma sarà questione di un momento.»

«Va bene, agente. Si è per caso dimenticato di chiedere al mio cliente qualche circostanza particolare?»

«Vorrei soltanto fargli risentire la registrazione dell'interrogatorio, chiedendogli se la conferma in ogni sua parte. Poi altre due righe di verbale per specificare che, risentite interamente le sue dichiarazioni di ieri pomeriggio, le conferma, o magari vuole aggiungere qualcosa.»

«Ma mi vuole spiegare...»

«Al tempo, avvocato, la prego. Padoan, fai partire la registrazione.»

Ascoltarono tutti, in assoluto silenzio.

«Allora, Villa, è fermo su queste dichiarazioni? Perché abbiamo risentito i due testimoni, i quali sono certissimi che il pedone ha attraversato la strada venendo dai giardini. Hanno assistito a tutta la scena e sono sicuri di quello che dicono», mentì Armiento.

«Non so cosa abbiano visto loro, ma il pedone è sceso dal marciapiede alla mia destra. Sto dicendo la pura e semplice verità. E a costo di aggravare la mia posizione...»

«Non faccia dichiarazioni avventate», lo interruppe Beccalossi.

«Lasci perdere, avvocato. Qui ci sarei venuto anche senza aver prima parlato con lei.»

«Cosa vuole dire?» chiese Armiento.

«Che è vero che non ero ubriaco, ma un po' alticcio sì. Se mi avessero fermato e fatto il palloncino, se ne sarebbero accorti subito e mi avrebbero magari messo le manette. È questa la ragione per cui sono scappato: per lo spavento provato e per il fatto che ero alticcio.»

Giustino Beccalossi allargò le braccia. «Adesso, Villa, la coscienza l'abbiamo del tutto a posto, o domani ritorna qui, con o senza di me, col capo cosparso di cenere?»

«No, avvocato. Tutto quello che avevo da dire ormai l'ho detto, anche se la coscienza a posto non posso averla, perché quel poveretto l'ho ammazzato.»

«Villa, non mi faccia perdere la pazienza. Se ha detto la verità, come penso, non poteva evitarlo, anche se fosse andato a cinquanta all'ora, e non a novanta. L'ho già detto ieri, e anche l'agente era abbastanza d'accordo.»

«Questo lo so», disse mesto il Villa. «Ma, se fossi andato a cinquanta, non mi sarei trovato lì nel momento in cui quello aveva deciso di attraversare la strada. La coscienza a posto, quindi, non la posso avere.»

Nessun commento. Tutti lo guardavano.

Forse, senza rendersene neppure conto, Francesco Villa aveva segnato un punto a suo favore.

«E va bene, Villa. Adesso le do il via libera. Soltanto un breve verbale in cui si dà atto che, riconvocato alla presenza del suo legale, ha riascoltato la registrazione del suo interrogatorio in data ventinove aprile, confermandolo in ogni sua parte, aggiungendo, per scrupolo di coscienza, che al momento del fatto era decisamente alticcio. D'accordo, avvocato?»

«D'accordo.»

«Pensaci tu, Padoan. Poi firmiamo tutti e, per oggi, la chiudiamo qui.»

Un cenno dell'avvocato Beccalossi. «Agente, potrei dirle due parole in privato?»

«Certo», rispose Armiento, uscendo in corridoio.

«Niente più che un suggerimento, molto sommesso, da galantuomo a galantuomo.»

«Mi dica, avvocato.»

«Lei si trova di fronte a una situazione non facile, e mi permetto di dirlo avendo più del doppio dei suoi anni. La vittima l'avete identificata?»

«Non ancora. Non aveva documenti con sé e, a quanto pare, il corpo è quasi irriconoscibile.»

«Mi auguro che possiate identificarlo al più presto. Potrebbe esservi utile. Nel frattempo due persone ben identificate le avete sotto mano...»

«I due testimoni. È a loro che vuole alludere?»

«Sì, proprio a loro.»

«E il sommesso suggerimento?»

«Molto semplice. In attesa di indagare, o meglio, di approfondire tutto quanto si potrà sapere sul morto, nei suoi panni, non perderei tempo a indagare sui vivi.»

«Ci avevo già pensato, avvocato. Ma la ringrazio lo stesso.»

Giustino Beccalossi fece un grave cenno col capo, senza che il viso cambiasse espressione.

Capitolo 5

Sapeva che, prima di tornare a casa, aveva un'altra cosa da fare. Ma cosa? Se ne ricordò vedendo la piccola agenda da tasca trovata addosso alla vittima.

Le aveva già dato una scorsa. Difficile, estremamente difficile con quella grafia quasi incomprensibile. Ma si poteva anche fare qualche tentativo. Chiamò Padoan.

Presero un foglio ciascuno e vi trascrissero i numeri che, con molta difficoltà, riuscirono a decifrare, mettendo tra parentesi le possibili alternative. Poi si misero al telefono.

Anche la domanda che avrebbero fatto a un eventuale interlocutore non era semplice da formulare. Ne discussero per qualche minuto. Cosa potevano chiedere? «Per caso, conosce un tizio sulla cinquantina, capelli appena brizzolati, che presumibilmente abitava in centro?» No, non poteva andare. «Conosce un tizio sulla cinquantina, capelli brizzolati, sulla cui agenda tascabile è stato trovato il suo numero seguito da una sigla, che è stato vittima di un incidente stradale e non aveva con sé alcun documento di identità?» Ecco, così forse poteva andar meglio, furono entrambi d'accordo.

Dopo una mezz'ora, però, rinunciarono. Una quarantina di tentativi, ma in quasi tutti i casi il numero risultava inesistente. Qualche volta si sentiva lo squillo di un fax. In due soli casi ricevettero risposta, ma anche qui due buchi nell'acqua: la prima, una ragazza giovane, rispose che l'unico cinquantenne coi capelli brizzolati che conosceva, o meglio, che aveva conosciuto, era suo padre, purtroppo deceduto alcuni mesi prima per un male incurabile; la seconda, sempre una donna, che parlava a fatica, rispose di non conoscere alcun cinquantenne con quelle caratteristiche e che forse avrebbe potuto essere un conoscente del figlio, più o meno della stessa età, che però da anni si era trasferito a Torino. Quello che poteva fare era dare il numero di telefono del figlio. Padoan, era stato lui a telefonarle, provò a chiamarlo, senza alcun risultato. Rispose la moglie: avevano divorziato e del suo ex marito non conosceva né il recapito telefonico, né l'indirizzo. Nel frattempo si era risposata. Spiacente, non poteva aiutarli, anzi, una preghiera: che non la seccassero più per quel marito che voleva soltanto dimenticare.

Quando Armiento e Padoan si ritrovarono, non poterono che allargare le braccia.

«Qui ho l'impressione che non si vada da nessuna parte», disse Padoan. «Quando dicevi che per capire quella grafia infernale avremmo potuto rivolgerci a un farmacista, scherzavi o parlavi sul serio?»

«Scherzavo», rispose Armiento, «anche se... Ma no, è inutile, stiamo sprecando il nostro tempo, non è questa la strada da battere.»

«E allora?»

«Fammici pensare un momento... Forse ci sono: le persone di cui è stata denunciata la scomparsa nelle ultime quarantott'ore! Se una persona esce la sera per andare al cinema e poi non ritorna, un famigliare cosa fa?»

«Telefona agli amici...»

«Il nostro uomo al cinema c'era andato da solo, per quanto ne sappiamo.»

«Allora chiama gli ospedali, i Carabinieri, la Polizia, pensando a un incidente.»

«Senti, adesso sono stanco e vorrei andarmene a casa. Non potresti informarti presso Polizia e Carabinieri? Se vieni a sapere qualcosa, mi puoi telefonare a casa, altrimenti...»

«E se era scapolo e viveva da solo?»

«Se era scapolo e viveva da solo, penseremo a qualcosa d'altro», sospirò Armiento.

Padoan lo chiamò mezz'ora dopo.

«Fatta la ricerca: niente da fare. Nulla da noi e nulla dai Carabinieri. Ho parlato con l'ispettore Palestrina della Questura che mi ha richiamato dieci minuti dopo. Le persone di cui è stata denunciata la scomparsa sono soltanto due: una ragazza sui diciotto anni e un settantenne. Secondo me, era scapolo e viveva da solo.»

«Allora nessuno piangerà sulla sua tomba», concluse Armiento. «Ci vediamo domani. Mi sembra che tutti e due iniziamo col turno di giorno.»

«D'accordo», rispose Padoan.

Il mattino dopo la macchina distributrice di caffè era affollata. Non solo Armiento e Padoan, ma anche Bellini e, una volta tanto, l'ispettore Cacioppo.

«Novità?» chiese l'ispettore mentre si prendeva un cappuccino.

«Nessuna, purtroppo. Non riusciamo a identificare la vittima», rispose Armiento.

«Quale vittima?» domandò Cacioppo.

«Il morto dell'altra notte, in quell'incidente stradale di via Ugoni. Le avevo dato anche una copia della relazione. Il morto non aveva documenti e...»

«Il solito barbone», liquidò l'ispettore, mentre scartava una ciambella.

«No, ispettore. Non era affatto un barbone, ma un signore cinquantenne ben vestito, purtroppo senza documenti.»

«Non avete niente di meglio da fare? Tanto è morto. Prima o poi uscirà fuori qualcuno a reclamarlo. Adesso, dove sta?»

«Dove vuole che stia? All'obitorio.»

«Perfetto. Che se lo tengano al fresco. Non c'è alcuna fretta», e Cacioppo si allontanò con aria annoiata.

«Che ti dicevo?» fece Armiento a Padoan. «A quello non gliene frega niente. Quasi mi verrebbe voglia di informare la dirigente.»

«Vediamo ancora un momento», ribatté Padoan. «Oggi dovrebbe arrivare il verbale di autopsia. Ci mettiamo anche quello e poi magari gliene parli. È una persona intelligente e forse le verrà in mente qualcosa cui noi non abbiamo pensato.»

Tornarono in ufficio. Di scartoffie ce n'erano molte cui dare quantomeno un'occhiata, prima che si accumulassero.

La dirigente era una persona a modo, ma ci teneva che tutto filasse per il verso giusto.

Dall'Istituto di medicina legale telefonarono alle undici.

Armiento aveva avvertito l'agente di servizio al centralino di informarlo subito. Si misero in contatto radio con una pattuglia che stazionava da quelle parti: avrebbero ritirato loro il verbale, che arrivò alla mezza. In breve il fascicolo sarebbe stato pronto per essere inoltrato alla Procura.

Niente di nuovo, nella sostanza: un cadavere martoriato, così come l'aveva descritto il dottor Rosa. La relazione, molto accurata, era stata sottoscritta dal dottor Claudio Pizzi e dava minuziosamente conto delle molteplici lesioni riscontrate sul corpo. Oltre a quelle agli organi addominali, la causa della morte andava individuata nella rottura delle vertebre cervicali e nello sfondamento dell'osso parietale che aveva provocato lo sfacelo dell'emisfero sinistro del cervello. Si faceva anche menzione di grosse contusioni alle gambe, che peraltro non avevano avuto alcuna influenza sull'esito mortale. Tasso alcolemico nella norma.

Armiento chiamò Padoan, che a sua volta lesse attentamente il verbale di autopsia.

«La classica rottura dell'osso del collo», fu il commento. «Anche volendo trascurare il resto. È stato caricato sulla macchina e ha sbattuto con la testa contro il montante superiore del parabrezza, fracassandosi collo e testa. Il resto viene dall'urto contro il cofano e dal volo successivo, a testa avanti sull'asfalto. Secondo me, l'automobilista andava come un missile, e non è detto che in Procura non ci ripensino. In fin dei conti, il Villa ha finito con l'ammettere di aver bevuto. Può anche darsi che dopo l'urto gli sia passato sopra. Poi, smaltita la sbornia, ci ha ripensato, ha parlato con l'avvocato e ha fatto una scelta quasi obbligata, sperando di non essere arrestato. Non avrebbe potuto escludere che qualcuno gli avesse preso la targa, o almeno qualche numero della targa, e avesse memorizzato il tipo di vettura. Metti insieme tutte queste cose e il rischio che lo beccassero c'era. È stato l'avvocato a consigliarlo, per evitare il peggio.»

«Ma il sostituto con cui ho parlato mi ha detto che quell'avvocato è persona molto corretta...» fece Armiento.

«E allora?» ribatté Padoan. «L'avvocato non ha commesso nessuna scorrettezza, si è limitato a fare il furbo, che è poi il suo mestiere... Basta pensare a quei due suoi interventi nel corso dell'interrogatorio. Vedrai che mettono dentro l'autista. Ci scommetto mezza giornata di stipendio.»

«Mah... non so. Potresti anche avere ragione», concluse Armiento con aria pensierosa. «Comunque, noi il nostro lavoro l'abbiamo svolto, e non credo che possiamo far altro. Neanche sotto il profilo dell'identificazione, considerando come è ridotta la faccia. Chi potrebbe riconoscerlo? Adesso porto tutto da Cacioppo e ci penserà lui. Non vedo cos'altro ci sia da fare, almeno per il momento.»

Una gola profonda c'è quasi dappertutto, e neppure la Stradale faceva eccezione.

Il giorno dopo su entrambi i quotidiani locali la notizia

dell'incidente mortale di via Ugoni era riportata con un certo rilievo. La pirateria stradale, insieme con la violenza sulle donne e gli episodi di razzismo, era argomento che i media in quel periodo cavalcavano.

Il sovrintendente Armiento stava per uscire di pattuglia, quando nell'ufficio, senza bussare, irruppe l'ispettore Cacioppo. Il viso buio e la voce rauca.

«Si può sapere che cazzo hai fatto?»

«A che proposito?» chiese Armiento.

«A proposito di quel cazzo di incidente stradale di alcune notti fa, quello di via Ugoni.»

«Risulta tutto dalla relazione e dagli allegati che le ho messo sul tavolo, perché firmasse e trasmettesse tutto alla Procura. Comunque penso che abbia controllato tutto anche lei. Cosa c'è che non va?»

«Che cavolo ne so io? Ho firmato, punto e basta.»

«Allora, cosa avrei fatto di sbagliato?» tornò a chiedere Armiento che un pizzico di coda di paglia l'aveva per quel trattamento un po' fuori della norma nei confronti di Laura Sommaruga.

«Non lo so. Ma due minuti fa mi ha chiamato la dirigente. Mi sembrava fuori della grazia di Dio. Vuole vederci subito, nel suo ufficio.»

«Va bene», rispose Armiento. «Andiamo e portiamoci dietro una copia di tutto il fascicolo.»

«Ce l'ha già. Un'ora fa ha mandato da me un agente a prenderlo.»

Si avviarono lungo le scale e raggiunsero il piano superiore.

«Guarda che se hai fatto qualche cazzata la responsabilità è tua», brontolò Cacioppo tra i denti. «E dovrai rendermene conto.»

Armiento si fermò un momento e guardò Cacioppo. «Posso dirle una cosa, ispettore, una cosa che dovrebbe rimanere tra noi?»

«Cosa?»

«Che può andare a farsi fottere. Metta anche questo nel conto», rispose Armiento e, prima che Cacioppo potesse ribattere, bussò alla porta della dirigente, cedendo però il passo all'ispettore che era diventato paonazzo.

La dottoressa Zara era seduta alla sua scrivania. Davanti a sé i due quotidiani, ripiegati, con gli articoli che spiccavano, evidenziati con un pennarello rosso. Di mezza età, abbastanza robusta, con i capelli castani raccolti in uno chignon sulla nuca. Due occhi scuri e uno sguardo penetrante che metteva subito a disagio.

Non li invitò a sedere. L'impressione che stesse leggendo e rileggendo i due articoli di cronaca. Sul lato destro della scrivania il fascicolo completo relativo all'incidente.

Ci vollero cinque minuti prima che decidesse di accorgersi della loro presenza.

«Ritengo di aver bisogno di alcune spiegazioni», esordì in tono secco, «e mi auguro che siano buone. Anzitutto: c'è un incidente stradale, un incidente mortale col guidatore che si dà alla fuga. Perché non ne sono stata subito informata?»

«Forse, ho sbagliato, anzi, ho senza dubbio sbagliato, dottoressa, ma erano le due di notte e ho pensato...» iniziò Armiento.

«Che non valeva la pena disturbarmi? Che non voleva turbare il mio sonno? E ha pensato male. Di questa cosa dovevo essere informata subito, non venirne a conoscenza giorni dopo attraverso i giornali. I quotidiani di oggi li avete letti oppure no?»

«No, non ancora», rispose Armiento.

L'ispettore Cacioppo si limitò a scuotere il capo.

«Allora, ve li leggo io, anzi, leggeteveli da voi», e li tese.

I due pezzi non si differenziavano molto: un episodio di pirateria stradale, come ormai ne avvenivano spesso. Due, però, i punti che venivano messi in rilievo: da una fonte ben informata si era appreso che la vittima, un individuo di sesso maschile, sui cinquant'anni, era privo di documenti e non era stato ancora identificato, e che l'automobilista, tale F.V., che si era dato alla fuga, si era spontaneamente presentato il giorno successivo al comando di Polizia stradale, accompagnato dal suo legale di fiducia, e, dopo avere reso la sua versione dell'accaduto, ammettendo che al momento dell'investimento era un po' alticcio, era stato rilasciato senza che nessun provvedimento, a parte il sequestro del veicolo, fosse stato adottato nei suoi confronti.

«Avete letto tutto per bene? Allora, giusto per iniziare, due domande: la fonte ben informata non può essere che qui, in via Monte Grappa. Voi ne sapete qualcosa?»

Sia Armiento che Cacioppo allargarono le braccia.

«Attento, ispettore, c'è un precedente di cui non mi sono dimenticata, ma adesso non mi ci voglio soffermare. Seconda domanda: ho visto il fascicolo. L'automobilista che ha investito il pedone è stato sentito da lei, sovrintendente Armiento. Perché non ha fatto intervenire l'ispettore? Quantomeno lui, se temeva di disturbare me anche per questa incombenza.»

«A dire la verità...» iniziò Armiento, ma fu subito interrotto da Cacioppo che cercò di limitare i danni.

«Ero stato avvertito, non posso negarlo, ma avevo un impegno di carattere personale, mia moglie...»

«Ispettore Cacioppo», la voce della dottoressa Zara si era fatta tagliente, «durante il servizio non esistono impegni personali. Non è la prima volta che succede. Ma riparleremo anche di questo. Il punto è», proseguì, «e mi rivolgo a lei, sovrintendente, che, nel momento in cui si è trovato a gestire le cose in prima persona e a fronte dell'impedimento dell'ispettore, non ha ritenuto di rivolgersi a me o a un altro suo superiore. Si è assunto ogni responsabilità, compresa quella di affrontare la posizione dell'investitore che si era presentato personalmente.»

«Mi scusi, dottoressa, prima di prendere ogni decisione, mi sono consultato per telefono con il sostituto di turno. È lui che mi ha detto che avrei dovuto denunciare a piede libero questo Villa, limitandomi al sequestro della macchina che si era portato dietro.»

«Mi faccia capire bene. Lei si è direttamente rivolto alla Procura della Repubblica?» chiese la dottoressa Zara.

«Sì, dottoressa. Può darsi che abbia sbagliato, ma è quello che ho fatto.»

«E con chi ha parlato?»

«Il nome non lo so, non l'ho chiesto. Mi hanno passato il sostituto di turno esterno, quello in servizio il 29 aprile.»

«I rapporti con la Procura sono io a tenerli, salvo casi eccezionali, non un qualsiasi agente. Se non lo sapeva, se lo tenga per detto e non se lo scordi. Ora valuterò meglio il suo operato. Per il momento, due giorni di sospensione dal servizio. Cacioppo, lei può andare. Lei, Armiento, si fermi ancora un momento: non ho finito.»

Questi si mise sull'attenti, mentre Cacioppo, con un sospiro di sollievo, infilava la porta.

«Armiento», riprese la dottoressa Zara, quando rimasero soli, «le spiacerebbe aprire la finestra?»

«Subito, dottoressa», rispose Armiento, che poi ritornò davanti alla scrivania, in piedi, aspettando il seguito.

«Si sieda, si sieda. Lei fuma?»

«Sì, mai in servizio, però.»

«Per una volta, facciamo un'eccezione», disse la dirigente estraendo da un cassetto della scrivania un pacchetto di Marlboro e un piccolo posacenere. Gli tese il pacchetto e si mise una sigaretta in bocca, cercando invano un accendino.

Fu Armiento a toglierlo di tasca e a protendersi sul piano del tavolo facendo scattare la fiammella.

La dottoressa Zara aspirò golosamente due boccate. «E lei che fa? Non accende?»

«Certo, certo», rispose Armiento. L'ultima sigaretta del

condannato a morte, pensò, non rendendosi conto che la dirigente lo stava guardando con aria materna.

«Quanti anni ha, Armiento?»

«Venticinque, dottoressa.»

Lucia Zara, continuando a fumare, aprì il faldone che stava sul tavolo e iniziò a sfogliarlo lentamente.

«Ho esaminato tutto, con molta attenzione: i verbali delle dichiarazioni testimoniali, quello di interrogatorio, la sua relazione e, soprattutto, la planimetria dei luoghi.»

«C'è qualcosa che non va?»

«Non direi. Puntuali le domande, buona l'idea della registrazione dell'interrogatorio e, quanto alla planimetria...»

«Forse l'ho buttata giù in modo un po' frettoloso...»

«Mai vista una migliore, in vent'anni di esperienza. Deve avere avuto ottimi insegnanti al corso di Polizia.»

«Penso di sì, anche se forse sono facilitato dal mio diploma di geometra.»

«Ma guarda... Questo non lo sapevo. Sarà bene che dia una scorsa al suo fascicolo personale.»

«In cui adesso figurerà anche la temporanea sospensione dal servizio.»

«Ma che sospensione e sospensione! Ti fai due giorni di vacanza, meritatissimi. Ho parlato di sospensione in presenza di quello scansafatiche di Cacioppo, per fargli prendere un po' di strizza. Ma temo che sia una causa persa. Prima se ne andrà in pensione, meglio sarà per tutti. Invece, non so se ce l'hanno raccontata giusta, ma quei due testimoni, quelli che ci hanno telefonato appena dopo l'incidente, richiedendo il nostro intervento, mi puzzano. Il mio consiglio sarebbe quello di risentirli per chiarire.»

«È quello che sto cercando di fare, però pare che siano fuori Brescia, forse all'estero. Ma le assicuro che ne verrò a capo.»

«Non ne dubitavo. Adesso ti lascio libero e potrai andartene a casa o dove ti pare. L'ispettore Cacioppo si chiederà perché ti ho trattenuto. Assumi un'aria preoccupata e digli che alle diciassette lo aspetto nel mio ufficio.»

Il sovrintendente Armiento scese le scale a due gradini per volta e ricordò quanto gli aveva detto la dirigente soltanto quando vide l'ispettore che lo attendeva, fuori della porta del suo ufficio.

«Allora?» chiese Cacioppo.

«Meglio non parlarne», rispose Armiento. «Comunque, mi ha detto di riferirle che l'attende per le diciassette nel suo ufficio. Auguri!»

Capitolo 6

Poteva anche andare, ma passò a salutare Padoan che stava aiutando Bellini a completare una planimetria di un incidente avvenuto il giorno prima, nei pressi dell'ospedale Civile. Un solo ferito, ma tre mezzi coinvolti in un tamponamento a catena. Stavano combinando un guazzabuglio e Armiento diede loro una mano.

Infine, uscì, avviandosi verso via Rossetti.

Cacioppo aveva la lingua lunga e, nel giro di poche ore, tutti avrebbero saputo della sua sospensione. Pensò che la dottoressa Zara ci sapeva fare. Aveva colto l'occasione per mandare un indiretto avvertimento a tutti. Ridacchiò tra sé, alzando il capo verso il cielo che si era rasserenato, e si fermò un momento a godersi sul viso il sole ormai caldo.

Forse poteva anche fare una scappata in corso Palestro. Magari i coniugi Cancelli erano tornati. Non era una cattiva idea. In quel momento sentì vibrare il cellulare che teneva nel taschino della giacca.

«Pronto, Armiento.»

«Buongiorno, la disturbo?» Una voce femminile che riconobbe subito.

«Niente affatto. È un piacere sentirla, dottoressa Sommaruga. Uno di questi giorni le avrei telefonato io.»

«Allora l'ho preceduta. È soltanto per dirle che, durante tutta la settimana, stacco dal servizio alle sei del pomeriggio. Se per caso fosse libero anche lei...»

«Ci potremmo vedere?»

«Sì, proprio per questo le ho telefonato.»

«Allora, questa volta la invito a cena, una vera cena intendo.»

«Cosa ne direbbe, invece, di venire a cena da me? Alessandra, la mia collega, è un'ottima cuoca. L'idea, infatti, è sua.»

«Veramente, avrei preferito...»

«Anch'io. Ma Alessandra ha tanto insistito... Sta attraversando un momento un po' difficile. Da anni aveva una relazione con un funzionario dell'ospedale, che si è interrotta in malo modo, e lei è molto depressa. Per questa volta mi faccia un favore...»

«D'accordo. Quando e a che ora?»

«Anche questa sera, se per lei va bene. Direi verso le otto, così avremo il tempo di prendere un aperitivo, prima di metterci a tavola.»

«Va bene. Ci sarò. A stasera.» Chiuse il cellulare. La gioia per l'invito era venata da una punta di delusione.

Arrivò a casa e si limitò a un tramezzino con un paio di pomodori. Poi si apprestò a uscire. Corso Palestro 39 il suo obiettivo.

L'aria era tiepida. Poteva anche fare una passeggiata a piedi.

Arrivato in via Ugoni, si fermò sul luogo dell'incidente. Le due del pomeriggio, le automobili correvano sul ring a una velocità costante. I semafori erano sincronizzati: bastava mantenersi sui cinquanta orari per passare da un verde all'altro.

Dopo alcuni istanti, riprese a camminare. Attraversò i giardini e prese per via Bronzetti, girando per corso Matteotti e poi per via San Francesco. Il trentanove di corso Palestro stava quasi all'inizio della strada, sulla destra, poco dopo la chiesa.

Il nome Cancelli era in alto a destra. Provò a suonare il

campanello, invano. Sulla targhetta accanto un altro nome: Cattaneo. Premette il pulsante.

«Chi è?» chiese una voce di donna.

«Polizia. Sovrintendente Armiento. Stiamo cercando di metterci in contatto con l'ingegner Cancelli. Una signora straniera ha risposto al telefono di casa loro e ci ha detto che sono fuori, ma non è riuscita a spiegarsi con chiarezza. Mi spiace disturbarla, ma se per caso lei sapesse dirci qualcosa...»

«Quarto piano. C'è l'ascensore.»

Armiento si presentava bene, ma la porta dei Cattaneo si dischiuse di pochi centimetri, trattenuta da una catenella.

«Ha un documento di riconoscimento?»

Armiento glielo passò e la catenella fu sganciata.

«Si accomodi pure», disse una quarantenne coi capelli biondi che finivano in una coda di cavallo. «Stavo prendendo il caffè. Lo gradisce anche lei?»

«Grazie», rispose Armiento dandosi un'occhiata in giro.

«Per di qua», fece la donna. «Vado a prendere il caffè anche per lei.»

Tornò con un vassoio su cui stava una tazzina fumante.

«Si sieda, non vorrà berlo in piedi. Mi dica, cosa vuole sapere?»

«Come le dicevo, abbiamo parlato per telefono con quella che dovrebbe essere la loro cameriera. Una signora di nome...»

«Chamina.»

«Ecco, Chamina. A quanto abbiamo capito, i signori Cancelli sono all'estero.»

«Posso sapere perché li state cercando? È successo qualcosa?»

«Sono stati testimoni di un grave incidente stradale. Li abbiamo già sentiti, sia l'ingegnere che la moglie, ma abbiamo l'esigenza di qualche chiarimento. Forse, lei sa dove si trovano?»

«Che siano andati all'estero mi sentirei di escluderlo. Li

ho incrociati mentre stavano partendo. Qui sotto non si può sostare e bisogna fare le cose in fretta, si devono preparare i bagagli nell'androne del palazzo e caricarli in pochi minuti.»

«Perché escluderebbe che siano andati all'estero?» chiese Armiento.

«Perché hanno messo sulla macchina gli sci, perciò credo che si siano allontanati per pochi giorni. E poi, se fossero andati all'estero, Luigi me l'avrebbe detto.»

«Luigi? A chi si riferisce?»

«All'ingegner Cancelli», rispose la signora Cattaneo.

«Già, certo, Luigi Cancelli. Neppure la moglie le ha accennato nulla?»

«Io con quella non ci parlo neppure.»

«Come mai?»

«Non credo che questo possa interessare alla Polizia e non amo fare pettegolezzi», rispose asciutta la signora Cattaneo.

«Capisco, non voglio certo insistere. Quindi, dovrebbero essere andati a sciare... Ha idea di dove possano essersi recati?»

«Penso a Bormio, in alta Valtellina. So che hanno un appartamento o una casa là. Potrebbero anche essere andati in qualche altro posto, però. Ormai la stagione è avanzata, non so dove ci sia ancora neve sufficiente.»

«Grazie, signora. Tolgo il disturbo», fece Armiento alzandosi.

«Se mi vuole lasciare il suo numero di telefono, l'avverto quando ritornano», propose la donna alzandosi a sua volta.

«Molto gentile», rispose Armiento e, su un blocchetto di carta che la signora Cattaneo gli mise in mano, scrisse il numero della Stradale e il suo interno.

«E questo è il mio», disse la signora. «Di solito nel pomeriggio mi trova in casa. Sono divorziata.»

Armiento segnò il numero sull'agenda tascabile.

Mentre scendeva le scale, si domandò perché mai la signora Cattaneo avesse sentito il bisogno di comunicargli che era divorziata. Poteva essere che... Scartò l'idea. Qualcosa l'aveva però appresa: la signora Cattaneo, con quella coda di cavallo da ventenne, mentre doveva avere come minimo il doppio degli anni, con l'ingegner Cancelli era in confidenza, mentre nei confronti della moglie si era espressa in modo abbastanza sibillino. Ma cosa c'entrava tutto questo con quella loro versione dell'incidente? Niente... Anche se... Ripensò alla coppia. Che ci fosse qualcosa che non andava, riflettendoci bene, era stata in fondo anche la sua impressione. Ma fu questione di un momento, perché, mentre stava avviandosi lungo corso Palestro, iniziò a chiedersi cosa avrebbe potuto portare quella sera a Laura Sommaruga, senza contare che, a quanto aveva appreso, la cuoca era la collega, Alessandra, e proprio lei aveva insistito per una cena a casa loro.

Alle diciannove e quarantacinque, dopo aver parcheggiato la sua Punto poco più avanti, Armiento suonò al campanello di Laura Sommaruga. Si aprì la porta. Lei che dalla soglia lo guardava sorridendo.

Armiento percorse il breve vialetto. In una mano una bottiglia di Franciacorta, che aveva tolto dal freezer mezz'ora prima, nell'altra un mazzetto di fiori che aveva acquistato strada facendo.

«Ma non doveva...» lo accolse lei togliendogli i fiori di mano.

Dalla porta d'ingresso si accedeva direttamente a un piccolo soggiorno.

«È tutto pronto. Alessandra è di là, si sta cambiando.»

«Il Franciacorta dovrebbe essere ancora fresco. Basterà metterlo in frigorifero», disse Armiento.

«Possiamo prenderlo come aperitivo. Cosa ne dice?»

«Mi sembra una buona idea.»

«Dia qua, faccio io.»

Un paio di minuti, in un silenzio non privo d'imbarazzo, quindi si aprì una delle due porte che davano nel soggiorno e fece la sua comparsa Alessandra. Un paio di tacchi alti, camicia bianca e gonna scura sopra il ginocchio. Capelli raccolti sulla nuca, il viso che si apriva in un grande sorriso. Era una falsa magra, Armiento se ne accorse subito e le tese la mano. A differenza di Laura, che si era data soltanto una passata di rossetto sulle labbra, Alessandra non si era risparmiata: labbra vermiglie, forse rifatte, e rimmel senza dubbio troppo carico.

«Benvenuto nella nostra casa. Cinque minuti e possiamo metterci a tavola.»

«Armiento ha portato una bottiglia di Franciacorta. L'ho messa in frigo», disse Laura.

«Perfetto. Possiamo berlo come aperitivo. Laura, vai a prendere in cucina gli stuzzichini che ho preparato? Lei si accomodi sul divano, anzi, stappi la bottiglia di Franciacorta. Non le dà noia se fumo una sigaretta?» e, prima che Armiento potesse rispondere, si accese una Camel, sedendosi a sua volta e osservandolo tra le volute di fumo, mentre Laura tornava con un vassoio di tartine.

«La prossima volta, però, porti con sé un collega. Guardi che ci conto», fece Alessandra, mentre lui versava il vino in tre calici già pronti sul tavolino di fronte al divano.

«Come lo desidera?» non seppe trattenersi Armiento che avrebbe voluto una serata diversa e sentiva crescere l'irritazione.

«Mi basta che sia una persona intelligente e simpatica», rispose.

Anche Laura era chiaramente imbarazzata e, mentre Alessandra spegneva il mozzicone della sigaretta nel posacenere, trovò il modo di lanciare ad Armiento un'occhiata, come per scusarsi.

Presero posto a tavola, lui nel mezzo. Come cuoca Alessandra ci sapeva fare, ma monopolizzò la conversazione, proponendo subito il «tu» e l'uso del nome.

«Armiento, di nome come fa?»

«Salvatore.»

«Non mi piace, propongo un Salvo, alla Montalbano», disse Alessandra con una risata. «Poliziotto lui e, in fondo, poliziotto anche *tu.*»

«D'accordo.»

Nel corso della cena, Armiento ebbe più di una volta l'impressione che l'amica di Laura lo guardasse con una certa insistenza, quasi ammiccando, facendolo sentire sempre più a disagio.

Fu il cellulare a salvarlo.

«Chiedo scusa», disse alzandosi e si spostò di un paio di metri.

«Pronto, Armiento. Con chi parlo?»

«Dimenticavo che lei non conosce il mio cellulare. Sono la dottoressa Zara. In questo momento è a casa?»

«No, sono fuori a cena.»

«Non voglio guastargliela, ma domani mattina, alle otto, da me. L'aspetto.»

«Va bene, dottoressa.»

Si rivolse alle sue ospiti: «Un'emergenza, dovete proprio scusarmi, ma sono costretto a raggiungere subito il comando».

Un coro di delusione.

Laura lo accompagnò alla porta. «La prossima volta non mi faccio incastrare dalla mia collega. Usciamo da soli», riuscì a sussurrargli.

Alessandra li raggiunse dopo un momento. «Mi dispiace che debba andartene, Salvo. Alla prossima», e gli diede una vigorosa stretta di mano. Armiento si trovò sul palmo un minuscolo biglietto che fece sparire in una tasca dell'impermeabile.

Lo lesse una volta un macchina: *Il mio numero di cellulare... Alessandra.*

Lo stracciò, ficcandosi in tasca i pezzetti di carta. Pensava a Laura e al suo sguardo fiducioso, chiedendosi come avesse potuto condividere la casa con un soggetto del genere. Poteva entrarci la depressione dell'amica? Ne dubitava. A casa aveva una piccola enciclopedia medica. Avrebbe cercato di approfondire l'argomento, ma, per quel che ne sapeva, i sintomi avrebbero dovuto essere ben diversi.

La mattina dopo, alle otto precise, Salvatore Armiento bussò all'ufficio della dottoressa Zara.

«Mi dica, dottoressa.»

«Siediti, Armiento. Il problema è sempre quello della coppia di testimoni che ha richiesto il nostro intervento...»

«Proprio ieri pomeriggio sono andato in corso Palestro, dove abitano. Sono ancora assenti. In compenso, mi ha ricevuto una vicina di casa, una certa signora Cattaneo che abita di fronte a loro. Li ha visti partire qualche giorno fa per la montagna. Avevano caricato gli sci in macchina. A quanto pare hanno una seconda casa a Bormio.»

La dottoressa Zara lo guardò a lungo, mentre si accendeva una sigaretta. La finestra era già aperta e il sole entrava nella stanza. «Apprezzo il tuo zelo. Volevo vederti per un'altra cosa, però, anche se potrebbe gettare una luce completamente nuova proprio su questo aspetto della faccenda, che è poi il punto che dovevamo approfondire. Ieri sera, poco prima che ti chiamassi, il centralinista mi ha passato una strana chiamata da parte di un tizio che voleva parlare col dirigente, e soltanto col dirigente, per riferire una circostanza importante proprio relativamente all'incidente mortale avvenuto nella notte tra il ventotto e il ventinove aprile in via Fratelli Ugoni. A volte capita, per lo più si tratta di mitomani, ma lo si può capire soltanto a posteriori, perciò, dal momento che quell'incidente presenta ancora aspetti che non siamo riusciti a risolvere in modo soddisfacente, mi sono fatta passare la telefonata. Ho messo sul viva voce e l'ho registrata. Vorrei che tu la sentissi.» Premette il tasto di un registratore che stava sulla scrivania.

« Pronto? Parlo col dirigente del nucleo di Polizia stradale? »

« Sì. Sono la dottoressa Zara. »

« Ma io volevo parlare col dirigente... »

« Sono io il dirigente. Cosa desidera? »

« Mi chiamo Giacomo Zini e ho assistito all'incidente della notte del ventotto aprile in via Ugoni, quello in cui l'automobilista è fuggito. Ne hanno parlato anche i giornali. »

« Mi scusi, signor Zini, una nostra pattuglia è intervenuta pochi minuti dopo e sul posto c'erano due sole persone che, per quanto sappiamo, erano state le uniche presenti al fatto. Ora, lei sostiene di avere a sua volta assistito all'incidente: è sicuro che stiamo parlando del medesimo fatto? »

« Sicurissimo. A meno che quella stessa sera, poco prima di mezzanotte, in via Fratelli Ugoni, si siano verificati due incidenti del tutto simili. Ma sarei portato a escluderlo perché voi sareste i primi a saperlo e ne avrebbero parlato anche i giornali. »

« E perché si è deciso a telefonare soltanto adesso? »

« Be', il fatto mi aveva molto scosso, sono un po' sofferente di cuore e non volevo... Insomma, prima ho pensato che non fossero affari miei, poi ci ho riflettuto e mi sono detto che una cosa del genere non potevo tenermela soltanto per me. Anche perché ne hanno parlato anche i giornali e... »

« Questo me lo ha già detto. Rispetto a quello che sappiamo noi, cos'ha di nuovo da dirci? »

« Voi cosa sapete? »

« Senta, signor... »

« Zini, Giacomo Zini. »

« Senta, signor Zini, non ho intenzione di dirle quello che sappiamo o non sappiamo noi. Se non sbaglio, è lei che ci ha cercato, evidentemente per comunicarci qualcosa che ritiene ci sia sfuggito. »

« Esatto. »

« Allora, signor Zini, mi spieghi la ragione di questa sua telefonata. »

« La ragione è che quello che è successo in via Ugoni non è

stato un incidente stradale... Potrebbe anche essere stato un omicidio.»

«Come dice? Un omicidio? Cosa intende dire? Che uno che di notte viaggia ad alta velocità e tira sotto una persona che sta attraversando la strada ha la stessa responsabilità di un omicida, oppure che l'automobilista che poi è fuggito ha investito il pedone volontariamente?»

«No, no, né una cosa, né l'altra. L'automobilista andava forte, questo è sicuro, ma se l'è trovato sotto...»

«Cosa intende dire? Cerchi di spiegarsi meglio.»

«Voglio dire che, proprio quando la macchina stava arrivando, il pedone è stato spinto ed è finito contro la macchina.»

«E chi gli avrebbe dato una spinta?»

«Una delle due persone con cui stava parlando.»

«Mi ascolti bene, signor Zini, quello che mi sta raccontando sarebbe un fatto di estrema gravità che di certo non possiamo risolvere per telefono. Lei, domani, non potrebbe presentarsi da noi in via Monte Grappa?»

«Ho la febbre, vado per gli ottanta e il medico mi ha vietato di uscire di casa per qualche giorno.»

«Se mandassi da lei un agente di mia fiducia, che si sta occupando del caso, per raccogliere con calma la sua testimonianza?»

«Sarebbe forse la cosa migliore.»

«Anche domattina?»

«Sicuro. Anche se ho la febbre, non riesco a stare a letto, mi prendono dei tremendi dolori alla schiena. Dalle otto in poi andrebbe bene.»

«Il suo indirizzo, per favore.»

«Contrada delle Bassiche, 22. Secondo piano.»

«La ringrazio, signor Zini. Domattina, intorno alle nove, le mando gli agenti che sono intervenuti sul luogo dell'incidente.»

La dottoressa Zara spense il registratore.

«Ora, potrebbe anche trattarsi, come dicevo prima, di un caso di mitomania, ma, per capirlo, questo Zini bisogna sentirlo per bene e guardarlo in faccia. Mi spiace, Armiento, le avevo concesso un paio di giorni di riposo, ma sono costretta a mandarla in contrada delle Bassiche. Ho visto che con lei c'era anche l'agente Padoan. Se lo porti dietro. Mi troverà in ufficio per l'intera mattinata.»

Capitolo 7

Alle nove meno cinque arrivarono al ventidue di contrada delle Bassiche.

Giacomo Zini, un ometto completamente calvo, aprì la porta. Era infagottato in una vestaglia che gli arrivava quasi alle caviglie, ma sotto si intravedevano i calzoni, una camicia di flanella e un pullover. Un viso scarno, rasato con cura, e gli occhiali calati sulla punta del naso. Fece accomodare i due agenti in una stanza in fondo al corridoio: un tavolo tondo e alcune poltrone davanti a un piccolo televisore.

Padoan aveva portato con sé un'Olivetti Lettera 22. Era appartenuta a suo padre, un maresciallo dei Carabinieri, e la conservava con amore. Ci era affezionato perché aveva iniziato a usarla da ragazzo e qualche volta se ne serviva ancora, all'occorrenza portandosela dietro, come in quell'occasione, in cui Armiento gli aveva chiesto di accompagnarlo da quel vecchio signore che la sera prima aveva telefonato alla loro dirigente.

«Ogni giorno ce n'è una nuova in questo stramaledetto incidente», aveva detto Padoan durante il tragitto in macchina.

«Stando alla telefonata di questo signore, non sarebbe stato un incidente», aveva risposto Armiento. «Comunque, adesso lo sentiamo per bene e, soprattutto, ne valutiamo l'attendibilità. Un ottantenne potrebbe essere anche arteriosclerotico ed essersi immaginato tutto. Vedremo...»

«Ma cosa ci faceva un ottantenne malandato in via Ugoni in una notte di pioggia? Ce lo dovrà spiegare per bene. Io ci credo poco», aveva concluso Padoan.

Adesso stavano seduti attorno al tavolo.

Padoan non poteva immaginarlo, ma alla vista della piccola Olivetti gli occhi di Zini si erano illuminati. «Pensavo che non ce ne fossero più in giro. Ne ho una anch'io, proprio uguale, che funziona ancora benissimo. L'unico problema sono i nastri pressoché introvabili.»

«Ho un mio fornitore e, se lo desidera, gliene posso procurare un paio», aveva risposto Padoan.

«Dice sul serio? Mi farebbe un regalo inestimabile. Volete un caffè?»

«Grazie, ma l'abbiamo appena preso», rispose Armiento.

«Vi aspettavo per prenderlo a mia volta. Potrei farvelo decaffeinato...»

«Va bene», aveva risposto Padoan, guardandolo mentre trotterellava via, verso la cucina.

«Quale la prima impressione?» chiese Armiento.

«Un tipo arzillo, ma è troppo presto per dirlo...»

Terminarono di bere il caffè. Giacomo Zini ci mise tre cucchiaini di zucchero e, mentre lo rimestava, alzò gli occhi sui due agenti.

«Mi piace molto zuccherato. Per fortuna, nonostante tutti i miei piccoli acciacchi, ho una glicemia molto bassa. Ma non ci rinuncerei neppure se l'avessi alta. A ottant'anni privarsi di un piccolo piacere sarebbe una grossa sciocchezza. Non siete d'accordo?»

Annuirono entrambi, scambiandosi un'occhiata.

«Ora, signor Zini, ci dovrebbe raccontare per bene la sua versione dei fatti», disse Armiento.

«Perché? Ce ne sono altre? Ah già, dimenticavo, la vostra dirigente mi ha accennato al telefono alla presenza di due testimoni...»

«Appunto. Quelli che hanno richiesto il nostro intervento.»

«L'unico testimonio sono io», disse con voce sicura Giacomo Zini.

«E va bene», sospirò Armiento. «Sentiamo cosa ha da dirci. Il collega verbalizzerà tutte le sue dichiarazioni. Intanto le sue generalità complete...»

Padoan iniziò a battere sui tasti.

«Oggi, 2 maggio 2012, in contrada delle Bassiche 22, avanti a noi, sovrintendente Armiento Salvatore e agente scelto Padoan Luca, è presente Zini...»

«Giacomo», dettò l'interessato, «nato a Genova il 18 luglio 1932, residente a Brescia, contrada delle Bassiche, 22, pensionato, stato civile vedovo.»

Fu interrotto da un lieve bussare alla porta.

«Scusate», disse Zini alzandosi.

Una donna sulla sessantina tolse il guinzaglio a un cocker che si catapultò nella stanza, dirigendosi verso lo Zini e iniziando a mordicchiargli il bordo della vestaglia.

«Buono, buono, Fiocco. Mettiti a cuccia, e lei, Benedetta, faccia pure le pulizie e, se qualcuno telefona, prenda nota. Adesso sono impegnato. È la domestica», aggiunse rivolgendosi ai due agenti. «Adesso non ci disturberà più nessuno. Dove eravamo rimasti?»

«Alle generalità», rispose Padoan, «...residente a Brescia, contrada delle Bassiche, 22, pensionato, stato civile vedovo...» e alzò il capo verso Armiento.

«La sua professione, signor Zini, prima di andare in pensione, intendo dire.»

«Medico, libero professionista e collaboratore esterno, come cardiologo, presso la clinica Sant'Anna.»

«Benissimo, dottor Zini», fece Armiento. «Lei la sera, o meglio, la notte dello scorso ventotto aprile, in via Ugoni cosa ci faceva? Glielo chiedo perché era una notte di pioggia e...»

«Ho ottant'anni, comprendo perché me lo chiedete. Comunque, facevo fare la solita passeggiata al mio cane, questo qui», rispose indicando il cocker accucciato ai suoi piedi. «Lo porto fuori tre volte al giorno: mattino, pomeriggio e verso mezzanotte. E la nostra passeggiata», proseguì, chinandosi per dare una grattata d'orecchie al cane che si mise a scodinzolare mugolando, «è sempre la stessa: via Cairoli e poi i giardini, scendendo per via dei Mille e ritornando da via Ugoni. La notte i giardini sono deserti e ne approfitto per lasciar libero Fiocco che si fa un paio di corse, stando però all'interno, senza allontanarsi. Ebbene, quella sera stavo ritornando e gli avevo già rimesso il guinzaglio. Avevo una certa fretta perché aveva ripreso a piovere e non avevo con me l'ombrello. Credo sia stata l'acqua presa tornando a casa a farmi venire l'infreddatura e questa febbricola.»

«Capito. Adesso, ci dica cosa ha visto, e cerchi di farlo con la massima precisione», disse Armiento.

«Come le stavo dicendo, avevo appena rimesso il guinzaglio al cane e avevo percorso una trentina di metri, forse quaranta, lungo via Ugoni...»

«Dove camminava? All'interno dei giardini, in quella striscia d'asfalto che separa la strada dai giardini, oppure aveva attraversato portandosi sul marciapiede di fronte?»

«All'interno, naturalmente. Perché avrei dovuto attraversare una prima volta, per poi dover attraversare di nuovo una seconda? Stavo all'interno, abbastanza vicino al bordo della strada, perché gli alberi mi riparassero dalla pioggia.»

«E davanti a lei, o subito dietro a lei, c'erano altre persone?»

«Lo escludo. Le persone stavano di là, sul marciapiede di fronte, voglio dire.»

«E perché le ha notate?»

«Perché si sentiva la loro voce. Non dico che stessero litigando, ma parlavano ad alta voce, per lo meno uno dei due, l'altro aveva un tono di voce più basso.»

«Ha capito cosa stavano dicendo?»
«Questo no. L'udito l'ho ancora buono, ma cosa stessero dicendo non l'ho proprio capito.»
«Quindi, due uomini che stavano discutendo tra loro...» riprese Armiento.
«Sì, anche se, quello che parlava a voce più bassa, sembrava limitarsi a rispondere. Ma c'era anche una terza persona, ho avuto l'impressione che fosse una donna, anche se su questo non posso essere sicuro, portavano tutti l'impermeabile.»
«E questa terza persona, uomo o donna che fosse, partecipava alla discussione?»
«Non credo. Ho sentito soltanto due voci, una più alta e l'altra bassa.»
«Prosegua pure.»
«È stato un secondo. Mi ero fermato, perché il cane tirava il guinzaglio. In quel momento, uno dei due si è girato, come a voler proseguire, e l'altro gli ha dato una spinta con la mano. L'ho visto bene perché in quel preciso istante erano illuminati dal fascio di luce di una grossa macchina che arrivava a tutta velocità. L'uomo, quello che poi è finito contro la macchina, ha come perso l'equilibrio e ha fatto un passo giù dal marciapiede, forse è anche scivolato per la spinta. Una cosa fulminea: la macchina l'ha preso in pieno e il corpo ha fatto una giravolta per aria...»
«E lei?»
«Me ne sono andato subito col mio cane. Mi ero spaventato e ho accelerato il passo. Se quello che aveva dato la spinta mi avesse visto...»
«Quindi lei ha visto il gesto chiaramente?»
«Sì, come ve lo devo dire? Lo ha spinto giù dal marciapiede. Sono sicuro che contro la macchina ce lo ha buttato lui.»
«E la terza persona?»
«Stava dietro. Cerco di spiegarmi meglio: ho visto i due uomini, uno di fronte all'altro, mentre il terzo, o la terza

persona, stava all'interno del marciapiede, vicino a quello che ha dato la spinta. Anche per questo non so dire se fosse un altro uomo o una donna.»

«Quindi lei ha proseguito di buon passo, senza girarsi indietro...»

«Be', dopo una quarantina di metri, un'occhiata alle spalle l'ho data e mi è sembrato che due persone stessero attraversando, portandosi dalla mia parte. L'impressione è che una tirasse l'altra.»

«Quelle che prima stavano sul marciapiede opposto?» chiese Armiento.

«Questo onestamente non glielo so dire. Penso di sì, ma non posso esserne sicuro. Non c'era nessun altro in giro, quindi...»

«Lei ci vede bene, dottor Zini? Vedo che porta gli occhiali...»

«Sono occhiali da miope, mi servono per leggere. Da lontano ci vedo abbastanza bene, anche se non come una volta. Sì, direi che ci vedo bene, pur avendo un principio di cataratta. Capisco il senso della sua domanda, agente, ma, stia tranquillo, quello che le ho raccontato l'ho visto e ci metto la firma. A mio parere, quell'automobilista che ha investito il pedone non sarà certo un cittadino esemplare, perché correva e non si è neanche fermato, ma per l'investimento, sempre secondo me, non ha nessuna colpa. Certo voi di queste cose ne sapete di più, ma...»

«Grazie, dottore, credo che possa bastare. Adesso, rilegga tutto e, se le sembra andar bene, ci metta sotto la sua firma.»

Tornarono in via Monte Grappa un'ora dopo.

«La dottoressa Zara ci aspetta», disse Armiento.

«Ma io...»

«Tu vieni con me. Hai firmato o no il verbale? È stata la dirigente a dirmi di portarti con me. Aspetta che la chiamo per vedere se non è occupata.»

La dottoressa Zara era libera e li aspettava, con una punta di impazienza che non seppe nascondere.

Lesse con attenzione le dichiarazioni del dottor Zini.

«Benissimo», disse alla fine. «Come stia esattamente la faccenda non lo so. Questo Zini che impressione vi ha fatto?»

«Buona, direi», rispose Armiento. «Nel complesso buona. È anziano e, pur con tutta la prudenza possibile, la mia impressione, anzi, la nostra impressione...» e Padoan fece un cenno d'assenso, «è che abbia riferito con precisione ciò che ha visto e, se quello che ha visto corrisponde a realtà, ci aiuterebbe a risolvere un interrogativo cui non abbiamo ancora dato risposta: alludo all'attendibilità degli altri testimoni che avrebbero assistito all'incidente.»

«Sono abbastanza d'accordo», disse dopo un momento la dottoressa Zara. «A questo punto, tuttavia, penso che dobbiamo passare la mano.»

«In che senso?» azzardò Padoan.

«Nel senso che ci va di mezzo una telefonata alla Procura e, ritengo, alla Squadra mobile. Questa storia va approfondita, ma non spetta a noi farlo. Bene, ragazzi, lasciatemi tutto e andate pure. Adesso è affar mio. Vi terrò informati.»

«Proprio adesso che iniziavo a prenderci gusto...» brontolò tra i denti Armiento, mentre scendevano le scale.

La vibrazione del cellulare. Lo tolse dal taschino della divisa.

«Sovrintendente Armiento.»

«Ciao, Salvo, sono Alessandra, l'amica di Laura. Avrei voglia di vederti.»

«Senta, Alessandra...» iniziò Armiento.

«Ma non avevamo deciso di darci del tu?»

«Veramente, lo aveva deciso lei.»

«E non ti va bene? Ti sto dicendo che ti vorrei rivedere.»

«No, mi dispiace per lei, ma mi parrebbe di fare un torto a Laura.»

«Va bene, come non detto. Buona giornata.»

Usciti i due agenti, la dottoressa Zara si mise subito al telefono.

Con Martinelli, il procuratore della Repubblica, non aveva mai avuto diretti rapporti di lavoro, ma lo conosceva, avendolo incontrato alla festa della Polizia. Ci aveva fatto anche quattro chiacchiere e avevano simpatizzato. Sperava si ricordasse di lei. Avrebbe reso le cose più facili.

Un paio di minuti d'attesa prima che Martinelli fosse in linea.

«Procuratore, buongiorno. Sono la dottoressa Zara, la dirigente della Polizia stradale. Ci siamo conosciuti...»

«Come sta, dottoressa? E qual buon vento?»

«Vento di tramontana, procuratore. Siamo alle prese con un incidente stradale mortale avvenuto qui in città, in via Ugoni, la notte dello scorso ventotto aprile.»

«Mi pare di aver letto qualcosa in proposito. Un caso di pirateria stradale, l'automobilista poi si è presentato da voi, mi sembra.»

«Appunto, mi riferisco proprio a quello. Ho alle mie dipendenze alcuni ottimi elementi, uno in particolare, che ha gestito la faccenda e, senza interpellarmi, si è messo direttamente in contatto con un suo sostituto che gli ha consigliato di limitarsi a denunciare a piede libero l'automobilista. Qualche dubbio in realtà io l'avrei avuto...»

«È questo il problema, dottoressa? Penso che abbiate agito per il meglio. La macchina?»

«Sequestrata. È qui da noi. L'automobilista, che si è presentato il giorno dopo col suo avvocato, se l'era portata dietro e i danni che abbiamo riscontrato avvalorano la tesi del conducente: un attraversamento a distanza ravvicinatissima e un investimento quasi inevitabile, anche se la velocità dell'automobilista doveva essere elevata.»

«Tutto sommato mi sembra che abbiate fatto bene a limitarvi a una denuncia a piede libero. Potrebbe essere messa in discussione anche la sua responsabilità nell'investimento, a parte l'omissione di soccorso. In ogni caso, qualche giorno di carcerazione, in questo periodo in cui casi del genere sono all'ordine del giorno, avrebbe avuto soltanto il risultato di soddisfare l'opinione pubblica, ma nella sostanza sarebbe stato pura demagogia. Il fascicolo mi è già stato inviato?»

«No, procuratore, ce l'ho ancora qui, sul mio tavolo, in attesa di risentire due testimoni, al momento assenti da Brescia, che hanno reso dichiarazioni che ci hanno lasciati molto perplessi. Il problema vero, però, è che è spuntato fuori un altro testimone, un medico in pensione, che si è deciso a contattarci perché a suo avviso il pedone sarebbe stato spinto sulla strada proprio mentre stava arrivando l'automobile. E in questo caso, mi corregga se sbaglio, non ci troveremmo più di fronte a un omicidio colposo, ma a una faccenda ben diversa, che penso esuli dalla nostra competenza. In ogni caso, quella che si prospetta è la necessità di un'indagine approfondita, ed è questa la ragione della mia telefonata.»

«Il tutto dovrebbe passare alla Mobile. Penso di avere interpretato con esattezza il suo pensiero, vero?»

«Sì, ha compreso benissimo.»

«Allora, dottoressa, ritengo che possiate passare il fascicolo direttamente alla Squadra mobile. Mi dia però gli estremi del caso, che mi faccio un'annotazione, perché la storia che mi ha raccontato è abbastanza intrigante e un'occhiata da lontano mi piacerebbe dargliela.»

«Ventotto aprile, pochi minuti prima di mezzanotte. Via Fratelli Ugoni. Villa Francesco il nome dell'automobilista.»

«E quello della vittima?»

«Ancora non identificato. Era privo di documenti.»

«Un poveraccio...»

«No. Una persona ben vestita, appartenente alla buona borghesia, stando almeno ai capi d'abbigliamento.»

«Ragione di più perché se ne interessi la Mobile. Ora mi deve scusare, dottoressa, perché ho un interrogatorio che mi attende, e dalla porta ha già fatto capolino l'avvocato. Se non fossi preso per il collo, un colpo di telefono alla Mobile l'avrei fatto io, ma temo che debba farlo lei. Conosce il nuovo commissario?»

«Conosco il dottor Miceli, ma non la dottoressa che gli è succeduta.»

«Chieda pure di Miceli e gli spieghi la situazione. Si ricordi di dirgli che ha già parlato con me.»

«Grazie, procuratore, e mi scusi se le ho rubato anche troppo tempo.»

«È stato un piacere. Buon lavoro, dottoressa Zara.»

Capitolo 8

Miceli era già uscito.

«C'è il commissario Bruni», rispose il centralinista. «Lei è...?»

«Dottoressa Zara, dirigente della Polizia stradale di Brescia. Mi passi pure il commissario Bruni.»

Anche in questo caso un momento d'attesa.

«Pronto, Bruni. La dottoressa Zara?»

«Sì, commissario. Abbiamo per le mani un caso delicato che, anche se per il momento l'abbiamo gestito noi, ritengo debba passare alla Squadra mobile. Ho appena terminato di parlare col procuratore della Repubblica. Si tratta di un incidente mortale, dietro il quale potrebbe celarsi qualcos'altro. Qualcosa di molto più grave. Se non ha nulla in contrario, le manderei tutto il fascicolo, in modo che ne possa prendere visione. Per qualsiasi chiarimento, sono a vostra disposizione, così come lo sono gli agenti che finora si sono interessati al caso. Penso che adesso sia inutile riassumerle cosa è successo.»

«Del tutto inutile. Prima esamino l'incartamento, poi magari ci risentiamo. Mandi il fascicolo con una nota di accompagnamento diretta alla mia attenzione. Buongiorno, dottoressa.»

Piuttosto sbrigativa, pensò la dottoressa Zara. D'altro canto con quel dannato telefono non si poteva mai sapere cosa ci fosse dall'altra parte. Magari questa Bruni era alle prese con un'indagine difficile, o aveva qualcuno in ufficio... A un tratto se la ricordò. Non si erano mai incontrate, ma nella memoria le si materializzò il viso di una donna ancora giovane e avvenente. Un'immagine un po' confusa, che i giornali avevano pubblicato alcuni mesi prima, quando era stata nominata al posto che prima occupava Miceli. Non l'aveva del tutto dimenticata, perché le aveva sollevato qualche perplessità.

La dottoressa Zara aveva le sue idee su quello che avrebbe dovuto essere un commissario capo di Polizia.

Fece il numero di Armiento. Era ancora in ufficio.

«Senti, Armiento, un ultimo favore: andate subito in Questura con il fascicolo del caso Villa e portatevi dietro tutto, indumenti compresi.»

«E la Mercedes del Villa?»

«Quella per il momento resta qui. Se la vogliono esaminare, alzeranno il sedere loro. Assicurati che il tutto venga consegnato al commissario Bruni in persona. Vorrei conoscere la tua impressione.»

«D'accordo, dottoressa.»

«Nel pomeriggio sarò assente. Ci vediamo domani.»

Una discussione in corridoio che infastidì Grazia Bruni. Si affacciò alla porta.

L'ispettore Palestrina stava questionando con due agenti della Stradale, dei quali uno alto e bruno che richiamò la sua attenzione.

«Si può sapere che sta succedendo?» chiese irritata.

«Vengono dalla Stradale. Non volevo disturbarti, ma sembra che abbiano l'ordine di consegnare tutto a te. Questo qui», disse indicando Armiento, «non vuole sentire ragioni.»

«E va bene, venite dentro e lasciate tutto nel mio ufficio. La vostra dirigente mi ha preannunziato che sareste venuti. Siete gli agenti che si sono interessati dell'incidente?»

«Sì, commissario», rispose quello alto.

«Appena ho un momento di tempo esamino il fascicolo. In quel sacco cosa c'è?»

«Gli indumenti della vittima, che non è stata ancora identificata.»

«Incominciamo bene», borbottò Grazia Bruni. «Lasciatemi comunque il vostro nome e telefono interno, nel caso avessi bisogno di chiarimenti», e tese loro un foglio di carta.

«Agente Padoan», disse quello più basso.

«Sovrintendente Salvatore Armiento», aggiunse quello alto. «Buongiorno, commissario.»

Grazia Bruni tornò a guardarlo. Un Maccari con qualche anno in meno. Un Maccari alle prime armi, come lo ricordava lei. Si aprì in un sorriso. «Buongiorno a voi, e buon lavoro», concluse con una stretta di mano.

Decisamente di cattivo umore. Non riusciva a individuarne con chiarezza le ragioni, ma quello che stava attraversando non era un buon periodo.

Insofferente, irritata con tutto e tutti, a iniziare da Miceli che arrivava in ufficio al mattino, senza un orario preciso, e se ne andava alla mezza, spesso non facendosi vedere per l'intero pomeriggio, senza avvertirla, né farle un colpo di telefono.

Se ne era accorto anche Maccari, che la osservava in silenzio, sperando che il vento mutasse. Finché, una sera, di fronte a una risposta che lo aveva lasciato interdetto, aveva finito col perdere la pazienza.

«Senti, Grazia, non so cosa ti stia capitando... Stai attraversando un momento difficile, lo so. Però, sembriamo due vecchi coniugi inaciditi, ma coniugi non lo siamo mai stati e la mia pazienza ha un limite. O ne parliamo, cercando di fare chiarezza, oppure...»

«Oppure?» lo aveva interrotto lei.

«Oppure non c'è nessuna catena che ci obblighi a restare insieme.»

Lei aveva scosso la testa, senza rispondere, e Maccari aveva infilato la porta, rientrando a notte fonda.

Lei dormiva. Si era messo sul divano, per non disturbarla. Era rimasto così, per oltre mezz'ora. Il sonno che non veniva e mille pensieri che gli si affollavano in testa.

«Dormi?» aveva chiesto lei a un tratto.

«No, non dormo.»

«Allora togliti dal divano e vieni a letto con me.»

«Ti sembra una buona idea?»

«Sì», aveva risposto lei.

Maccari si era svestito e, con boxer e maglietta, l'aveva raggiunta, mantenendosi però sul bordo del letto, senza accostarla.

Dopo un momento aveva sentito la mano di lei sul viso, che lo sfiorava, per poi scendere ad accarezzargli il petto e il ventre.

«Che fai con tutta questa roba addosso?» gli aveva chiesto Grazia.

Era stato un amore lungo e silenzioso, alla fine del quale erano rimasti lì, abbracciati, come non accadeva da tempo.

«Sai una cosa, Bruno?» aveva sussurrato lei dopo alcuni minuti.

«Cosa vuoi dirmi?» le aveva chiesto con una punta di inquietudine.

«Che sono più di quindici giorni che non prendo la pillola, che non prendo *inutilmente* la pillola.»

Lui aveva avuto un sussulto, ma l'aveva stretta più forte, tenendosela vicino fino a che non si erano addormentati insieme.

Adesso Grazia Bruni stava seduta alla scrivania, ripensando a quanto era accaduto qualche notte prima. Ma era piena di dubbi e aveva una grande confusione in testa.

Non c'erano particolari urgenze e iniziò a esaminare il grosso faldone che mezz'ora prima le avevano portato quei due della Stradale.

Andò avanti per un paio d'ore, interrompendo soltanto per un caffè e riprendendo subito dopo, finché ebbe finito. Aveva riempito due pagine di appunti e li rilesse, togliendo tutto quanto non le pareva essenziale e limitandosi alle cose più urgenti:

– ricercare i coniugi Cancelli (contattare i Carabinieri di Bormio);

– risentire il dottor Giacomo Zini;

– risentire Francesco Villa;

– risentire la dottoressa Sommaruga;

– chiedere a Giusti il suo parere sui rilievi effettuati sulle tracce delle gomme della Clio e fargli riesaminare la Mercedes in sequestro presso la Stradale.

Si poteva iniziare dal fondo. Compose l'interno di Giusti, quindi quello di Esposito. Maccari era fuori per un'indagine e si sarebbero visti alle diciannove e trenta, direttamente in centro. Avevano intenzione di uscire a cena, in un agriturismo dalle parti di Lonato, che Maccari già conosceva.

Esposito e Giusti arrivarono quasi contemporaneamente.

«Mettetevi comodi. Spero di sbagliarmi, ma la Stradale ci ha scaricato una brutta rogna. Cerco di mettervi al corrente più in fretta possibile.»

Se la cavò in un quarto d'ora.

«Ora, tu, Esposito, cerca di fare un duplicato di tutto. Quindi, quello che desidero da voi, è un esame di quelli che potremmo definire gli aspetti tecnici della faccenda. Secondo me, i colleghi della Stradale hanno fatto un buon lavoro, ma hanno finito con l'arenarsi. Che qualcosa non quadri è certo, ma alcuni punti vorrei che fossero pacifici, a iniziare da quelle impronte di pneumatico della Clio guidata da questa dottoressa Sommaruga che, forse, è stata liquidata un po' frettolosamente, per finire con un esame della Mercedes in sequestro. E qui ci andrà di mezzo una scappata in via Monte Grappa perché la macchina sta là e ce la lasciamo. Dimenticavo: in quel sacco ci sono anche gli indumenti della vittima non identificata. Potrebbero essere utili per cercare di identificarla. Vedete un po' voi. Per adesso è tutto, ci vediamo domattina.»

«D'accordo», rispose Giusti mettendosi sotto braccio il faldone, mentre Esposito prendeva il sacco degli indumenti. «Lei, commissario, fino a che ora si ferma in ufficio?»

«Non oltre le sette, sette e dieci. Fino a quell'ora potrete telefonarmi, se trovate qualcosa di interessante.»

Fece il numero di Miceli. Sul cellulare non rispondeva e provò a casa.

Rispose Lucia. «Salvatore? È uscito a far due passi con Petri. Se vuole, cerco di rintracciarlo. ... No, mi dispiace, vedo che ha dimenticato a casa il cellulare. È urgente?»

«No, nessuna urgenza. Lo vedrò domani. Comunque, sarò in ufficio fino alle diciannove. Se rientrasse prima, la pregherei di dirgli di chiamarmi.»

Provò con Petri. Anche il suo cellulare era spento. Normale.

Passò a esaminare il fascicolo relativo alla denuncia presentata da alcuni genitori nei confronti di un bidello di una scuola elementare, sospettato di avere allungato le mani su alcuni ragazzini di sette, otto anni. Era l'indagine cui stavano lavorando Palestrina e Maccari. Avrebbe voluto interessarsene lei di persona, ma il buon Miceli ormai le scaricava addosso anche parte del lavoro burocratico. Ne avevano discusso, ma la Bruni aveva finito col riconoscere che Miceli aveva ragione: il commissario titolare era lei, non poteva certo pretendere di ridurlo a una sorta di segretario che le passava le pratiche per la firma.

Non che Miceli non facesse nulla, tutt'altro. Ma si sceglieva le indagini da seguire, facendo riferimento all'ispettore Garramone e avvalendosi di Nicotra e Vizzini e di Pietro Verullo, il fratello dell'agente ucciso dal Nero in una sparatoria qualche anno prima, anche lui entrato in Polizia e assegnato a Brescia. Era quasi il ritratto del fratello, e Miceli lo stava svezzando, come farebbe un padre nei confronti del figlio minore sopravvissuto.

L'indagine relativa al bidello presunto abusante era nelle mani di Palestrina, di cui la Bruni si fidava, e di Maccari al quale, con molta delicatezza, aveva dato le dritte giuste, per muoversi su un terreno scivoloso come quello. Le mezze frasi di un bambino erano state captate da un genitore ansioso, che ne aveva parlato con altri, i quali, a loro volta, avevano iniziato a far domande ai propri figli, con il risultato che, quello che poteva anche essere stato un fraintendimento iniziale, si era allargato a macchia d'olio, minacciando di travolgere quel malcapitato bidello, padre di due maschietti anche lui e sospeso dal servizio in via cautelare.

Palestrina e Maccari stavano facendo un giro d'orizzonte, tastando il polso ai genitori che avevano sottoscritto la denuncia. Poi, eventualmente, della faccenda si sarebbe interessata lei, sentendo i bambini, con l'aiuto di uno psicologo, e videoregistrando le loro dichiarazioni.

Si annotò il nome di un paio di psicologi che conosceva, entrambi affidabili. Sapeva molto bene che in situazioni come quelle non si potevano commettere errori ed era essenziale partire col piede giusto.

Si erano fatte quasi le sei, quando squillò il telefono interno. Era Giusti.

«Spero di non disturbarla, dottoressa. Volevo dirle che l'impronta sui pantaloni corrisponde esattamente a quella dello pneumatico anteriore destro della Clio, anche se l'autopsia ha confermato che la conducente non ha avuto alcuna responsabilità nell'evento morte. La Stradale ha fatto un ottimo lavoro. Adesso con Esposito vado a dare un'occhiata alla Mercedes in sequestro. Se magari lei annunciasse il nostro arrivo con una telefonata alla dirigente, gliene saremmo grati.»

«D'accordo, Giusti.»

«Ancora una cosa: sulla giacca, sui pantaloni e sull'impermeabile ci sono delle etichette. Tutti indumenti di marca, non abiti qualsiasi. Esposito pensava che si potrebbe cercare di individuare i negozi che vendono marche del genere.»

«Mi sembra una buona idea. La mettiamo a punto domani. Adesso vi lascio e mi metto in contatto con la Stradale.»

Cercò il numero sull'agenda da tavolo.

«Sono il commissario Bruni, della Mobile. Vorrei parlare col vostro dirigente.»

«La dottoressa Zara ci sarà domani. Se è urgente, posso farla parlare con un ispettore.»

«Me lo passi.»

Cinque minuti di attesa prima che riuscissero a rintracciarlo.

«Pronto, ispettore Cacioppo.»

«Sono il commissario Bruni. Tra pochi minuti saranno da voi due dei miei per dare un'occhiata alla Mercedes in sequestro rimasta in Monte Grappa.»

«Quale Mercedes?»

«Quella coinvolta nell'incidente mortale del ventotto aprile in via Ugoni. Lei non ne sa niente?»

«Ah... sì. Qualcosa ne so. Si è occupato di tutto il sovrintendente Armiento.»

«Ho capito. L'ho conosciuto stamattina. Avverta lui, allora.»

«Non so se è in ufficio...»

«Lo cerchi! Lei come ha detto che si chiama?»

«Cacioppo. Ispettore Cacioppo. Perché?»

«Buonasera, ispettore», tagliò corto Grazia Bruni.

Giusti ed Esposito bussarono alla porta.

«Grazie, mettete pure tutto su quel tavolo, faldoni e indumenti. Ho appena parlato con la Stradale, con un ispettore, e non so se un imbecille o un rimbambito. Comunque, sono avvertiti del vostro arrivo.»

Si affacciò alla finestra, spalancandola per far uscire la puzza di fumo, quasi palpabile, che aveva invaso la stanza.

L'aria era tiepida, ma si stava rannuvolando. Accese una sigaretta e pensò che sarebbe stato opportuno portarsi dietro un impermeabile, quando bussarono alla porta. Apparve Miceli, con appresso Petri.

«Noi arriviamo e tu te ne stai già andando?» chiese Miceli con fare scherzoso.

«Senti, commissario Miceli, io in questo ufficio ci sto ininterrottamente dalle otto di questa mattina, salvo un intervallo di dieci minuti per un caffè. Fanno undici ore, anzi, per l'esattezza, dieci ore e cinquanta minuti. E non me ne sono andata a casa per una pennichella né a fare una passeggiata.»

«Hai ragione, hai ragione, non incazzarti subito», fece Miceli. «Comunque, giusto perché tu lo sappia, alla tua età io facevo anche quattordici ore filate.»

«E adesso stai rimettendoti in pari.»

Miceli alzò gli occhi al cielo, poi guardò Petri, come a cercare invano un cenno di solidarietà.

«Scusami, Miceli, non volevo essere scortese, sono soltanto un po' stanca.»

«Si vede. Vai a farti una buona serata. Comunque, passando da casa ho saputo da Lucia che mi avevi cercato. Stavo con Petri...»

«Questo l'avevo capito da sola, e non c'era nessuna urgenza. Dal momento, però, che il gatto e la volpe sono arrivati e saranno senza dubbio ben riposati, avrei qualcosa per loro. Li vedete quei due faldoni, lì sul tavolo? Sono la copia, fatta da Esposito, di quanto mi ha fatto avere la Polizia stradale sette ore fa. Io ho già letto tutto. Potrebbe essere una bolla di sapone, oppure una faccenda di quelle che, per nostra fortuna, capitano molto di rado. Propenderei per questa seconda ipotesi, ma non voglio influenzarvi. Giusti ed Esposito se ne stanno già occupando.»

«Di che si tratta?» chiese Petri.

«Di un incidente stradale col morto, un morto non identificato. L'alternativa è tra un omicidio colposo con omissione di soccorso e un omicidio premeditato.»

«Addirittura?» fece Petri in tono incredulo.

«Addirittura. E vorrei al più presto un vostro parere. Chiederei troppo se vi proponessi di portarvi i documenti a casa e di iniziare a darci un'occhiata? Con calma, naturalmente, non c'è niente che scappi. Potremmo vederci anche domattina, intorno alle dieci. Sono certa che sarà una lettura molto interessante.»

«Non puoi farci qualche altra anticipazione?» chiese Miceli.

«No, vado abbastanza di fretta. Ho appuntamento tra mezz'ora con Maccari e prima vorrei prendere un aperitivo.»

«Dove ha appuntamento?» domandò Petri.

«In corso Zanardelli, davanti al Grande. Perché lo vuole sapere?»

«Perché l'aperitivo glielo offro io, strada facendo, in via Mazzini, dopo esserci liberati di questo scansafatiche», rispose Petri guardando Miceli. «So io cosa farle bere in modo che, quando incontrerà Maccari, il suo umore sarà un po' migliorato.»

«Andata», fece Grazia Bruni. «Ma quei due faldoni riuscite a portarveli appresso?»

«Per chi ci ha presi? Per due vecchi rimbambiti?» chiese Petri.

Riuscì finalmente a strapparle un sorriso. Non lo sapeva, ma era il secondo della giornata.

Capitolo 9

Con Giunti ed Esposito si era già sbrigata: per quanto riguardava la Mercedes, tutto a posto. Qualche fotografia in più, ma non potevano esserci dubbi: l'impatto era avvenuto contro la parte anteriore destra del veicolo. Se ce ne fosse stato bisogno, lo confermava la rottura del fanale.

Esposito già la sera prima aveva individuato alcuni negozi di abbigliamento. Avrebbe iniziato a occuparsene con Masetti. Grazia Bruni diede la sua approvazione.

«Avete conosciuto quell'ispettore con cui avevo parlato per telefono?»

«No», rispose Giusti. «In compenso, abbiamo fatto conoscenza con quell'agente, anzi quel sovrintendente, che in pratica ha gestito tutta la vicenda, e abbiamo avuto modo di farci quattro chiacchiere. Mi è sembrato quasi di trovarmi di fronte a un Maccari con qualche anno in meno. Un elemento di prim'ordine, che secondo me alla Stradale è sprecato. Farebbe molto comodo a noi.»

«È stata anche la mia impressione», confermò Grazia Bruni.

Riprese in mano il fascicolo, accendendosi una sigaretta.

La serata prima con Maccari era stata molto buona. La sensazione che si fossero ritrovati, anche se nei suoi pensieri la figura di Maccari si confondeva con quella di Salvatore Armiento.

Schiacciò il mozzicone della sigaretta nel posacenere. Bando alle cazzate, si disse, e diede un'occhiata all'orologio: le dieci in punto e, come se avessero atteso lo scoccare dell'ora, entrarono Miceli e Petri col faldone sotto braccio. Erano entrambi sudati.

«Pesanti quei faldoni, vero? Se me l'aveste detto, avrei mandato una macchina.»

«Ma che pesanti e pesanti!» borbottò Petri. «È che sta arrivando un caldo prematuro...» Si interruppe, accese una sigaretta e, dopo aver depositato il proprio faldone sul tavolo, si abbandonò in poltrona, con Miceli che prendeva posto in quella accanto.

«Allora, siete riusciti a dare una scorsa al tutto?»

«Certo e, secondo noi, almeno su questo siamo d'accordo, i coniugi Cancelli puzzano lontano un miglio», disse Miceli.

«A patto che questo dottor Zini non abbia preso un abbaglio. Bisogna risentirlo. Anzi, bisogna risentire tutti e ricominciare daccapo. Una cosa, però, possiamo fare subito: anche un cadavere nudo può parlare, o almeno darci qualche suggerimento. Il corpo della vittima penso che sia sempre in cella frigorifera all'obitorio...» Petri aveva un tono grave.

Grazia Bruni lo guardò con aria perplessa. Quando assumeva quegli atteggiamenti professorali, l'avrebbe volentieri strozzato. Prima o poi doveva trovare il modo di dirglielo.

«Andiamo a fargli visita», continuò Petri. «Quantomeno, ci andiamo io e Miceli.»

«Se qualcuno se lo fosse scordato, il commissario dirigente sono io. Tuttavia, se mi vorrete accompagnare, ne sarò contenta. Chiamo Gentilini e faccio preparare la macchina.»

Petri e Miceli si scambiarono un'occhiata, senza fare alcun commento.

Gentilini li stava aspettando.

«Buongiorno a voi. Vedo con piacere che c'è tutto lo stato maggiore e che finalmente qualcosa l'avete imparata.»

«Cosa?» chiese Miceli, cadendo come di consueto nelle sue trappole.

«Di non venire a rompermi i coglioni la mattina presto o la sera tardi», rispose Gentilini. «Il verbale di autopsia l'abbiamo mandato alla Stradale, anche se non me ne sono occupato io. Mi spiegate cosa c'entrate voi?»

«La Stradale ha passato tutto a noi. Qualcosa che non quadra, e l'inchiesta sull'incidente va approfondita», rispose Miceli.

«Non pretenderete per caso che ci metta mano io? Una cosa, comunque, mi sento di escluderla subito...»

«Cioè?» ci ricascò Miceli.

«Che la persona che vi interessa sia morta d'infarto.»

«Senta, Gentilini, vogliamo soltanto dare un'occhiata al corpo. La persona investita era priva di documenti e sarebbe molto importante arrivare a un'identificazione. Secondo Petri, anche un morto potrebbe essere in grado di dirci qualcosa», Miceli stava perdendo la pazienza.

Gentilini lanciò un'occhiata a Petri. «Secondo me, un baccalà se ne sta zitto. Ma può anche darsi che un giudice istruttore riesca a cavargli fuori nome e indirizzo. Scendo con voi. C'è sempre qualcosa da imparare. Faccio strada.»

Percorsero un corridoio e scesero la scala che portava allo stanzone in cui erano situate le celle frigorifere.

«Vediamo un po'... Qui di merce non ce n'è molta. Basta cercare il cassetto senza la targhetta con nome e cognome.»

Fece su e giù un paio di volte. «Dovrebbe essere questo», disse fermandosi davanti a uno sportello. Alla maniglia era legato un cartoncino: *Individuo di sesso maschile non identificato. 28/29 aprile 2012.*

Impugnò la maniglia e fece scorrere sui cuscinetti a sfera delle guide un contenitore lungo un paio di metri e largo un'ottantina di centimetri.

«Eccovi il vostro baccalà. Piuttosto malridotto direi.»

Il cadavere, cereo, giaceva supino. Dall'inguine allo sterno una sutura. I lineamenti del viso ridotti a una maschera grottesca, con tracce di sangue essiccato sommariamente ripulite.

«Dottor Gentilini, a occhio e croce, cosa sarebbe in grado di dirci? Mi riferisco all'età del morto e a qualche particolare che le salti agli occhi», disse Miceli.

«Boh... Se il viso non fosse ridotto in quelle condizioni, potrei farmene un'idea più precisa. Dal resto direi sui cinquant'anni, forse anche qualcosa di meno, anzi, sicuramente meno, tra i quarantacinque e i cinquanta.»

«Nient'altro?»

«Che, se non lo avessero ammazzato, avrebbe potuto arrivare anche a ottanta», rispose Gentilini.

«Va bene, dottore, apprezzo sempre le sue battute. Le ho chiesto, però, se non ci fosse qualche particolare utile.»

«Dia un'occhiata ai piedi e soprattutto alle mani», sussurrò Petri a Grazia Bruni, che fece un cenno d'assenso.

«Va bene. Credo che abbiamo finito», concluse la Bruni dopo un momento.

Tornarono tutti in via Musei e per prima cosa Grazia Bruni e Petri si accesero una sigaretta. Nessuno dei due aveva fumato in macchina, tantomeno all'obitorio.

«Allora», esordì Miceli, «al di là delle battute di Gentilini, dalla nostra andata in quel luogo che mi fa venire ancora i brividi abbiamo ricavato qualcosa? Bruni, ti ho visto confabulare con Petri, facendo cenni d'intesa. Avete per caso notato qualcosa che possa aiutarci per l'identificazione? Speravo che il viso potesse offrirci qualche elemento per costruire un identikit, ma credo proprio che non se ne possa far nulla. Poveretto! Cosa ne dici, Bruni?»

«Che abbiamo avuto la conferma che non si trattava di un poveraccio, ma di un tipo appartenente a un ceto sociale abbastanza elevato, cosa che si accorderebbe con quanto osservato da Esposito e Giusti a proposito degli abiti che indossava: tutti indumenti di ottima marca, che non si trovano in un negozio qualsiasi. Esposito e Masetti ci stanno già lavorando. Tappa obbligata, anche se non ci spero molto, perché qualche negoziante potrebbe ricordarsi di lui solo se avesse fatto un acquisto molto recente.»

«E se il morto fosse stato un cliente abituale del negozio», aggiunse Miceli. «E lei, Petri?»

«Pagine gialle.»

«Alla ricerca dei negozi?»

«No, di quello se ne sarà occupato Esposito. Noi dobbiamo fare un elenco dei centri estetici della città, di pedicure e soprattutto manicure.»

«A cosa potrebbe servirci?» chiese Miceli.

«A cercare di individuare il centro che la nostra vittima frequentava. Quel tipo aveva piedi e mani curate, cosa che si accorda con tutto il resto, come ha già osservato Grazia Bruni. Se riuscissimo a scoprire dove andava a farsi fare le mani, potremmo fare un bel passo avanti. Anche perché un capo d'abbigliamento si può anche andare ad acquistarlo dall'altra parte della città, e sporadicamente, mentre dalla manicure ci si va ogni quindici o venti giorni, se non più spesso. Quindi, di solito, se ne sceglie una vicino a casa, sempre la stessa. Credo che anche il commissario Bruni sia d'accordo.»

«In linea di massima, sì. Anche se non dobbiamo trascurare le estetiste che lavorano presso i parrucchieri. Allora la ricerca...»

«...potrebbe essere molto più complicata. Questo lo so da me», la interruppe Petri. «In ogni caso, pagine gialle. Proviamo a iniziare da lì, preparandoci una descrizione sommaria dell'uomo: età presumibile tra i quarantacinque e i cinquanta, capelli castani con un accenno di calvizie, altezza uno e settantotto, corporatura snella...»

«Come fa a sapere la statura?» chiese Miceli.

«Stava scritta sul verbale di autopsia.»

«Certo, certo, mi era sfuggito. Va bene. Allora, pagine gialle. Chiamiamo Esposito.»

«Esposito è fuori per negozi», disse Grazia Bruni.

«Già, lo dimenticavo. Vediamo se è disponibile il giovane Verullo. È uscito dalla scuola di Polizia da pochi mesi e col computer dovrebbe saperci fare. Petri, lo consulta lei l'elenco telefonico?»

«Certo. Io detto e Verullo scrive l'elenco, quindi all'inizio ci mettiamo una descrizione sommaria del morto e ne facciamo un certo numero di copie.»

«Vediamo quanti agenti riusciamo a radunare insieme per un giro d'orizzonte», concluse Miceli. «Sei d'accordo anche tu, Bruni?»

«Sì, sono d'accordo. Qualcosa bisogna pur fare, mentre noi cerchiamo di risentire i testimoni e magari anche l'investitore.»

Verullo si mise al computer e Petri aprì l'elenco telefonico.

«Iniziamo con "manicure"», e sfogliò alcune pagine brontolando. «Non ci sono nell'elenco. Credo che abbia ragione la Bruni. Vediamo "podologia"... Qui ce ne sono tre, ma sono specialisti. Non ci siamo.»

«Perché?» chiese Miceli.

«Glielo dico subito: sono tutti medici, o qualcosa del genere, podologi in senso stretto. C'è una dottoressa Castelletti, podologa e posturologa. Un dottor Bontempi, un dottor Martini, con la dicitura "specializzato in posturologia". Questi sono professionisti che non si occupano di pedicure, ma di problemi diversi, in cui ci vanno di mezzo anche i piedi, ma per altre ragioni.»

«Veda sotto centri estetici», disse Grazia Bruni.

Un'altra sfogliata dell'elenco. «Qui ce n'è una caterva. Li elenchiamo tutti e poi facciamo una scrematura. Verullo, è pronto?»

«Sì, dottor Petri.»

Petri iniziò a dettare: «Estetica acconciature shampoo di... – il nome non ci interessa – via Molino, 47. Sembra una cosa da donne... Estetica, via Maggi, 47... Fine. A quanti siamo arrivati, Verullo?»

«Quattordici, se stralciamo quelli che lei scarterebbe.»

«Mica poi tanti. Un paio di agenti, nel giro di una giornata, possono visitarli tutti. Se non sono altrimenti impegnati, ci manderei Grasso e Tondelli. Quelli, se li sguinzagliate, ci vanno a nozze. E, sempre secondo me, Verullo adesso prende lo stradario e mette in evidenza quelli che stanno a nord rispetto a via Ugoni, o comunque in una zona abbastanza raggiungibile dal centro.»

«Per quale ragione?» chiese Miceli.

«Perché la vittima, dopo essere uscita dal multisala Freccia Rossa, aveva imboccato via Ugoni, prendendo una direzione precisa, che se non sbaglio si trova a nord. Non impossibile, ma difficile che abitasse nella zona sud della città. Nell'elenco che ho appena dettato a Verullo ci sono diversi centri estetici che stanno in via Corsica...»

«Tre», disse Verullo.

«Allora, se la sua abitazione fosse stata da quelle parti, uscendo dal cinema avrebbe imboccato la direzione opposta.»

«Qui, dottor Petri, mi pare che stia spaccando il capello in quattro», disse Grazia Bruni.

«Certo, lo so. In ogni caso, per stamattina la mia parte l'ho fatta e me ne torno a casa, prima che Anna inizi le sue ricerche. Ci sentiamo.»

«Il faldone lo lascia qui o se lo vuole riportare a casa?»

«Me lo riporto, certo che me lo riporto. Voglio rivedere tutto con calma.»

«Allora la faccio accompagnare in macchina.»

«E perché dovrei aver bisogno di una macchina?»

«Perché sta piovendo.»

«Un po' d'acqua non mi ha mai fatto male.»

«A lei magari no, ma a quel faldone pieno di carte sì», rispose Grazia Bruni.

Arrivò in via Cairoli quasi alle due del pomeriggio.

Anna, che lo stava aspettando, gli aprì senza nascondere la sua irritazione. «Ma, Carlo, si può sapere...»

«Poi ti racconto tutto. Adesso ho una fame da lupo.»
«Lo credo bene, sono le due passate!»
«Maledizione! Scusami. Mi è passato il tempo senza che me ne rendessi conto.»
«Non potevi almeno telefonarmi?»
«Avevo il cellulare scarico.»
«Sei un inguaribile bugiardo. Il tuo cellulare è sul tavolo in anticamera.»
«Sul serio? Allora, era ieri che lo avevo scarico.»
«Vieni, vieni a tavola. Ho fatto il coniglio arrosto. Basta che lo riscaldi un momento.»
«Visto che tardavo, non potevi mangiare almeno tu?»
«Lo sai che mi piace pranzare insieme. Ma, scusa, cos'è questo odore che ti porti dietro?» domandò arricciando il naso.
«Che odore?»
«Non lo so, un puzzo che mi pare di disinfettante...»
«Io non sento nulla.»
«Con tutte le sigarette che fumi, hai perso completamente l'olfatto. Ma lo sento io e mi disgusta. Si può sapere dove sei stato?»
«In Questura.»
«E in Questura c'è questa puzza?»
«No, non credo. Forse è il fatto che ho passato un po' di tempo all'obitorio.»
«All'obitorio? Senti, Carlo, porta pazienza ma...»
«Adesso vado a lavarmi le mani.»
«No, adesso ti cambi: i vestiti in lavanderia e tu ti fai una doccia.»
«A stomaco vuoto?»
«Sì, Carlo, a stomaco vuoto. In dieci minuti ce la fai e troverai tutto in tavola. Non ho nessuna intenzione di pranzare con un becchino.»

Capitolo 10

Terminarono di pranzare un'ora dopo e Petri accompagnò l'ultimo sorso di grignolino con una sigaretta. Aveva trovato modo di raccontarle tutto, compresa l'idea che gli era venuta di fare una ricerca nei centri estetici.

«Su questo non sono molto d'accordo», disse Anna.

«Perché?»

«Perché questi centri estetici, per il novanta per cento, sono frequentati dalle donne. Difficile che ci vada un uomo, a meno che ci tenga in modo ossessivo al suo aspetto. La mia parrucchiera dice che quei pochi che ci vanno di solito sono gay.»

«La tua parrucchiera è un'imbecille. Un'imbecille con idee che potevano appartenere al secolo scorso.»

«Va bene. Finiamola qui. Piuttosto piedi e mani li avete fatti fotografare?»

«No.»

«Be', secondo me, avete fatto una sciocchezza. Chi ama farsi fare piedi e, soprattutto, mani, di solito è cliente abituale di un'estetista, quindi la sua manicure ne avrà bene impresse le mani.»

«Ma certo! Hai perfettamente ragione. Prima di andare a riposare, telefono subito alla Bruni, consigliandole di mandare Giusti all'obitorio per fare le fotografie delle mani.»

Si precipitò in anticamera e fece il numero di Grazia Bruni. Era ancora in ufficio. Ma lo stupì. «Dice sul serio? Come le è venuto in mente?» chiese Petri.

«Vorrà dire come ce ne eravamo scordati. Appena mez-z'ora fa ho mandato proprio Giusti. E a lei come è venuto in mente?»

«Me l'ha suggerito mia moglie.»

«Le faccia i miei complimenti.»

«D'accordo. Niente in contrario se prima di sera passo a risentire quel dottor Zini? Vorrei chiedergli una cosa.»

«Mi farebbe un favore. Il signor Zini ha telefonato dopo che lei se n'era andato, dirottato su di noi dalla Stradale. Si era dimenticato di riferire un particolare che ritiene abbastanza importante e, prima di sera, avevo intenzione di mandarci qualcuno, ma visto che lei sta a due passi...»

«Va bene, allora. Poi la richiamo.»

Tornò in cucina. Anna stava finendo di sparecchiare.

«Con i complimenti di Grazia Bruni.»

«Per che cosa?»

«Per l'idea che hai avuto di far fotografare le mani al morto.»

«Le hai detto che l'idea era stata mia?»

«Sì, mi ha chiesto come mi era venuto in mente.»

«Potevi anche risparmiartelo», disse Anna.

Il tempo passa e tutto cambia, tranne Anna, che al solo nome della Bruni cambia subito umore, pensò Petri, avviandosi verso la camera da letto.

Un pisolino di un'oretta e si alzò fresco e riposato. Una scappata in bagno e andò in studio a rileggersi le dichiarazioni di Zini, dando un'altra scorsa anche a quelle dei Cancelli.

Finì con lo scuotere il capo. Assolutamente inconciliabili a prima vista, anche se non si poteva scartare la possibilità di un errore da parte del vecchio Zini. Questi devono essere messi a confronto, concluse. Devo ricordarmi di consigliarlo alla Bruni.

Il dottor Giacomo Zini abitava al ventidue di contrada delle Bassiche. Trecento metri di distanza, non di più. Ci arrivò in cinque minuti, facendosi precedere da una telefonata.

Zini lo stava aspettando e lo considerò con attenzione, scrutandolo al di sopra degli occhiali.

«Lei è un collaboratore della Squadra mobile?» gli chiese.

«Sì, una sorta di consulente. Adesso, sono in pensione, ma prima...»

«Va bene, va bene, si accomodi pure. Il commissario con cui avevo parlato mi ha richiamato preannunciandomi una sua visita. Cosa volete sapere di preciso?»

«Mi pare che sia stato lei a telefonare in Questura dicendo che nella sua precedente deposizione si era scordato un particolare.»

«Sì, certo, ha ragione, anche se non so se si tratta di una cosa importante.»

«Questo lo deciderà il commissario che conduce l'indagine. Lei mi dica cosa si era scordato.»

«Dunque... ma si sieda, si sieda. Non vorrà che parliamo qui in piedi?»

«Grazie», disse Petri, prendendo posto su una poltrona e levando automaticamente di tasca il pacchetto di sigarette.

«Abbia pazienza, ma le sarei grato se non l'accendesse. Un tempo fumavo anch'io, ma adesso non sopporto più il fumo. Purtroppo sono asmatico.»

Petri ripose in tasca il pacchetto.

«Sarà senza dubbio al corrente di quanto ho dichiarato quando sono venuti a sentirmi gli agenti della Polizia stradale.»

«Certo. Ho letto con molta attenzione le sue dichiarazioni. Qual è il particolare che si era dimenticato di riferire?»

«Che, dopo aver assistito all'investimento, ho proseguito di gran fretta perché mi ero un po' agitato, forse anche spaventato. Arrivato fino in cima ai giardini...»

«Senza incontrare nessuno, mi pare, e ha anche detto che non c'era nessuno dietro di lei.»

«Sì, credo di aver precisato che sono sicurissimo di non aver incrociato nessuno, ma non posso essere altrettanto certo che dietro a me non ci fosse qualcuno. Ho accelerato il passo e ho proseguito senza voltarmi indietro, salvo quell'occhiata, quando ho visto le due persone attraversare la strada.»

«E non può escludere che lo avessero seguito?»

«No, questo no. Invece, arrivato alla fine dei giardini, ho girato a destra per andare a imboccare via Cairoli e poi girare in via Bassiche. Be', alla fine dei giardini, all'interno, c'è un chiosco dove vendono bibite e caffè...»

«Lo conosco. A quell'ora sarà stato chiuso.»

«No. È proprio questo il particolare: non era chiuso, stava chiudendo.»

«Quasi a mezzanotte? In una serata di pioggia?»

«A piovere aveva iniziato da poco. Tanto è vero che, quando venti minuti prima ero uscito col cane, non avevo preso l'ombrello.»

«E il chiosco stava chiudendo...»

«Sì, gliel'ho appena detto. Il proprietario mi conosce perché qualche volta, quando esco la mattina col cane, mi fermo a prendere un decaffeinato. Lo fa davvero buono.»

«Strano che chiuda a mezzanotte.»

«Chiude sempre a mezzanotte, e c'è sempre qualcuno che si ferma a bere qualcosa, perché a quell'ora di bar aperti non ce ne sono in giro, e di questi tempi anche un paio di caffè e una bibita possono servire a far quadrare il bilancio di una giornata. È il proprietario che una volta me lo ha detto. Qualche volta è capitato anche a me, rientrando a mezzanotte, di fermarmi a bere qualcosa. Un chinotto, ad esempio. Mi piace molto e a casa non ne tengo.»

«E si è fermato a bere un chinotto?»

«No, quella sera no, le ho detto che andavo di fretta,

anche perché aveva iniziato a piovere. Ma il proprietario, mentre passavo davanti al chiosco, mi ha fermato.»

«Aveva visto anche lui l'incidente?»

«No, da quella posizione non avrebbe potuto: l'investimento è avvenuto almeno cento metri più giù, forse anche centocinquanta, e il chiosco è un poco arretrato rispetto al bordo della strada. E poi ci sono i platani...»

«Ho capito», fece Petri ricorrendo a tutta la sua pazienza. «Quindi mi diceva che il proprietario del chiosco l'ha fermata, ma che non aveva visto l'incidente.»

«Esatto. Però l'aveva sentito, aveva sentito che era successo qualcosa alcuni secondi prima e si era anche affacciato al bordo della strada. Vedendomi arrivare da quella direzione, quindi, mi ha chiesto appunto se fosse successo qualcosa, e io gli ho detto che una macchina aveva appena investito un pedone, una macchina grossa e scura che andava molto veloce.»

«E allora?»

«Allora, mi ha detto che forse la macchina l'aveva vista anche lui, ma il discorso è finito lì, anche perché pioveva e io avevo fretta di tornarmene a casa.»

«Nient'altro, dottor Zini?»

«No, nient'altro. Le avevo detto che forse era una circostanza poco importante. Magari, vi ho disturbati inutilmente...»

«Non si preoccupi, dottore. In vicende del genere ciò che è importante o non importante di solito lo si capisce dopo. Ha fatto bene a informarci.»

Giacomo Zini fece un sospiro di sollievo. «Guardi però che, quando gli ho detto che avevo visto l'investimento, non gli ho parlato della spinta.»

«E ha fatto bene. Arrivederci, dottor Zini. Le auguro una buona serata.»

Scese le scale, avviandosi verso via Cairoli. Il chiosco stava a duecento metri. Tanto valeva andarci. Aveva la gola secca. Anni che non beveva un chinotto. Poteva anche essere un'idea.

Da qualche ora la pioggia era cessata. Il cielo si era rasserenato e il sole aveva già asciugato le strade.

Il chiosco era aperto e aperti erano anche i due ombrelloni, che proteggevano sedie e tavolini dal sole.

Osservò una giovane coppia con una carrozzina. L'uomo stava leccando un gelato e la moglie affondava un cucchiaino in un bicchiere di granita. Si sedette un po' discosto.

«Un chinotto», disse al proprietario che gli si era avvicinato.

«Ho capito bene? Un chinotto?»

«Ha capito benissimo. Non ricordo quando l'ho bevuto l'ultima volta e ne ho quasi scordato il sapore. Non so che dirle, mi ha preso la voglia di chinotto.»

«Con ghiaccio?»

«No. Se è abbastanza fresco, lo voglio così. Il ghiaccio lo allungherebbe.»

«Glielo porto subito, sperando di averne ancora. Ormai quelli che si ricordano dell'esistenza del chinotto si contano sulle dita di una mano.»

«E di sicuro hanno più di sessanta, settant'anni», fece Petri.

«È vero», confermò il proprietario. «I giovani non sanno neppure cosa sia. Nove su dieci vogliono la Coca Cola. Una delle poche persone che mi chiede il chinotto, e soltanto il chinotto, è un vecchio medico in pensione che abita poco lontano da qui.»

«Si riferisce al dottor Zini?»

«Proprio a lui. Spesso, adesso che è arrivata la buona stagione, quando esce verso mezzanotte per far fare un giro al cane, passa di qui e prende un chinotto. Per caso lo conosce? È qualche giorno che non lo vedo.»

«Sì, lo conosco. Si è preso un'infreddatura una sera che

è iniziato a piovere all'improvviso, la sera che c'è stato quell'incidente mortale poco più giù. Sono passato a trovarlo e mi ha detto di avere assistito all'incidente proprio poco prima di arrivare al suo chiosco. Ha anche aggiunto che forse l'aveva visto anche lei...»

«No, l'incidente non l'ho visto. Pochi secondi prima, forse un minuto, avevo sentito un botto, neanche troppo forte. Poi il dottor Zini mi ha detto che una macchina aveva investito un pedone che stava attraversando la strada. Strano, perché quella sera c'era scarsissimo traffico. Penso, però, di aver visto la macchina che poi ha investito il pedone.»

«Come fa a esserne sicuro?»

«Sicuro non posso esserlo. Dico soltanto che *forse* ho visto la macchina perché veniva da via Milano e si è fermata proprio qui davanti, all'angolo prima del semaforo. Le ho detto che in quel momento non c'era traffico.»

«Rosso? Il semaforo era rosso?»

«No, lampeggiante. La macchina si è arrestata. Stavo per chiudere e ho pensato che la persona alla guida si fosse fermata per bere qualcosa. Invece, mi sbagliavo, perché non è sceso nessuno.»

«Dove ha detto che si è fermata la macchina?»

«Proprio lì, sull'angolo, vicino al bordo della strada, sulla sinistra venendo dalla sua direzione. Per questo ho pensato che qualcuno volesse venire al chiosco.»

«Invece?»

«Invece, non è sceso nessuno.»

«Forse il conducente aveva appuntamento con qualcuno proprio lì», buttò là Petri.

«No, non direi, perché non ha spento il motore, anzi accelerava e poi decelerava per poi riaccelerare, come uno che sta sulla linea di partenza e aspetta che si abbassi la bandierina per il via. Ha presente?»

«Sì, più o meno come nei gran premi automobilistici.»

«Esatto.»

«E quanto è stata lì in posizione di partenza da gran premio?»

«Almeno un paio di minuti, o anche di più. Tanto che a me avevano incominciato a girare, perché non si trattava del solito ragazzotto che si mette a far casino per niente.»

«Ha visto il conducente?»

«No. Lo dico perché è difficile che un ragazzotto abbia una macchina come quella lì.»

«Cioè?»

«Una Mercedes, o forse un'Audi, ma sono quasi sicuro che fosse una Mercedes, di colore scuro, forse nera.»

«E poi?»

«Poi, dopo tutto questo casino, è partita di scatto, facendo fischiare le gomme. Un'accelerazione potentissima e, dopo un momento, ho sentito il botto. Mi sono affacciato sul bordo della strada, ma non ho visto niente.»

«Nessuno?»

«Magari qualcuno c'era, ma io non l'ho visto. A cento metri di distanza una persona non l'avrei vista, soprattutto di notte, ma una macchina sì, e la macchina non c'era più.»

«Quindi, secondo lei è stata questa macchina a investire il pedone?»

«Per forza. Da quando è partita a quando ho sentito il colpo non ne sono passate altre.»

«Ne è sicuro?»

«Sicurissimo. Ma, scusi, abbiamo parlato dell'incidente e non sono ancora andato a prenderle il chinotto. Lo vuole ancora?»

«Certo. Sono venuto qui proprio per questo», rispose Petri.

Tornò a casa. Il marito di Carmela, la portiera, era dietro la guardiola e stava scorrendo un giornale. Alzò gli occhi.

«Buonasera, dottor Petri. Ha approfittato del sole per farsi una passeggiata?»

«Sì. Due passi prima di cena sono la cosa migliore che si possa fare.»

«Lo dice sempre anche mia moglie. Potrei farlo anch'io, ma, a parte la pigrizia, andarmene in giro da solo mi sembra... Insomma, mi annoio. Lei no?»

«Io no. Passeggiare da solo aiuta a pensare.»

«E a cosa vuole che pensi io? A tutti i guai che abbiamo?»

«C'è qualcosa che non va?»

«No, non parlavo per me, dicevo così, in generale. Anche se ho sentito che nell'ultima assemblea condominiale qualcuno ha proposto di eliminare la portineria per diminuire le spese. Per noi sarebbe un disastro, perché qui, almeno, non paghiamo l'affitto.»

«Certo, certo. Ma stia tranquillo: per quel che ne so, quelli che non vorrebbero più la portineria sono una piccola minoranza.»

«Meno male. Ma già che la vedo...»

«Mi scusi, ma adesso vado di fretta. Ci vediamo domani e avremo il tempo di fare una chiacchierata.»

Carmela gli era molto simpatica. Il marito un po' meno. Mai che desse una mano alla moglie. Si limitava a passare la giornata all'interno della guardiola, sempre col giornale davanti, pronto a spettegolare con chiunque entrasse.

Fu tentato di prendere l'ascensore, ma il marito di Carmela lo stava osservando e si sentì in dovere di salire a piedi i suoi quattro piani di scale.

Anna non era ancora rientrata. Poteva approfittarne per telefonare a Grazia Bruni che di sicuro era ancora in ufficio.

Rispose subito, come se fosse stata in attesa all'apparecchio.

«Buonasera, sono Petri.»

«La riconosco dalla voce. È riuscito ad andare da quello Zini?»

«Sì, ci sono andato. Aveva scordato di dire che, arrivato alla fine dei giardini, dopo avere assistito all'incidente, si era imbattuto nel proprietario di quel chiosco che si trova...»

«Ho capito quale. Ci siamo andati una volta insieme.»

«Bene. Il proprietario del chiosco, che stava chiudendo, non aveva visto l'incidente, ma lo aveva sentito, neppure un minuto prima, e, saputo da Zini che aveva visto tutto, gli aveva detto che era quasi certo di avere visto la macchina che lo aveva provocato.»

«Mi sembra impossibile», lo interruppe Grazia Bruni. «L'investimento è avvenuto almeno centocinquanta metri più giù.»

«Non ho ancora finito, perché dopo aver sentito lo Zini sono andato a bere un chinotto al chiosco...»

«Un chinotto?»

«Sì, un chinotto, e glielo consiglio, è ottimo, ma il punto non è questo. Il proprietario del chiosco mi conosce e sono riuscito a portare il discorso su quanto è accaduto quella notte. E qui viene il bello...»

«Cioè?»

«Il fatto che la macchina, con ogni probabilità una Mercedes scura, si era fermata col motore acceso proprio all'angolo che c'è prima dell'incrocio di via Ugoni con via Vantini ed era rimasta lì ferma per almeno un paio di minuti, sempre col motore acceso col conducente che agiva su acceleratore e frizione come per prepararsi a una partenza. La cosa aveva infastidito quello del chiosco, il quale si era messo a osservare la macchina, che a un certo punto è partita di scatto. Dopo un istante il proprietario del chiosco ha sentito il rumore dell'investimento. Allora si è avvicinato al bordo della strada, ma la macchina era già scomparsa.»

«Non ha visto nessuno?»

«No. Non ha escluso che potesse esserci qualcuno, ma a quella distanza ci vede poco.»

«Lei cosa ne pensa?»

«Non so che dirle. Se il padrone del chiosco non ha preso un abbaglio, cosa che mi sentirei di escludere, potrebbero aprirsi orizzonti nuovi, e le dichiarazioni dello Zini potrebbero assumere una decisa consistenza. Certo che lo scenario che si aprirebbe, o potrebbe aprirsi, sarebbe ben diverso.»

«Questo è sicuro. Credo che valga la pena di ragionarci insieme, anche con Miceli, voglio dire. Se non altro per decidere la prossima mossa. Lei domani ha impegni?»

«No. La mattinata l'ho completamente libera. Se lo desidera, potrei venire verso le dieci in via Musei. A proposito, la ricerca nei negozi di abbigliamento da parte di Esposito?»

«Per adesso un buco nell'acqua. Ne riparliamo domani. La ringrazio Petri, e mi saluti sua moglie.»

Petri chiuse la comunicazione. L'unica cosa certa, almeno per quella sera, era che non avrebbe riferito ad Anna i saluti di Grazia Bruni.

Capitolo 11

La sera prima nessuno dei due aveva molto appetito e si limitarono a un'insalata. Neppure le otto e avevano già terminato.

«Hai visto se in televisione c'è qualcosa di buono?» chiese Petri.

«*Ballarò*», rispose Anna. «Potremmo vederlo. Per il resto, niente.»

«Chi sono gli ospiti?»

«Tanti, come al solito: Giannini di *Repubblica*, Sallusti, La Russa, Tabacci, e non so chi altri.»

«Giannini mi piace molto e, a suo modo, anche Tabacci, ma l'idea di dovermi sorbire La Russa e Sallusti mi riempie di sgomento. Per dirla tutta, queste trasmissioni mi stanno ormai sul gozzo. Penso che te lo vedrai da sola, se ne hai lo stomaco.»

«Senti, Carlo, non ho nessuna intenzione di starmene da sola davanti alla televisione mentre tu ti rifugi in studio con un libro. Non ti andrebbe di andare al cinema?»

«Odio il Freccia Rossa.»

«Ma ci sono almeno due film interessanti. Ho visto sul giornale che iniziano entrambi alle venti e trenta. Poi ce ne torniamo a casa e, se non abbiamo sonno, su Iris, in seconda serata, c'è *La vita degli altri*. Lo rivedrei volentieri.»

«Va bene, andiamo al cinema», rispose Petri. «Ma sbrighiamoci, perché sono già le venti e dieci.»

«Tranquillo, ci arriviamo con comodo.»

Non male il film che, però, dopo un dipanarsi abbastanza gradevole, nel finale aveva un'imprevedibile virata che lasciava l'amaro in bocca.

Uscirono poco dopo le ventidue.

«Mi spiace, Carlo. So che ami sempre il lieto fine. Quella conclusione ha preso anche me alla sprovvista. Se l'avessi saputo, non te l'avrei proposto. Mi sembri di cattivo umore, adesso. Di sicuro non avrai voglia di rivederti *La vita degli altri*...»

«Perché mai? Lo ricordo come uno dei film più belli degli ultimi anni. Piacerebbe anche a me rivederlo.»

«Anche se non finisce bene?»

«Chi ha detto che non finisce bene? Secondo me, non poteva esserci finale migliore. Lui, che ha finito per fare il postino, vede il libro in vetrina, entra, lo acquista e, apertolo, vede che l'autore che aveva passato mesi a spiare, lo ha dedicato proprio a lui, con quella frase criptica che soltanto lui riesce a comprendere. Un finale che allarga il cuore.»

«Certo, Carlo, hai ragione. Quando mi accorgo che viaggiamo sulla stessa lunghezza d'onda... Adesso cos'hai? Perché ti sei fermato e ti guardi in giro col viso scuro?»

«È qui che è successo. Dovrebbe essere proprio qui...»

«Cosa è successo proprio qui?»

«L'incidente stradale che, con ogni probabilità, non è stato un incidente. Te ne ho già parlato.»

«Ah, quello. Vedo che la faccenda ti sta intrigando.»

«Puoi ben dirlo. Anzi, facciamo una cosa: ci rimettiamo in cammino a passo abbastanza svelto. Io faccio scattare il cronometro, e vediamo quanto tempo impieghiamo a raggiungere il chiosco di bibite che c'è in cima ai giardini.»

Ci arrivarono in quarantotto secondi. «Più o meno quello che pensavo», borbottò Petri. «Ancora una cosa, Anna, per favore: ricordi dove ci siamo fermati? Bene, adesso ci portiamo sul bordo della strada e tu guardi nella direzione da cui siamo venuti. Riesci a distinguere se a quell'altezza, sul marciapiede di destra, ci sono persone?»

«È un po' lontano, c'è buio e la luce dei lampioni stradali non è che sia di grande aiuto. Però... una persona mi sembra di vederla, ne sono quasi certa. Ma mi spieghi la ragione di questo esperimento?»

«Dopo, te lo spiego dopo. Adesso dobbiamo affrettarci perché voglio vedere il film dall'inizio.»

Sole anche la mattina seguente.

Anna non aveva impegni. Un po' di spese, quindi sarebbe tornata a casa.

Lei e Petri uscirono mentre stava arrivando Assunta, che, non potendo venire di venerdì, aveva spostato al sabato.

«Buongiorno, signora Anna. Se ne sta andando?»

«No, soltanto una mezz'oretta di spese, poi ritorno.»

«Anche il dottor Petri?»

«No, lui resta fuori. Ha un impegno.»

«Bene», fece Assunta.

Petri, come al solito, ci restò male, ma non fece alcun commento, limitandosi a guardare Anna che gli parve trattenesse a stento un sorriso.

Più tardi, la riaccompagnò a casa, aiutandola a reggere i sacchetti, che depositò davanti all'ascensore.

«Non sali neppure un momento?» gli chiese Anna.

«No. Non vorrei deludere Assunta», rispose lui, con aria seria.

Anna gli diede un'arruffata alla barba. «Preparo per l'una?»

«Penso di essere di ritorno anche prima. Ciao.»

Ripercorse via Cairoli e si avviò verso la Questura.

Grazia Bruni e Miceli stavano esaminando degli ingrandimenti fotografici.

«Non è che sia un bel vedere», disse Grazia Bruni, «ma adesso le diamo a Grasso e Tondelli che si mettono in pista. Speriamo di avere più fortuna che nella ricerca dei negozi che vendono le marche degli abiti indossati dallo sconosciuto. Un'ultima cosa, prima di metterci a ragionare insieme: questa mattina presto ho provato a mandare Garramone in corso Palestro, ma dei Cancelli ancora nessuna notizia. Mi sono messa in contatto coi Carabinieri di Bormio, sempre che i coniugi abbiano una casa o un appartamento da quelle parti. Ho parlato con un maresciallo gentilissimo che mi farà sapere qualcosa prima di sera. Visti gli ultimi sviluppi, i Cancelli è sempre più urgente risentirli. Ho messo al corrente anche Miceli della sua piccola indagine di ieri, dottor Petri. Io continuo ad avere qualche perplessità, ma il commissario mi sembra più sicuro...»

«Non è che sia più sicuro. Anzi, non lo sono per niente. Dico soltanto che, se vogliamo formulare un'ipotesi di lavoro, alcuni dati dovremmo darli per certi, altrimenti non andremo da nessuna parte e finiremo col parlarci addosso.»

«Sono perfettamente d'accordo», disse Petri. «Inizi lei, Miceli, noi le veniamo dietro.»

«Allora, dando per scontati alcuni elementi...»

«Quali?» lo interruppe subito Grazia Bruni.

«Primo, che questo dottor Zini abbia visto giusto; secondo, che altrettanto si possa dire per quanto ha riferito il proprietario del chiosco, che tra l'altro ha ricordato una circostanza molto importante, cioè che la macchina, che a questo punto sembrerebbe essere stata appostata, era molto probabilmente una Mercedes – probabilità che è quasi una certezza, visto che il Villa, l'investitore, ha per l'appunto una Mercedes scura, e non è un veicolo proprio comune, anche se ce ne sono altre in giro.»

«Questi i presupposti. Le conseguenze?» chiese Petri.

«Ho quasi timore a formularle: omicidio premeditato e accordo tra il Villa e il Cancelli, o forse anche la moglie. L'automobilista è informato dei loro movimenti, alludo all'orario di fine spettacolo, e aspetta. Quando vede il terzetto sul marciapiede, parte a razzo e il Cancelli, nel momento in cui la macchina sopraggiunge, dà la spinta fatale al suo ignoto interlocutore.»

«Sul piano logico, conseguenza obbligata. Resta il fatto che ieri sera, tornando dal cinema con mia moglie, ho provato, stando all'altezza del chiosco e quindi alla distanza in cui si trovava la Mercedes, a chiederle se, con riferimento al punto in cui si è verificato l'investimento, riusciva a scorgere la presenza di eventuali persone sul marciapiede. Ci sono più di centocinquanta metri e Anna era un po' in dubbio.»

«Sua moglie quanti decimi ha?» chiese Grazia Bruni.

«Non lo ricordo. So che al cinema mette gli occhiali.»

«Mentre il Villa potrebbe avere dieci decimi e, se erano d'accordo, sapeva dove e cosa guardare. Comunque, appurare il grado di vista del Villa è una cosa che dobbiamo fare», disse Grazia Bruni.

«E come?» chiese Miceli.

«Interrogandolo di nuovo.»

«Ma in che veste?» tornò a chiedere Miceli.

«In quella che ha sempre avuto: indagato per omicidio colposo e omissione di soccorso», fece Petri. «Forse sarebbe il caso di metterci in contatto col suo avvocato. Però, pensandoci bene, come giustificare un nuovo interrogatorio senza sbilanciarsi troppo e, soprattutto, senza insospettirlo?»

«La richiesta di conoscere la sua gradazione di vista si coniugherebbe col fatto dell'investimento. Velocità, grado di vista... Mi sembrerebbe più che logico, non le pare, dottor Petri?»

«Sì, su questo non posso darle torto, ma continuo a ritenere che sarebbe più opportuno fargli una sorta d'improvvisata. Se non ricordo male, ha detto di avere un grosso negozio di abbigliamento e tessuti a Roncadelle. Una volta tanto, si potrebbe anche recitare la parte di quello che approfitta della situazione per andare a fare acquisti, contando di avere un trattamento di favore, e poi entrare in argomento, per dargli un'altra tastata di polso.»

«Una parte odiosa, anche se la posso capire, ma né io né

Miceli saremmo disposti a recitarla. Inoltre, il Villa per il momento ha avuto rapporti soltanto con la Polizia stradale e non dovrebbe sapere ancora che tutto è passato a noi, cosa che potrebbe metterlo in allarme», obiettò Grazia Bruni.

«Non pensavo a lei, né a Miceli, né a qualcun altro della Mobile.»

«E a chi pensava?»

«A me, mi pare ovvio», rispose Petri. «Me ne fotto di interpretare un ruolo odioso. Magari riesco anche ad acquistare un nuovo cappotto a buon prezzo, facendo contenta anche Anna.»

«Siamo in maggio e di cappotti non ne troverà», lo interruppe Grazia Bruni.

«Allora un paio di camicie. Non c'è nessun problema. L'unico ostacolo, se poi si vuole portare l'argomento sulla faccenda che ci interessa, è che non ci posso andare da solo. Mi dovrebbe accompagnare qualcuno.»

«Le ho appena detto che lui non sa, ed è meglio che non sappia, che della faccenda adesso si sta interessando la Squadra mobile», ripeté la Bruni.

«Non pensavo alla Squadra mobile, ma alla Stradale. Ho visto che della vicenda si è occupato un agente che mi è parso molto sveglio.»

«Armiento? Il sovrintendente Armiento?» chiese Grazia Bruni.

«Brava, credo che si chiami proprio Armiento. Se potessimo farlo staccare temporaneamente presso di noi, penso che sarebbe la persona giusta. Poi le dritte gliele darei io.»

«Potrebbe anche essere una buona idea», intervenne Miceli. «Alla dirigente della Stradale telefono io. La conosco bene. È una persona davvero intelligente. Non mi ci vorrà niente a spiegarle la situazione.»

Si alzò per recarsi nel suo ufficio, da cui tornò una decina di minuti dopo.

«Fatto. La dottoressa Zara è disposta a imprestarci Armiento per tutto il tempo che ci occorre. Domani mattina alle nove sarà qui. Lei, Petri, ha problemi?»

«Nessun problema. Alle dieci andrò con questo Armiento a Roncadelle e in mattinata ce la sbrigheremo.»

Alle dieci meno cinque del sette maggio Petri arrivò in Questura. Bussò a Grazia Bruni e si affacciò alla porta. Stava parlando con un giovanotto in borghese, alto, robusto, con un viso aperto che subito gli ricordò Maccari.

«Buongiorno, dottor Petri, le presento il sovrintendente Armiento della Stradale, che lei conosce attraverso le carte contenute nel fascicolo. Ho avuto il tempo di metterlo al corrente di tutto e di spiegargli chi è lei. L'auto per recarvi a Roncadelle vi aspetta giù in cortile. È un mezzo civile, e vi ho assegnato come autista Sciacchitano. Con Armiento pensavamo che lei potrebbe spacciarsi per suo zio, condottovi per fare qualche acquisto. Il nostro Armiento ha avuto qualche resistenza, ma poi ha capito che in una situazione come questa è l'unico modo per cercare di fare un passo avanti.»

«Non ci vorrà niente. Secondo me sarà il Villa che, vedendo Armiento, tornerà sul fatto dell'incidente, se non altro per capire a che punto stiamo con le indagini, o meglio, a che punto sta la Polizia stradale.»

Petri strinse la mano all'agente che lo guardò con un pizzico di curiosità. Che quel giudice in pensione collaborasse con la Polizia era per lui una cosa del tutto nuova, che lo aveva lasciato abbastanza perplesso. Aveva però concluso che forse la Polizia di Stato, quando si trattava di raggiungere un obiettivo, non guardava troppo per il sottile e non gli era rimasto che adeguarsi.

«Tra un paio d'ore la troviamo ancora qui?» chiese Petri a Grazia Bruni.

«Senza dubbio. Verso mezzogiorno, Maccari dovrebbe finire quel giro d'orizzonte sui genitori che hanno denunciato il bidello e verrà a riferirmi le sue impressioni.»

«Bene. Allora ci vediamo dopo.»

Si avviò in cortile seguito da Armiento, al quale fece prender posto sul sedile posteriore della Punto su cui già stava Sciacchitano.

Poco più di una ventina di minuti per arrivare. Il tempo di scambiare quattro chiacchiere.

«Ho preso visione di tutto il fascicolo», disse Petri dopo un paio di chilometri, «e credo di dovermi complimentare con lei. Quando ero ancora in servizio, di incidenti stradali e di relativi omicidi colposi credo di averne viste parecchie centinaia e, nella maggior parte dei casi, salvo quando interveniva la Polizia urbana, venivano tutti dalla Stradale. Glielo dico perché una planimetria dei luoghi come quella fatta da lei non l'avevo vista mai, per non parlare della relazione... Ha proprio una mano felice. Si vede che sotto c'è un poliziotto con tutti i crismi.»

Armiento arrossì di piacere. «Grazie, giudice, i complimenti sono sempre graditi, anche se devo confessare che, prima di entrare in Polizia, sono riuscito a prendere il diploma di geometra. Magari, anzi di sicuro, è questa la ragione per cui la planimetria è così accurata.»

«Forse sì, ma non è soltanto questione di saper tracciare uno schema grafico preciso. È che il più delle volte mancava qualcosa, e spesso si doveva ricorrere a una richiesta di chiarimenti. In questo caso, invece, da chiarire non c'è nulla, o meglio, ci sono un sacco di cose, ma appartengono tutte agli sviluppi che l'indagine ha avuto dopo che l'avete trasmessa alla Polizia. Piuttosto, lei, che ha seguito tutta la vicenda nella fase iniziale, che impressione ne ha avuto? Mi pare di aver capito che il commissario Bruni l'ha messa al corrente di tutto.»

«La mia impressione è che siate sulla strada giusta e che il quadro complessivo incominci a chiarirsi, anche se gli sviluppi erano imprevedibili. Che la faccenda puzzasse, o quantomeno avesse dei lati oscuri, era però anche la mia sensazione iniziale. La svolta è venuta dalla testimonianza di quel medico in pensione. È stata una botta di fortuna che abbia deciso di telefonarci.»

«Già, già», fece Petri con aria pensierosa.

Non ci volle molto per trovare via Caduti del Lavoro, dove era situato il negozio. Ci passarono davanti in macchina, posteggiando un centinaio di metri oltre, e tornarono sui loro passi. Sciacchitano li attese in auto.

«Questa non me l'aspettavo», disse Petri guardando il susseguirsi di vetrine sulle quali spiccavano grandi cartelli e striscioni colorati con la scritta: SCONTI FINO AL 70% SI LIQUIDA TUTTO PER CESSAZIONE DI ATTIVITÀ.

All'interno la folla si accalcava attorno ai banconi e ai supporti metallici cui erano appese le grucce con giacche, pantaloni e giubbotti di ogni tipo.

«Logico», commentò Petri, «con la scarsità di soldi che c'è in questo periodo, tutti cercano di concludere un buon affare, anche se, nella maggior parte dei casi, si tratta di grandi fregature.»

«Ma questi non sono i soliti saldi, di cui un commerciante approfitta per svuotare i magazzini della merce invenduta o fuori moda e ci mette un cartellino con il prezzo maggiorato, per poi tirarci una riga sopra e offrire come scontato quello che era il prezzo reale. Questa è una vendita per fine attività. L'unico problema è che in questa folla sarà un problema beccare il Villa», aggiunse Armiento.

Non aveva tutti i torti, perché attorno ai banconi vi erano commessi e commesse, che servivano gli acquirenti e, nello stesso tempo, li tenevano d'occhio, per evitare che qualcuno indossasse un capo per poi squagliarsela, facendo, questa volta sì, un ottimo affare.

Armiento, che sovrastava Petri di una decina di centimetri, iniziò a guardarsi in giro, muovendosi lentamente. Petri che lo seguiva.

«Eccolo là», disse a un certo punto. «È quel tizio abbastanza alto con una giacca beige.» Riuscì a farsi largo e ad avvicinarglisi.

Il Villa stava convincendo una signora, alquanto indecisa, ad acquistare un cappotto leggero di due taglie più grandi del necessario.

«Sono perplessa. Mi pare un po' grande. Forse in questa stagione mi farebbe più comodo un impermeabile, anche se a casa ne ho già uno.»

«Allora acquisti l'impermeabile e anche il cappotto leggero. L'estate passa in fretta, già in ottobre il cappotto le sarà utile. Così si porta avanti risparmiando un bel po' di quattrini.»

«Ma mi pare grande...»

«Perché adesso indossa soltanto una camicetta, ma se sotto ci mettesse qualcosa di pesante... Abbiamo dei bellissimi cardigan, ad esempio.»

«Ci dovrei pensare.»

«Non ci pensi troppo a lungo», la incalzò il Villa. «La svendita dura ancora una quindicina di giorni, poi chiudiamo.»

Si girò per occuparsi di un altro cliente e vide Armiento. «Ah... lei. Ma noi ci conosciamo, ci conosciamo bene ormai. Non mi dica che si è scomodato a venire fin qui perché la mia Mercedes è stata dissequestrata...»

«No, signor Villa. Quello non dipende da noi, ma dall'Autorità giudiziaria. Ho letto o sentito da qualche parte che c'era questa liquidazione, così ci ho portato mio zio che avrebbe bisogno di un cappotto.»

Francesco Villa diede un'occhiata a Petri. «Taglia quarantotto, massimo cinquanta, ma qui ormai andiamo dal cinquantadue in su.»

«Ma se ci guardiamo meglio, magari...» fece Armiento.

«Inutile, lo so da qui. Vedete la fila di cappotti appesi in alto in fondo al negozio? Si capisce anche a distanza che sono tutti di taglia superiore.»

«Ma sarà una trentina di metri da qui a là. Come fa a vedere?»

«Occhio professionale, a prescindere dal fatto che ho undici decimi.»

«Beato lei», brontolò Armiento. «Pensi che io ho venticinque anni e sto già pensando di andare a fare una visita oculistica. Senti, zio», proseguì rivolto a Petri, «con i cappotti niente da fare. Ti occorre altro?»

«Un paio di camicie...» buttò là Petri.

«Per me sarà un piacere accontentarla. Camicie estive...»

«Sì», confermò Petri, «un paio di camicie estive, manica lunga, tinta unita: una azzurra e l'altra sul bordò.»

«Nient'altro?» chiese Villa.

«No, per il momento credo di no.»

«Vediamo se trovo i colori che desidera. Che numero di colletto porta?»

«Non ne ho la minima idea», rispose Petri. «Lo saprà mia moglie. So che ho la taglia quarantotto o cinquanta, a seconda dei casi.»

«Bene. Penso che mi basti.» Villa si mise a frugare tra le camicie ordinatamente accatastate, secondo taglia e colore, nelle scansie di un mobile che dal pavimento arrivava fino al soffitto.

Non fu una ricerca facile. Quella di Petri era una taglia abbastanza comune e, per quanto il Villa si desse da fare, non riusciva a trovare una camicia bordò che andasse bene.

«Quelle bordò temo proprio che siano terminate, mi dispiace.»

«Due azzurre, allora», fece Petri.

«Ecco qua, di azzurre ne abbiamo quante ne vogliamo. Lo sconto per le camicie è del cinquanta per cento, ma per voi...»

«No, grazie, signor Villa», lo precedette subito Armiento. «Non vogliamo trattamenti di favore. Se lo sconto è cinquanta, facciamo cinquanta.»

«Come vuole», rispose Villa, dando un'occhiata a Petri, il quale allargò le braccia e disse, fingendo un'aria rassegnata: «Mio nipote fa il poliziotto e appartiene alla categoria degli incorruttibili».

«La prossima volta ci venga da solo», gli sussurrò il Villa strizzandogli l'occhio. Mise le camicie in un sacchetto e buttò giù una cifra su un foglietto di carta. «Lo scontrino fiscale ve lo fanno alla cassa. Già che ci siamo, questa indagine sull'incidente che ho avuto non è ancora finita? A me sembrava tutto chiaro, non saranno mica nati altri problemi?»

«No», rispose Armiento, «nessun problema, ma sa come vanno le cose con la giustizia che abbiamo... Capaci che abbiano messo il suo fascicolo sotto una pila di altri e magari dovrà aspettare mesi, se non anni.»

«E non si potrebbe accelerare?»

«Purtroppo, niente da fare. Quando la pratica passa al magistrato, noi siamo tagliati fuori. Piuttosto, già che lei ha toccato l'argomento, posso farle una domanda, in via del tutto ufficiosa?»

«Che domanda?» chiese Francesco Villa, subito sulla difensiva.

«Lei mi aveva detto che veniva da via Milano e poi ha imboccato via Ugoni. Per caso, lungo via Ugoni, si è fermato al primo semaforo? Ha fatto una sosta? Prima dell'incidente, voglio dire.»

«Perché avrei dovuto fermarmi?» rispose Villa. «Da dove vi viene questa strana idea? Il semaforo era già fuori servizio. Comunque, agente, non se l'abbia a male, una risposta su questo punto o su altri preferisco non dargliela. Parlerò soltanto in presenza del mio avvocato. Anzi, se vuole prendere nota, ho rinunciato a Beccalossi, che è un civilista, e ho nominato un penalista.»

«Certo, ha ragione, ha perfettamente ragione. Gliel'ho chiesto così, *en passant*, soltanto perché lei era tornato sul fatto dell'incidente, ma le chiedo scusa. Non posso però annotarmi il nome del suo nuovo avvocato. Lo deve nominare lei per iscritto, indirizzandosi alla Procura della Repubblica, oppure a noi che lo manderemo come seguito.»

«Grazie del suggerimento. Sa... di queste cose non sono molto pratico. Ma mi può dire come vi è venuta questa idea che io a un certo punto mi sarei fermato?»

«Potrei rispondere che lo saprà in presenza del suo avvocato, ma sto scherzando, naturalmente. Il fatto è che, se si fosse fermato al semaforo, la sua velocità al momento dell'investimento avrebbe anche potuto essere minore, tutto qui. Adesso bisogna però che mi sbrighi. Andiamo, zio, perché a mezzogiorno devo rientrare in servizio.»

«Senta, agente...» cercò di insistere Villa.

«Mi scusi, ma devo proprio scappare. Buongiorno e la ringrazio», rispose Armiento, prendendo sotto braccio Petri e avviandosi verso la cassa.

Pagarono e uscirono.

«Un buon passo avanti lo abbiamo fatto», borbottò Armiento, mentre si avviavano verso la macchina.

«Lei dice?»

«Senza dubbio. Anzitutto, abbiamo scoperto che ha la vista di un'aquila; in secondo luogo, quando ho buttato lì la possibilità di una sosta lungo via Ugoni, si è chiuso a riccio pretendendo l'avvocato. Tuttavia, era curiosissimo di sapere la ragione della mia domanda. Una conversione di centottanta gradi rispetto a quando si era presentato da noi e pareva quasi che dell'avvocato non sapesse che farsene. Non è d'accordo, giudice?»

«E come se lo sono! Tanto più che adesso si è rivolto a un penalista. Evidentemente inizia a bruciargli il sedere. Un altro tassello lo abbiamo messo», concluse Petri.

Capitolo 12

Il tempo di tornare a Brescia e di salire un momento da Grazia Bruni che stava parlando con Maccari.

«Entrate, entrate pure. Maccari, le presento il sovrintendente Armiento, che per qualche tempo la Stradale ha distaccato da noi.»

I due si strinsero la mano senza particolare entusiasmo, quantomeno secondo l'impressione di Petri.

«Dottor Petri», proseguì Grazia Bruni, «va di fretta? Magari soltanto il tempo di chiamare Miceli per riferire anche a lui le vostre impressioni?»

«Una mezz'oretta mi posso anche trattenere. Per i centri estetici niente di nuovo?»

«Non ancora. Grasso e Tondelli mi chiamano in continuazione per informarmi. Sono fatti a modo loro, anche se ho dovuto pregarli di telefonarmi solamente in caso di notizie positive. Ma aspetti che vedo se trovo Miceli.»

Il commissario non si fece attendere e ascoltò Armiento con attenzione.

«Quindi, ha una vista perfetta e pensa di nominare un penalista, ma guarda un po'... A proposito», chiese rivolgendosi a Petri, «le camicie le ha in quel sacchetto? Le spiace farmele vedere?»

Le considerò con attenzione. «E quanto le ha pagate?»

«Quaranta euro.»

«L'una?»

«No. Tutte e due. Sulle camicie fanno uno sconto del cinquanta per cento. Le interessano?»

«Sì, ne ho bisogno anch'io. Uno di questi giorni ci faccio una scappata in incognito, insieme con Lucia. Credo che di qualcosa abbia bisogno anche lei. Ma perché questo grosso sconto fuori stagione?»

«Perché l'azienda sta liquidando tutto. Chiudono», rispose Petri.

«Ah... Allora questo Villa o ha fatto denaro a sufficienza, oppure sta andando in malora. Comunque, siete riusciti a parlare con lui. Che impressione ne avete avuto?»

«Per quanto mi riguarda del tutto negativa, ma so di essere prevenuto. In ogni caso, facevo la parte dello zio e sono stato a guardare.»

«Sono d'accordo col giudice. C'è stato un decisivo mutamento di rotta. Non ci dirà più nulla, se non in presenza del suo avvocato che peraltro ha cambiato con un penalista. Non è poi così intelligente: poteva limitarsi a escludere di essersi fermato prima dell'incrocio, e adesso noi staremmo a chiederci se il proprietario del chiosco avesse preso un abbaglio oppure no. Invocando la presenza dell'avvocato, invece, ci ha già dato una risposta implicita. Vedremo di accontentarlo.»

«Magari lasciandolo cuocere nel suo brodo ancora per qualche giorno», intervenne Grazia Bruni. «Mi chiedo quali possano essere le nostre prossime mosse. Tu, Miceli, cosa ne dici?»

Il commissario si mise a riflettere. Tolse gli occhiali, vi alitò sopra e li pulì accuratamente con una pezzuola, come faceva sempre quando voleva prendere tempo. «Indagato lo è. Potremmo parlare con Martinelli e mettergli il telefono sotto intercettazione. A questo punto mi pare che gli elementi per farlo ci siano. Non è d'accordo anche lei, Petri?

«Sì, ma farei anche un'altra cosa...»

«Cioè?»

«Una discreta indagine sulla sua situazione finanziaria, e già che ci siamo anche su quella dell'ingegner Cancelli.»

Lo guardarono tutti con curiosità.

Fu Armiento a parlare. «Se posso permettermi...»

«Prego», fece Grazia Bruni. «È qui per questo.»

«Volevo dire che sono perfettamente d'accordo col giudice, perché, se le cose stessero in un certo modo, un legame tra il Villa e il Cancelli ci dovrebbe pur essere. Difficile che se ne trovi traccia sui conti bancari, ma non è da escludere. Spesso, anche chi dovrebbe muoversi con cautela è meno prudente di quanto sarebbe lecito aspettarsi.»

«Giusto, Armiento. Poi mi spiegherà cosa ci sta a fare alla Stradale. Vedrò cosa si può fare, parlando anche di questo con Martinelli. Bisogna, comunque, che solleciti i Carabinieri di Bormio, che non mi hanno ancora fatto sapere niente. Va bene. Per il momento, possiamo chiuderla anche qui. Si è fatta l'ora di uscire per mangiare un boccone. Armiento, lei, con Maccari, sarete miei ospiti. Sarà un modo perché possiate conoscervi meglio.»

Armiento si aprì in un sorriso, mentre Maccari si limitò a un cenno del capo, con il viso rabbuiato.

Questa volta non era stata soltanto un'impressione di Petri.

«Aspetti pure qui, Armiento», disse Grazia Bruni una volta che Petri e Miceli furono usciti. «Maccari, quando siete arrivati, mi stava informando sulle deposizioni fatte da alcuni genitori che avevano presentato un esposto-denuncia contro un bidello per supposti abusi nei confronti di alcuni ragazzini...»

Armiento si sedette in un angolo della stanza, aumentando il nervosismo di Maccari che si chiese perché Grazia Bruni non lo avesse fatto uscire.

«Allora, Maccari, stava dicendo?»

«Che probabilmente è tutta una montatura. I genitori del primo bambino, un maschietto che fa la seconda elementare, non è che abbiano fatto retromarcia, ma quasi. Mi hanno detto che è un bambino molto vivace, così si sono espressi, e che spesso, durante la ricreazione, trovava modo di litigare con tutti e che quel bidello se la prendeva soltanto con lui e qualche volta l'aveva riaccompagnato in classe, afferrandolo per un braccio e mettendogli anche una mano sul sedere per farlo muovere. Ma poteva anche essere stata una semplice spinta per vincere la sua resistenza, o uno sculaccione. Adesso non ne sono più sicuri. Il fatto è che, quando il bambino ha parlato del sedere, si sono allarmati subito e hanno incominciato a tempestarlo di domande. Loro erano in allarme, per casi analoghi di cui qualche volta parlano i giornali, e il ragazzino, a mio avviso, ne ha approfittato per vendicarsi di quelli che riteneva soprusi del bidello, finendo col dire che forse gli aveva toccato il sedere apposta. La madre si è subito preoccupata e ne ha parlato con un'altra, e questa a sua volta con un'altra... Insomma, una catena di sant'Antonio, coi genitori che hanno iniziato a torchiare i loro figlioletti con domande che mi sono parse suggestive, contenenti già la risposta. Dottoressa, ci andrei molto piano. Quel povero bidello rischia di diventare la vittima di un fenomeno di suggestione collettiva.»

«Certo, è possibile. Comunque, è ora che senta io per bene i genitori da cui è partito tutto. Uno di questi giorni li convoco. Vedo che è assente, Armiento. È d'accordo anche lei con Maccari?»

«In sostanza, sì. Quando i media si mettono a cavalcare un argomento, possono accadere le cose più imprevedibili. Anche se in certi casi... bisogna andarci coi piedi di piombo per capire cosa ci si trova di fronte. I bimbi di solito sono sinceri, ma può capitare che i genitori, in assoluta buona fede, prendano dirizzoni pericolosi. Credo che ci si debba far assistere da uno psicologo infantile. Un comune poliziotto non ha gli strumenti adatti per capire queste situazioni.»

«È proprio quello che pensavo anch'io. Lei è un tipo intelligente, Armiento. Lo aveva già detto la sua dirigente a Miceli. Bene, ragazzi, adesso possiamo andare a prendere una boccata d'aria e mangiare qualcosa.»

Uscirono insieme dall'ufficio e imboccarono lo scalone in fila indiana. Maccari per ultimo, sempre con l'aria imbronciata. Ma cosa voleva Grazia? Anche il parere di uno che si era occupato sempre e soltanto di incidenti stradali?

Petri incrociò Anna nei pressi della Pallata. «Da dove vieni? Mi sembrava che stamattina non avessi impegni.»

«No, ma mi sono resa conto all'ultimo momento che in frigorifero non avevamo più verdura e ho fatto un salto in piazza Rovetta per prendere l'insalata e qualche pomodoro. Vedo che hai un sacchetto anche tu. Hai per caso fatto spese?»

«Un paio di camicie.»

«Di solito, in questi casi, vuoi che venga con te. A parte il fatto che a casa ne hai non so quante, alcune ancora dentro il loro cellophane.»

«Lo so, ma è stato un acquisto per ragioni di servizio.»

«Questa me la spieghi, perché da sola non ci arriverei mai.»

I portieri erano in pausa pranzo. Anna si diresse verso l'ascensore. A Petri non passò neppure per la testa di protestare.

«Ti va bene un'insalata con pomodori e tonno?»

«Benissimo. Ci penso io a prepararla.»

«Intanto, do un'occhiata alle camicie che ti sei comprato», e Anna aprì il sacchetto.

«Ma, Carlo, due camicie azzurre, del tutto identiche. Ne avrai almeno quattro o cinque. Non potevi prenderle di un colore diverso, magari a righe?»

«Le camicie a righe non mi piacciono e amo il colore azzurro. Tra l'altro, credo di aver fatto un affarone. Due camicie per quaranta euro.»

«Non penso che valgano molto di più. Dove le hai prese?»

«A Roncadelle, nel negozio di quell'automobilista che ha investito il pedone la notte del ventotto aprile. Sta liquidando tutto e fa sconti pazzeschi.»

«Sei sempre in grado di sorprendermi. Da uno che ha guai con la giustizia io non sarei andata e, per quanto ne so, conoscendoti, mi sarei aspettata che non ci andassi nemmeno tu.»

«L'acquisto delle camicie è stata una scusa. Ci ho accompagnato l'agente della Stradale che si era occupato del caso e che voleva trovare un sistema per approfondire, senza darlo troppo a vedere, un aspetto della vicenda. Cercavo il modo di non insospettire l'automobilista che probabilmente non l'ha raccontata giusta. Ma questo già lo sai, te l'ho spiegato l'altra sera tornando dal cinema. Ci è quindi venuta l'idea, o meglio è venuta a Miceli o alla Bruni, adesso non ricordo a chi sia frullata in testa, che io accompagnassi l'agente spacciandomi per suo zio. Ecco la ragione per cui ti dicevo che è stato un acquisto di servizio.»

«Capito. Ma questo tizio non avrà soltanto camicie...»

«Ha un sacco di roba e chiude tra due settimane.»

«Anche indumenti femminili?»

«Soprattutto femminili.»

«Allora, uno di questi giorni, magari domani pomeriggio o oggi stesso, ci andiamo insieme. Gli voglio dare un'occhiata anch'io. Lo zio e sua moglie. Oggi hai impegni?»

«No. Solamente un giretto... In ogni caso è meglio domani. Mi terrò libero.»

Grazia Bruni conosceva una piccola trattoria in via Trieste dove si poteva mangiare qualcosa di gustoso, senza dover ricorrere alla carta di credito.

Avrebbe voluto che Maccari e Armiento fraternizzassero, anche perché le sarebbe piaciuto che, su quella faccenda, lavorassero in tandem, ma fu un flop disastroso. Maccari pareva afflitto da un attacco di mutismo.

Uscirono intorno alle due.

«Devo tornare subito in ufficio. Ma se, con questo sole, volete fare due passi, ci vediamo più tardi», si congedò Grazia Bruni.

«Grazie», rispose Armiento, «Maccari mi farà da cicerone, perché questa è una zona della città che conosco poco. Che ne dici?» chiese rivolto al collega.

«Si può fare», rispose Maccari e si avviò verso piazza Tebaldo Brusato in silenzio.

Armiento gli camminava al fianco senza aprir bocca. Aveva fiutato il vento.

«Che ti pare del nostro commissario? Della dottoressa Bruni», gli domandò all'improvviso Maccari.

«Se l'hanno nominata commissario così giovane, deve avere i suoi numeri. Ancora non la conosco bene, ma mi è sembrata molto intelligente. Per adesso posso soltanto dire che è una donna splendida, come se ne vedono poche», rispose Armiento.

«Allora, se per caso ti fosse passata qualche idea per la testa, scordatela subito. Grazia Bruni non devi sfiorarla neppure nei tuoi pensieri.»

Armiento si bloccò di colpo. «Maccari, che stai dicendo? Come può venirti in mente che io...»

«Meglio mettere subito le cose in chiaro», gli disse in tono brusco.

«Non potevi trovare un modo migliore per farlo?» rispose Armiento. «Comunque, se non ti spiace, in Questura me ne torno da solo.»

Maccari lo guardò allontanarsi. Avrebbe voluto mordersi la lingua, ma non ce l'aveva fatta, e ormai era troppo tardi.

Quasi le diciassette, poteva essere un'ora buona.

Nel fascicolo aveva trovato un appunto di Armiento che

aveva contattato, senza risultati, una certa signora Cattaneo, la dirimpettaia della coppia Cancelli, al trentanove di corso Palestro.

Aveva provato a chiamare al numero di casa, ma i Cancelli non erano ancora tornati. Tanto valeva riprovarci e parlare con questa signora Cattaneo. Un modo come un altro per trascorrere un'oretta, senza disturbare Anna che al suo scrittoio era concentrata sulla scaletta di un intervento che avrebbe dovuto fare a un convegno che sarebbe iniziato la settimana dopo.

Restò in dubbio se mettersi o no l'impermeabile e si recò in cucina, spalancando la finestra. L'aria era tiepida e la chioma del suo grande albero ormai verdeggiava di foglie tenere. Indugiò un momento, il tempo di fumarsi una sigaretta. Nessuna traccia dei passeri. Sarebbero tornati verso sera, al crepuscolo.

Indossò una giacca sulla camicia azzurra e si apprestò a uscire.

«Ciao, Anna, vado a farmi un giretto. Non più di un'ora e sarò di ritorno.»

«Ma esci così? In giacca e camicia senza neppure l'impermeabile sulle spalle?»

«Fa quasi caldo, ormai, e poi ti ho detto che ritorno presto. Non penso proprio di aver bisogno dell'impermeabile.»

«Fammi un po' vedere... Non dirmi che hai indossato una di quelle camicie che hai comprato stamattina.»

«Proprio quella. Non ero sicuro della misura, invece è perfetta. È meglio che la metta subito. Il colletto è un po' rigido, ma dopo una lavata andrà a posto.»

«D'accordo. Hai voluto subito usare il giocattolo nuovo, ma, se posso darti un consiglio, indosserei un'altra giacca.»

«Perché? Questa non va bene?»

«Con la camicia azzurra fa a pugni.»

«Allora scegli tu quella che va bene.»

Anna si alzò con un sospiro e si diresse verso il guardaroba, togliendone una giacca marrone.

«Adesso sono a posto? Posso uscire?»

«Sì, puoi uscire, Carlo. Così sei proprio elegante. Ma, dal momento che esci, potresti trovare il tempo di passare dal tuo parrucchiere e farti dare una regolata alla barba. È piena di peli che sparano in fuori. E ricordati di fartela accorciare sul labbro superiore.»

«Che cosa c'è che non va sul labbro superiore? Si sono allungati solamente i baffi, e la cosa non mi interessa né tanto né poco.»

«Interessa a me», rispose Anna, con sguardo ammiccante.

Si avviò verso corso Palestro, fermandosi a mezza strada dal parrucchiere. A quell'ora non c'era nessuno.

«Buonasera, dottore. Una regolatina ai capelli?»

«No, soltanto alla barba. Mi spunti i peli superflui e mi regoli i baffi. Forse si sono allungati un po' troppo.»

«Allora, caro dottor Petri, che mi dice della sua Inter e del suo Monti?»

«Entrambi deludenti, pur con qualche giustificazione. Tenga, però, presente che io non ho mai avuto un *mio* Monti.»

«Ma pensavo...»

«Cosa pensava? Che sono soddisfatto che finalmente ci siamo tolti dai piedi quel figuro che ci ha afflitti per quasi vent'anni? Questo è sicuro, ma non mi faccio troppe illusioni. Adesso, comunque, pensi a regolarmi i baffi e non mi infeliciti la serata.»

«Certo, certo, mi scusi, lo sa che sono un chiacchierone.»

«Lo so», tagliò corto Petri.

Pochi minuti e uscì dal negozio dirigendosi in corso Palestro.

Gli pareva che in quello stabile un tempo ci fosse la portineria. Peccato che l'avessero eliminata. Con le portinaie ci aveva sempre saputo fare.

Cattaneo il nome che si era appuntato su un biglietto. Premette il campanello.

«Chi è?» chiese una voce femminile.

«Sono un funzionario e cercavo i signori Cancelli, che temo, però, non siano in casa.»

«Non sono a Brescia e non li ho visti tornare. Anche l'altro giorno è venuto un agente a chiedermi di loro.»

«Se fosse così gentile da ricevermi un momento, gliene sarei davvero grato. L'agente che le avevamo mandato si era scordato di chiederle una cosa.»

«Salga pure», e scattò l'apriportone.

Aveva già pronta la tessera dell'autobus, ma non ebbe bisogno di farla balenare alla donna, che evidentemente lo aveva esaminato dallo spioncino e si era rassicurata.

«Entri pure. Pensavo di prendere un caffè. Se vuole farmi compagnia...»

«La ringrazio», rispose Petri.

«Mi aspetti pure qui e si metta comodo in poltrona. Vado e torno.»

Un paio di minuti e riapparve con un vassoio, su cui stavano tazzine e zuccheriera.

Il caffè era ottimo, coperto da una schiumetta cremosa che non si poteva trovare neppure al bar.

«È uno dei pochi lussi che mi concedo», fece la donna. «Lo scorso anno mi sono regalata una di quelle macchine che... non so come si chiami... quelle che reclamizza alla televisione George Clooney. Basterebbe questo per comprarla. D'altro canto vivo da sola, qualche piccola gratificazione me la posso anche permettere. Non le pare?»

«Certo, sono d'accordo», rispose Petri guardandola con più attenzione.

Sui quarantacinque, ma con i capelli tirati in testa che finivano in una coda di cavallo che le arrivava a mezza schiena e una minigonna da ragazzina che, nel sedersi sulla poltrona di fronte a lui, le era salita a mezza coscia e che lei si affrettò ad aggiustare, cercando di abbassarla senza risultati. Belle gambe, comunque, fu costretto a convenire Petri.

«Allora, mi dica: cosa voleva sapere dei miei vicini?»

«Sostanzialmente, dove si trovano e quando avremo il bene di rivederli. Sono stati testimoni di un brutto incidente avvenuto qualche giorno fa, nella notte tra il ventotto e il ventinove aprile. Li abbiamo già sentiti, ma avremmo bisogno di approfondire qualche particolare.»

«Ho già detto al vostro agente, quel bel ragazzo che mi avete mandato, che penso siano in montagna, li ho visti partire, ma non so aggiungere altro.»

«Ricorda quando sono partiti?»

«Mi faccia pensare... verso le undici del mattino. Mi lasci un po' vedere... proprio il mattino del ventinove aprile, come le dicevo intorno alle undici, undici e mezzo. Non so quando ritorneranno. Penso che si siano presi una vacanza fuori stagione. Amano molto sciare.»

«Ma siamo in maggio», obiettò Petri.

«Certo, ma hanno una casa a Bormio e a Bormio 2000 la neve c'è ancora di sicuro. Lo dico perché li ho visti caricare gli sci in macchina. Lei non ama sciare?»

«Un tempo. Ma soltanto sci da fondo, e lei?»

«Mai sciato. Io amo il mare, non la montagna.»

«Allora bisogna davvero che ci rassegniamo ad aspettare il loro ritorno.»

«Penso proprio di sì», rispose la signora Cattaneo. «Intanto, se posso esservi utile in qualche modo... Le dà fastidio se accendo una sigaretta?»

«Fastidio? Lei è un tesoro di donna. Una sigaretta dopo il caffè è una benedizione. Posso offrirgliene una io?» chiese Petri togliendosi di tasca il pacchetto.

«Grazie, ma quelle sigarette lunghe e sottili non mi fanno né caldo né freddo. Provi piuttosto una delle mie Marlboro», e gliela tese, facendo scattare l'accendino da tavolo.

Fumarono un momento in silenzio. Coda di cavallo si era ormai dimenticata di aggiustarsi la gonna che le era risalita di una buona spanna sopra le ginocchia delle gambe accavallate, che lei accarezzava distrattamente con la mano libera.

Petri superò senza fatica la punta di disagio che lo aveva preso e non ne distolse gli occhi.

«Allora, in confidenza, e lo dico perché lei potrebbe essere mio padre», disse la Cattaneo facendolo sussultare, «cosa è che vorreste sapere di preciso? Non amo i pettegolezzi, ma, come dicevo, se posso esservi utile... Sempre che ciò che le dico rimanga tra noi. Su questo posso stare tranquilla? Mi dà la sua assicurazione?»

«Certo, ha la mia parola. Lei, per caso, sa qualcosa dell'incidente cui hanno assistito i signori Cancelli?»

«L'incidente? No, di quello non so nulla. Conosco loro e, pensandoci bene, non vedo come possano essere coinvolti.»

«Ecco, con lei posso essere sincero, proprio come un padre: li abbiamo sentiti il mattino del ventinove, a quanto ho appreso proprio prima che partissero e, sinceramente, mentre l'ingegnere ha reso una testimonianza molto precisa e dettagliata, la moglie ci è sembrata, come dire... un po' reticente, anche se magari il termine non è proprio quello giusto.»

«Non mi meraviglia. Forse allora vi aiuterà sapere che tipi sono.»

«Le ho già detto che lei è un tesoro.»

La signora Cattaneo scavallò e riaccavallò le gambe, seguitando a lisciarsele.

«Sapere che tipi sono può sicuramente aiutarci a capire. Quindi, visto che siete dirimpettai, mi spieghi che tipi sarebbero», proseguì Petri.

«Farei una netta distinzione, tra lui e lei voglio dire. Lui è una gran brava persona. Un ingegnere che si occupa di cose importanti: ponti, strade, progetti urbanistici... Credo che guadagni parecchio, anche se da qualche mezza parola mi è parso di capire che è già ricco di suo. È anche un bel-l'uomo, direi, una persona seria. Se vuole, posso anche far-le vedere una sua fotografia.»

«Ha una sua fotografia?» chiese Petri perplesso.

«È una foto di gruppo, cosa sta pensando? Una fotografia fatta in Umbria, quando lo scorso anno ci siamo andati con una gita organizzata dal FAI, meta Urbino e dintorni. Aspetti che gliela mostro.»

Si alzò e frugò nel cassetto di una ribalta.

«Eccola qui.»

La fotografia ritraeva un gruppetto di persone, uomini e donne, di fronte all'entrata del palazzo ducale.

«Questo è l'ingegner Cancelli», disse indicandoglielo, «e questa, mi avrà riconosciuta, sono io.»

«Una bella coppia», fece Petri.

«Magari!» mormorò coda di cavallo. «La moglie è quella a destra. Rita, si chiama.»

«Una bella donna pure lei», disse Petri.

«Lei dice?»

«Dalla fotografia mi pare.»

«Forse ha ragione, anche se a me non è mai piaciuta. La guardi bene: vedendola così, di primo acchito, che impressione le fa?»

«Una bella donna, con un'aria forse un po' troppo seria, e un'espressione che, potrei sbagliarmi, mi pare segnata da un velo di tristezza.»

«E una certa ambiguità, no?»

«Non lo so, potrebbe essere, non saprei...»

La signora Cattaneo sospirò. «Sul fatto che sia triste non si sbaglia, quanto all'essere seria...»

«Non la seguo.»

«Il termine serio si può intendere in due modi, credo che non occorra che mi spieghi meglio.»

Petri non poté che assentire. «Cosa intende dire sul fatto che non mi sbaglio a vederla triste? Forse i suoi rapporti col marito...»

«Nei suoi rapporti col marito non voglio entrare più di tanto. Sul fatto che sembri triste, invece, questo è sicuro. Il viaggio è durato oltre una settimana e per tutto il tempo è stata costretta a restare lontana dal suo ganzo.»

«Vuol dire che...»

«Quello che ho appena detto, anche se deve restare tra noi. Lui, l'ingegnere, per il suo lavoro esce la mattina presto e rientra la sera, e lei, pomeriggio sì e pomeriggio no, riceve il suo amante.»

«E lei come fa a dire che è l'amante? Glielo ha confidato la signora Cancelli?»

«Ci mancherebbe altro. Quella con me quasi non parla, ma a me la cosa non è sfuggita.»

«Si potrebbe spiegare meglio?»

«Allora, una volta, circa un anno e mezzo fa, uscendo dall'ascensore li ho notati entrare insieme in casa: lei e questo tizio che ho visto soltanto di spalle.»

«E poi?»

«Poi l'ho rivisto che veniva a farle visita, sempre quando l'ingegnere non c'era.»

«Lo ha incontrato sulle scale o sul pianerottolo?»

«No. L'ho sempre osservato attraverso lo spioncino, quando sentivo l'ascensore che si fermava al piano. Era sempre lui e ci stava anche un paio d'ore.»

«Me lo potrebbe descrivere?»

«Purtroppo no. L'ho sempre visto di spalle: alto, ben vestito, di corporatura snella. Una volta si è girato un secondo e ho notato che aveva un principio di calvizie, mentre l'ingegnere ha dei bellissimi capelli appena brizzolati. No, guardi, di quella donna non c'è da fidarsi. Una che gliela fa sotto gli occhi.»

«Ma lui, l'ingegner Cancelli, voglio dire, che lei sappia è sempre rimasto all'oscuro di tutto?»

«Questo non glielo so dire, anche se spesso, da ultimo,

li sentivo litigare. La mia camera da letto confina con la loro e le pareti non sono spesse.»

«E non ha mai compreso cosa si dicessero?»

«Una volta ho sentito lui dire: "Ma dovevi fartela proprio con un amico, uno che conoscevamo da tanti anni?" Cose così...»

«E lei?»

«Lei non apriva bocca. E lo credo bene! Stia a sentire me, quella è una puttana, una vera puttana, glielo assicuro. Naturalmente quello che le ho detto resterà tra noi. Mi ha dato la sua parola.»

«Non la ritiro di certo. Grazie, signora Cattaneo. Non so se quanto mi ha detto potrà esserci utile, anche se potrebbe spiegare l'atteggiamento piuttosto chiuso della signora. La ringrazio, comunque, per la fiducia, l'ottimo caffè e la sigaretta.»

«Non potremmo fumarcene un'altra insieme?»

«Purtroppo no. Sto cercando di smettere», mentì Petri.

«Se mi vuole lasciare il suo numero di telefono...»

Petri glielo dettò, ma era quello di Anna. Si annotò mentalmente che avrebbe dovuto avvertirla. Quando si dà a qualcuno un numero di cellulare, si può sempre sbagliare, pensò, e poi coda di cavallo non gli aveva chiesto neppure il nome.

Capitolo 13

Petri fece una breve sosta nella piazzetta dietro la chiesa di San Francesco. Arrivava ancora qualche raggio di sole e nel cielo sfrecciavano le rondini. Preferiva decisamente i passeri, a suo avviso molto più intelligenti, non amava le rondini, salvo quando le vedeva saettare, incrociando il loro volo intorno a un campanile o a una torre. Quelli che proprio non sopportava erano, invece, i piccioni, che invadevano il selciato delle piazze, spostandosi sussiegosi all'ultimo momento. Qualche volta aveva avuto la tentazione di prenderli a calci, fermandosi, però, davanti allo sguardo sorpreso di un bambino che spargeva il becchime e che pareva avere indovinato le sue intenzioni.

Prese di tasca il cellulare e provò a chiamare Grazia Bruni.

«Novità?» le chiese senza preamboli.

«Nessuna, per il momento. Né da Esposito, né da Grasso e Tondelli.»

«Una piccola novità ce l'ho io, allora: uscendo a far due passi, mi sono trovato in corso Palestro e, già che c'ero, ho pensato di salire a far due chiacchiere con la signora Cattaneo.»

«E chi sarebbe questa signora Cattaneo?»

«Lo chieda ad Armiento. C'è un suo appunto nel fascicolo, lui ci aveva già parlato. È la dirimpettaia dei coniugi Cancelli.»

«E come si è giustificato?»

«Sono stato sul vago. Le ho detto soltanto che ero un

funzionario che cercava di saperne di più rispetto a quello che lei aveva già detto all'agente che le avevate mandato, per sapere dove fossero finiti i Cancelli. Ricordava benissimo Armiento, forse perché è un bel ragazzo.»

«Certo», fece Grazia Bruni.

«Mi fa piacere che sia d'accordo con la signora Cattaneo. Comunque, le stavo dicendo che la signora, dopo che mi sono presentato come un funzionario, non mi ha chiesto altro e, dopo avermi offerto un buon caffè e una sigaretta, si è messa a spettegolare a ruota libera. Ho avuto la netta sensazione che abbia un debole per l'ingegnere, mentre non può sopportare la moglie, con la quale parla a malapena. È una divorziata sulla quarantina la cui principale attività parrebbe quella di sorvegliare i suoi vicini.»

«Abbia pazienza, Petri, ma a noi cosa interessa? Cosa c'entra questa Cattaneo con la faccenda di cui ci stiamo occupando? Sa per caso qualcosa dell'incidente cui hanno assistito i Cancelli?»

«No, dell'incidente non sa nulla, ma è quasi sicura che la coppia sia andata a sciare a Bormio. Li ha visti partire nella tarda mattinata del ventinove, subito dopo che erano stati sentiti dalla Stradale.»

«Questo più o meno lo sapevamo già, a parte la circostanza dell'improvvisa partenza. Quel maresciallo di Bormio non mi ha ancora richiamata... Bisogna che lo solleciti.»

«Lo faccia. Non sapevamo, però, che la signora Somaschi, la moglie dell'ingegnere, ha un amante, il quale, in assenza del marito, la va a trovare d'abitudine nel pomeriggio, e che il marito aveva probabilmente scoperto il tradimento con un amico di famiglia. Adesso non scendo in particolari, ma è quanto ho appreso.»

«E questo ci permetterebbe di fare un passo avanti?»

«A dire il vero, non lo so. Ci devo riflettere, ma ho la sensazione che ci stiamo andando sempre più vicini.»

«In che senso?»

«Nel senso che potrebbe anche essere un'ulteriore pennellata al quadro che stiamo cercando di ricostruire, a fatica. Ci rifletta anche lei, ne parli con Miceli, magari anche con quell'Armiento. È poco più di un agente, è vero, ma, a mio avviso, ha un cervello di prim'ordine.»

«Lo penso anch'io, ma lo farò domani, quando non ci sarà Maccari.»

«Perché, invece, non ne parla a tutti e due?»

«Perché la mia impressione è che siano come cane e gatto, anche se non riesco a spiegarmene la ragione.»

«Quando ci vediamo, gliela spiego io. Mi chiami, se ci sono novità, e mi saluti Miceli.»

Le novità arrivarono il giorno dopo, di prima mattina.

Fu Miceli a telefonargli.

Petri e Anna si erano alzati da poco e stavano facendo colazione.

«Dottor Petri, la disturbo? Il fatto è che la Bruni mi ha tirato giù presto dal letto.»

«Ci sono novità? Grasso e Tondelli hanno individuato la manicure?»

«No. La novità è un'altra e viene da Bormio: i Carabinieri non riuscivano a individuare i Cancelli perché la villa in cui abitano è intestata a una società. È stato lui, l'ingegnere, a presentarsi ai Carabinieri verso mezzanotte...»

«Ma che dice? Si è presentato lui? Sapeva che stavamo cercando di rintracciarlo?»

«No, non lo sapeva. È andato dai Carabinieri per denunziare il fatto che sua moglie non era rientrata a casa.»

«Mi faccia capire. Che significa che non era rientrata?»

«Lui era salito a sciare a Bormio 2000 per poi ridiscendere verso sera, servendosi della navetta, mentre lei non ci era andata e aveva deciso che nel tardo pomeriggio si sarebbe recata in macchina a Grosio, a salutare alcuni loro conoscenti. Tuttavia, scendendo da Bormio, alla seconda o alla terza curva è andata dritta, finendo in un prato e andando a schiantarsi contro un traliccio dell'alta tensione. Morta sul colpo, non c'è stato nulla da fare.»

«Quando si è verificato l'incidente?»

«Intorno alle diciotto, a quanto pare.»

«E chi è intervenuto?»

«I carabinieri di Bormio, naturalmente.»

«E perché non hanno avvertito subito il marito e soprattutto la Bruni?»

«Perché non avevano fatto alcun collegamento con le persone che ci interessavano. La Bruni aveva parlato al maresciallo dei coniugi Cancelli, aveva fatto soltanto il nome Cancelli, mentre la donna sull'auto che è uscita di strada aveva con sè solamente la patente di guida intestata a Rita Somaschi. Adesso lui, l'ingegnere, sta ancora a Bormio e ci faccio una scappata io con Palestrina. Certo non per sentirlo, non è questa l'occasione. Almeno per dirgli che lo avevamo cercato per approfondire qualche ulteriore particolare dell'incidente del ventotto aprile e che con suo comodo... Insomma, vedrò un po' io come cavarmela, e magari potrebbe anche essere utile una chiacchierata col maresciallo che comanda la stazione.»

«Va bene, Miceli, sono d'accordo. Salvo un particolare che mi permetterei di suggerirle.»

«Quale?»

«Di portarsi dietro anche Armiento. Gli incidenti stradali sono il suo pane quotidiano, e dal momento che è a nostra disposizione...»

«Potrebbe anche non essere una cattiva idea. Se esce fuori qualcosa di interessante, mi metterò comunque in contatto con la Bruni.»

La giornata era nuvolosa e minacciava pioggia.

Petri la sentiva arrivare per tempo. Aveva un fiuto particolare, continuava a sostenere con Anna, salvo tornarsene a casa bagnato fino al midollo quando un acquazzone lo coglieva per strada.

«E il tuo fiuto?» non perdeva occasione di contestargli lei con fare scherzoso. «Il fiuto te lo sei perso per strada?»

«No che non me lo sono perso», rispondeva lui immancabilmente. «Il fiuto l'ho sempre avuto per i cambiamenti di tempo, per le occasioni in cui ritorna la pioggia, non per gli acquazzoni improvvisi o per i temporali estivi. Come te lo devo dire?»

«Magari spiegandomi perché al mattino, quando compri *Repubblica*, prima ancora di soffermarti sui titoli in prima pagina, vai subito alla penultima per consultare le cartine con le previsioni del tempo.»

«È solamente per avere una conferma che il mio fiuto funzioni sempre.»

«E quando è prevista una giornata di pioggia e invece c'è il sole, o viceversa, come la metti?»

«La metto nel senso di convincermi che il meteorologo che dà le dritte per compilare quelle cartine, non ha lo stesso fiuto che ho io.»

Era uno dei loro tormentoni e Anna non mancava di farci sopra una risata silenziosa, sicura com'era che il suo odio per gli ombrelli c'entrasse qualcosa.

«Stamattina che fai? Te lo chiedo perché tra poco arriva Assunta.»

«Come Assunta? Ma oggi non è martedì?»

«Sì, è martedì, ma viene Assunta. In questo periodo non viene più di lunedì, mercoledì e venerdì, ma di martedì, giovedì e sabato. Mi sembra di avertelo già detto.»

«Non mi sembra, e se me l'hai detto me lo sono scordato. Questi cambiamenti mi mandano in confusione...»

«E allora che fai? Esci a farti un giro?»

«Certo, che altro posso fare? Esco, ed eccezionalmente mi prendo anche l'ombrello... Scusa però Anna, mi stavo dimenticando di dirti una cosa. Non potrei escludere che qualcuno mi cercasse sul tuo cellulare. Una donna, una certa signora Cattaneo.»

«Capisco che tu non le abbia dato il tuo numero, ma almeno potevi darle quello di casa. Se telefona per cercarti cosa debbo dirle?»

«Che ha sbagliato numero e che sei divorziata o vedova, scegli un po' tu... anzi, meglio divorziata.»

Anna lo guardò come se fosse ammattito e stava per chiedergli cosa significasse questa storia senza capo né coda, ma lui aveva già infilato le scale e si limitò a scuotere il capo.

Acquistò *Repubblica* e si fermò in un bar di corso Martiri della Libertà per farsi un altro caffè. Si mise a sedere a un tavolino defilato, d'angolo, con un comodo divano addossato alla parete. L'ideale per leggersi in pace il giornale.

Lo aprì meccanicamente all'ultima pagina. Sole su tutta l'Italia settentrionale. Questo è scemo, ridacchiò sotto i baffi e passò alla prima. L'ennesimo attacco contro la Fornero, che si era messa addirittura a piangere. O questa ha le lacrime in tasca, oppure è una figlia di buona donna come neppure ce l'immaginiamo, pensò tra sé, e passò oltre.

Trascorse così una buona mezz'ora e uscì dal bar.

Il cielo si era quasi completamente rasserenato e il sole lo colpì in faccia. Imprecò tra i denti e tornò dentro.

In quel bar ci andava spesso e conosceva la proprietaria, una cinquantenne prosperosa, con due splendidi occhi azzurri, e un sorriso che non mancava di intrigarlo.

«Le posso chiedere un favore?»

«Dica pure.»

«Vorrei lasciare qui questo ombrello che mi impiccia. Ripasso a prenderlo quando torno a casa, tra un paio d'ore.»

«D'accordo», rispose la donna sorridendogli, «lo metto là in fondo, in quell'angolo, se per caso non ci fossi quando ripassa. Ma tra un paio d'ore penso che sarò ancora qui.»

Tornò a uscire, mettendosi a girovagare senza una meta precisa.

Non che la morte di Rita Somaschi lo avesse sconvolto più di tanto. Non la conosceva, per lui era soltanto un nome, anche se in fotografia l'aveva vista. Ma a quanto aveva capito, parlando con Armiento, era proprio sulla donna che si voleva puntare per venire a capo di quella testimonianza che ormai puzzava come un pesce marcio.

Non sapeva dove andare e, arrivato in corso Zanardelli, si fermò un momento. Una passeggiata verso il Castello? Gli era venuto un po' a noia. Meglio un salto in via Musei e due chiacchiere con Grazia Bruni.

Non aveva chiesto a Miceli se ci fossero novità sul fronte delle intercettazioni telefoniche e sulle indagini sui conti bancari.

La trovò da sola, immersa in una montagna di carte.

«Disturbo? Vedo che è piuttosto indaffarata.»

«Sono queste maledette scartoffie che mi fanno impazzire. Non sono nata per fare la burocrate, avrei dovuto pensarci prima.»

«Miceli non le dà più una mano?»

«No. Sostiene che ormai devo imparare a muovermi da sola, e non posso dargli tutti i torti. Lui è stato di nuovo preso dal desiderio delle indagini, tanto è vero che proprio stamattina a Bormio ha voluto andarci lui, con Palestrina e Armiento, mentre avrei preferito farlo io. Quel giovanotto della Stradale mi interessa molto.»

«Mi auguro, soltanto da un punto di vista professionale...» disse Petri.

«E da che altro punto di vista dovrebbe interessarmi? Guardi, Petri, che sono di cattivo umore e, se ha intenzione di piombarmi qui in ufficio a fare battute o, peggio ancora, insinuazioni...»

«Non ho fatto insinuazioni e con le battute sono un disastro. Sono semplicemente attento a quello che mi accade intorno.»

«E che cosa ha destato la sua attenzione?»

«Una sua frase: che questo Armiento e Maccari le hanno dato l'impressione di essere come cane e gatto.»

«Quindi?»

«Quindi mi sono ricordato che in un'altra occasione mi aveva detto, mi auguro per scherzo, che Maccari aveva la vista lunga, e sono perfettamente d'accordo. A questo punto, si tratta soltanto di vedere su chi si è appuntato il suo sguardo, e sarei propenso a escludere il buon Armiento.»

«Senta, Petri, non vorrà dire che io...»

«Non ho detto nulla. Ma ci rifletta sopra, prima di ritrovarsi in un pasticcio da cui non saprebbe come uscire.»

«E questa non sarebbe un'insinuazione? Gliela perdono soltanto perché potrebbe essere mio padre. In caso contrario l'avrei già buttata fuori a calci dal mio ufficio!»

«Sul serio? Sta parlando sul serio?»

«Certo che sto parlando sul serio, anche se spero di non averla offesa.»

«Non sono affatto offeso. Anzi. Sono soddisfatto di me stesso. Sono compiaciuto per averle parlato chiaro, perché lei, Bruni, nel pasticcio c'è già dentro e mi auguro di averle aperto gli occhi in tempo. D'altro canto, ha detto che potrei essere suo padre? Un tempo era di parere diverso, ma alla fine c'è arrivata. E se, finalmente, mi vede come un padre, cerchi di capire che Armiento, non dico che potrebbe essere suo figlio, ma ci manca poco. In ogni caso, non volevo farle una predica, soltanto spiegarle la ragione per cui Maccari e Armiento le hanno dato l'impressione di essere come cane e gatto, e quello che posso assicurarle, con la schiettezza di un padre, è che Armiento è del tutto incolpevole.»

«Quindi la colpevole sarei io?»

«È ovvio», rispose Petri con aria tranquilla. «Comunque, per farmi perdonare, adesso esce con me per una decina di minuti: ci prendiamo un po' di sole in piazza del Foro e le offro un buon caffè.»

«Grazie, dottor Petri», sussurrò Grazia Bruni, «lei è il mio angelo custode.»

«Per questo ruolo c'è tempo, e non ho nessuna fretta.

Piuttosto, si sbrighi, altrimenti, invece del caffè, dovrò offrirle un aperitivo: sono quasi le undici.»

«Possiamo prendere davvero un aperitivo. Un momento: avverto Garramone che uscirò per una mezz'oretta.»

«Ma per un aperitivo basta una decina di minuti», osservò Petri.

«Ma se saliamo a prenderlo in Castello? Muovermi mi farà bene e vorrei tornare sul discorso di Armiento e Maccari.»

«Invece, io no. Non ho più alcuna voglia di parlare di loro.»

«Perché, dottor Petri?»

«Perché sono stato preso da un improvviso attacco di gelosia senile.»

Erano seduti a un tavolino al sole. Petri con il suo prosecco e Grazia Bruni che aveva insistito per un Campari, quando squillò il cellulare di lei. Lo cercò affannosamente nella borsa, faticando a trovarlo.

«Ma che sta facendo?» chiese Petri.

«Il cellulare, il mio cellulare. Non ha sentito lo squillo?»

«No», rispose lui, aggiustandosi sulla poltroncina.

«Pronto, Bruni... Ah, sei tu, Miceli. Ancora a Bormio. C'è qualcosa di nuovo?»

Restò incollata all'apparecchio per cinque minuti buoni. Petri che la guardava incuriosito. Alla fine chiuse il cellulare e lo rimise nella borsa.

«Cosa è accaduto?»

«Ancora non lo sappiamo. Ma l'incidente in cui ha perso la vita Rita Somaschi pare che non abbia convinto del tutto Armiento. Una curva un po' ingannevole, in cui si può entrare anche a novanta all'ora, ma che poi si restringe quasi a gomito; lei avrà frenato in ritardo ed è andata dritta finendo con lo schiantarsi contro un traliccio. Nessuna traccia di frenata, però, né sull'asfalto, né sul prato che era ancora molle di pioggia. Quasi volesse suicidarsi. Armiento sta esaminando la vettura che è stata portata presso la caserma. Potrebbero anche aver ceduto i freni, questo è quello che mi ha detto Miceli, riferendo l'opinione di Armiento. Comunque, hanno fatto intervenire anche il meccanico di cui si servono i Carabinieri e stanno esaminando la macchina. Appena accertano qualcosa, sempre che ci sia qualcosa che non va, mi richiamano. Lei cosa ne pensa?»

«Che in un caso o nell'altro, il quadro si sta facendo sempre più chiaro ed è un pessimo quadro. Vorrei sbagliarmi, ma potreste anche trovarvi di fronte a una delle vicende più fosche in cui vi siete mai imbattuti. Una vicenda da prima pagina. Ma ormai è ora di scendere. Si è fatto quasi mezzogiorno e, mentre la tempesta si addensa, il dirigente della Squadra mobile non può stare qui a crogiolarsi al sole. Piuttosto, come va con le intercettazioni e con le indagini bancarie?»

«Le intercettazioni sono già in corso e, domani, Grasso e Tondelli inizieranno a interessarsi del versante finanziario.»

«Bene, mi tenga informato. Adesso, la riaccompagno in via Musei e poi me ne vado a casa. Mi è venuta una fame da lupo.»

«A me, invece, è scomparso l'appetito», disse Grazia Bruni, avviandosi verso piazzetta Tito Speri, una mano sotto il braccio di Petri.

«Senti, Carlo, ma che ti è venuto in mente di dare il mio numero di cellulare a quella tizia?» lo accolse Anna al suo rientro.

«Quale tizia?»

«Quella certa Cattaneo, o Cattanei, che non so neppure chi sia. Ti ha cercato per ben due volte.»

«Tu cos'hai risposto? E che voleva?»

«Che aveva sbagliato numero perché sono vedova», Petri infilò una mano nella tasca dei pantaloni. «Lei voleva parlare col funzionario che si era recato da lei e del quale aveva scordato il nome.»

«Che io non le ho dato.»

«Ma me lo ha descritto: un tipo piuttosto anziano, con la barba, molto gentile. Aveva altre informazioni da dargli e pareva che non stesse neppure a sentirmi, quando continuavo a dirle che evidentemente aveva sbagliato numero. Vorrai almeno avere la bontà di dirmi chi è?»

«È una tizia che abita da sola, proprio di fronte a quei Cancelli che, a loro dire, avevano assistito all'incidente e che hanno telefonato alla Polizia stradale. Quelli che la Polizia cercava di rintracciare...»

«E tu sei andato da lei spacciandoti per un funzionario? E quella ha ricevuto un tizio qualsiasi che ha detto di essere un funzionario?»

«Era già stato da lei Armiento, l'agente della Stradale. Si vede che mi ha scambiato per un suo superiore e, siccome è una gran pettegola, e io le ho ispirato senza dubbio fiducia, mi ha fatto alcune confidenze sulla coppia, che potrebbero anche rivelarsi molto interessanti.»

«Nel senso?»

«Nel senso che, secondo lei, il Cancelli, l'ingegnere, è un'ottima persona, e da qualche mezza frase mi pare di aver capito che per lui ha sempre avuto un debole, mentre la moglie l'ha definita una puttana.»

«Addirittura?»

«Soltanto per il fatto che è convinta che avesse un amante. Uno che spesso andava a trovarla nel pomeriggio, ma che non ha saputo descrivermi.»

«E queste notizie potrebbero avere un peso nella decifrazione di quanto è realmente accaduto quella notte in via Ugoni?»

«Non posso averne la certezza, ma ho la sensazione di sì, il mio fiuto mi dice...»

«A proposito del tuo famoso fiuto: mezz'ora dopo che

eri uscito, è spuntato il sole, contrariamente a quel che pensavi, e tu, per una volta, avevi preso l'ombrello.»

«L'ombrello? Maledizione! L'ho parcheggiato in quel bar pasticceria di corso Martiri. Mi ero ripromesso di ripigliarlo ritornando a casa, ma me ne sono completamente dimenticato. Siamo già pronti per andare a tavola?»

«No, ho preso del branzino alla mediterranea. Preconfezionato. Me l'ha consigliato una mia collega, pare che sia buonissimo. Soltanto che lo devo mettere in forno e, perché sia pronto, ci vorranno almeno venti, venticinque minuti.»

«Allora faccio un salto a ritirare l'ombrello, prima che qualcuno se lo porti via.»

«Andiamo insieme. Metto il branzino in forno. Il tempo di andare e tornare e lo troveremo pronto. E con l'occasione ti offro l'aperitivo. Poi un riposino e dopo andiamo a Roncadelle, in quel negozio di cui mi hai parlato.»

«Non ho nessuna voglia di andare a Roncadelle.»

«Me l'avevi promesso e mi sono accorta di avere assolutamente bisogno di un paio di camicie da notte leggere. Quelle che ho sono ormai stufa di vederle. Magari le darò ad Assunta.»

«E va bene, andiamo a riprendere l'ombrello insieme e nel pomeriggio ti porto a Roncadelle. Non mi hai ancora detto, però, che cosa hai risposto a quella tizia che ti ha telefonato cercando me.»

«Il fatto è che non mi ascolti. Le ho risposto che aveva sbagliato numero, che non conoscevo nessun tipo piuttosto anziano con la barba e che ero vedova. «

«Vedova? Non potevi dirle che eri divorziata?»

«Lo sai che sono sempre stata contraria al divorzio. Per quanto mi riguarda, naturalmente, non ne faccio certo una questione di principio.»

«Una possibile vedovanza, invece, non ti metterebbe in difficoltà?»

«Certo che sì. Tuttavia, per una donna che ha diversi

anni in meno del marito, è un'evenienza dolorosa, ma tutto sommato naturale.»

«Capisco», mormorò Petri, tornando a infilarsi una mano nella tasca dei pantaloni.

L'ombrello c'era ancora e, come promesso, Anna volle assolutamente offrirgli l'aperitivo.

«Per me un analcolico. Per te il solito prosecco?»

«Sì, certo», rispose Petri. Non le disse che sarebbe stato il secondo.

Capitolo 14

Quasi alla stessa ora, a Bormio, Miceli stava pranzando con il maresciallo Lo Curcio, insieme a Palestrina e Armiento, presso la mensa della caserma. Aveva spiegato sommariamente la situazione al maresciallo, dicendo quanto bastava.

Lo Curcio era stato ad ascoltarlo con espressione attenta, che si faceva sempre più seria. «Cose da non credere», disse alla fine, giunti ormai al caffè. «Mi rendo conto che, tutto sommato, qui siamo ancora in un'isola felice. Certo, la droga è arrivata anche a Bormio, qualche furto in case d'abitazione isolate ogni tanto si verifica, e anche incidenti, soprattutto sulle piste da sci nella stagione invernale. Ma, nella sostanza, ordinaria amministrazione. Guarda un po' cosa doveva capitare...»

«Non si preoccupi, maresciallo, di qualsiasi cosa si tratti ce ne occuperemo noi. Le idee chiare ancora non le possiamo avere, ma nella peggiore delle ipotesi potrebbe essere un altro tassello che si inserisce nella vicenda di cui le ho parlato.»

«Ma dell'ingegner Cancelli cosa ne facciamo? Quello ha già manifestato l'intenzione di tornare a Brescia. Mi ha chiesto l'orario dei mezzi pubblici, anche se gli ho suggerito che farebbe bene a trattenersi almeno due o tre giorni a Sondrio, il tempo per fare l'autopsia al corpo della moglie.»

«Lo tenga a bada almeno per questo pomeriggio. Nel frattempo mi consulto col procuratore della Repubblica di Brescia e vedremo il da farsi. Allora, Armiento, hai dato anche tu un'occhiata al luogo dell'incidente? Lui», disse tornando a rivolgersi a Lo Curcio, «è un agente che viene dalla Stradale e, se volete, vi darà una mano a redigere la planimetria dei luoghi. Su questo versante è quello che potrebbe definirsi uno specialista. Vero, Armiento?»

«Commissario, non credo che si tratti soltanto di fare la planimetria dei luoghi. Ho già dato un'occhiata alla macchina e qui le cose sono molto più complicate, o se preferisce molto semplici. Ma è inutile che le spieghi cosa intendo dire. Vorrei che lo vedesse coi suoi occhi, e forse sarebbe bene che ci accompagnasse anche il maresciallo.»

Lo Curcio si alzò. «Sono a vostra disposizione. Che dobbiamo fare?»

«Per prima cosa tornare alla villa dei coniugi Cancelli. Devo mostrarvi una cosa. Poi passare dall'officina a vedere l'auto. Da ultimo rifare l'esatto percorso che dalla villa si deve compiere per andare nella direzione di Grosio.»

«D'accordo, Armiento. Mi hai proprio incuriosito», fece Miceli. «Prendiamo la macchina.»

«Possiamo andare con una delle nostre», propose il maresciallo Lo Curcio. «Mi metto io alla guida. Già che ci siamo, però, potremmo dare subito un'occhiata al veicolo incidentato che è in officina.»

«Preferirei ripartire dall'inizio», disse Armiento.

«Scusi, maresciallo, l'ingegner Cancelli è qui? È a casa sua?» chiese Miceli.

«No, è a Sondrio. Credo che ritorni verso sera. Mi ha telefonato per dirmi che rientrerà verso le diciannove e che desidera parlarmi.»

«Ottimo», concluse Miceli.

Dalla caserma alla villa ci vollero meno di cinque minuti.

Una cancellata e un acciottolato di alcuni metri, in mezzo a un prato piantumato. Il piccolo viale finiva su uno spiazzo di beole, dal quale si accedeva al garage, sopra al quale c'era quella che doveva essere una grande stanza, collegata con il resto della casa, costituita da pianterreno e piano superiore e disposta perpendicolarmente alla rimessa.

La saracinesca del garage era chiusa. Con ogni probabilità la macchina, nella buona stagione, non vi veniva ricoverata, ma rimaneva sullo spiazzo esterno.

Il maresciallo Lo Curcio aprì il cancello d'ingresso, fece alcuni passi lungo il viale e si fermò, guardandosi in giro.

«Cos'è che vuole mostrarci?» chiese ad Armiento.

«Ve lo faccio vedere subito», rispose l'agente, superandolo e portandosi nello spiazzo davanti al garage. Mise un ginocchio a terra e intinse un dito in una piccola chiazza color miele scuro. Annusò e la mostrò a Miceli e al maresciallo. Palestrina si era fermato alcuni metri indietro e pareva interessato ai cespugli di ortensie ai bordi del prato e alle prime foglie di un verde tenero che iniziavano a spuntare.

«Di cosa si tratta?» domandò Miceli.

«Olio. Olio lubrificante, dei freni», spiegò Armiento. «Volete annusarlo?»

«Ti crediamo sulla parola», commentò Miceli.

«Quindi la macchina perdeva l'olio dei freni», disse Lo Curcio.

«Mi pare evidente», aggiunse Armiento. «Adesso possiamo passare dall'officina.»

Aveva preso in mano la situazione e tutti gli andarono dietro, risalendo in macchina.

Il veicolo, un'Audi, stava su un ponte. «Ha una torcia, per favore?» chiese Armiento a quello che doveva essere il meccanico di fiducia dei Carabinieri.

«Subito», rispose l'uomo, un quarantenne con una tuta di colore indefinibile. Cercò in un cassetto e ne estrasse una torcia che gli porse, dopo averla ripulita con uno straccio.

«Seguitemi un momento», disse Armiento, infilandosi sotto il ponte. La parte inferiore dell'Audi era all'altezza di un paio di metri e l'agente puntò il fascio di luce verso l'interno della ruota anteriore destra.

«Vedete quella sorta di piccolo tubo di gomma che finisce verso la ruota?»

«Quale?» chiese Lo Curcio.

«Questo», rispose Armiento toccandolo e illuminandolo con la torcia. «Non notate nulla?»

Sia Miceli che Lo Curcio scossero il capo.

«Un piccolo foro, su entrambi i tubicini», e spostò il fascio di luce verso l'interno della ruota anteriore sinistra. «Non lo vedete proprio?»

Miceli scosse ancora il capo, mentre il maresciallo Lo Curcio si faceva più attento.

«Forse... un'ombra...»

«Certo che c'è. Capisco che sia difficile vederlo, ma se fate attenzione... qui e qui», proseguì l'agente, spostando la torcia da un tubicino all'altro e puntandovi un dito, mentre il meccanico ridacchiava tra sè.

«Perbacco! C'è sul serio. Adesso lo vedo anch'io», fece Lo Curcio. «E questo cosa significa?»

«Semplicemente che entrambi i condotti che portano l'olio ai freni sono stati forati. È un gioco da ragazzi. Al momento esce un po' d'olio, non tanto, quello che vi ho mostrato prima, rappreso in quella chiazza sul piazzale. In seguito, ne esce un altro po', finché, a un certo momento, quando si dà un colpo di freno più deciso, ad esempio all'imboccatura di una curva inattesa, l'olio esce del tutto e, per quanto si pigi sul pedale del freno, la macchina va dritta. Adesso, maresciallo, torniamo alla villa e lei mi indicherà con esattezza il percorso da lì a Grosio.»

Ormai tutto era chiaro. Miceli annuì, con aria preoccupata.

Tornarono in macchina alla villa, Lo Curcio al volante.

«Non c'è molta scelta. Per uscire dal paese e prendere per Grosio la strada è obbligata. Andiamo avanti per un centinaio di metri, quindi svoltiamo a destra, un semaforo, altri duecento metri, una curva secca sulla sinistra e ci troviamo sulla strada che scende a valle. Un lungo rettilineo, con due semicurve che non impongono di frenare, anzi invitano a prendere velocità, e poi quella curva insidiosa in cui la conducente è andata dritta.»

Arrivarono nei pressi del semaforo.

«Maresciallo! Fermi un momento!» balzò su Armiento.

L'auto accostò e lui scese. A una decina di metri dal semaforo un'altra chiazza d'olio. La indicò a Lo Curcio. «Qui è bene che spargiate un po' di sabbia, per evitare un tamponamento a catena.»

Stessa storia più avanti, quando la strada curvava decisamente a sinistra: altra macchia, più ampia di quella precedente.

«Accidenti a me!» esclamò Lo Curcio. «Aspettate un momento», e prese dal bagagliaio un triangolo che sistemò a terra, qualche metro prima della chiazza d'olio. Quindi, si attaccò al cellulare e parlò per qualche secondo, prima di risalire in macchina. «Ho avvertito il mio brigadiere di venire subito a spargere sabbia, in questo punto e in quello precedente. Possiamo proseguire.»

Un paio di minuti e arrivarono alla fine del rettilineo, dopo il quale c'era la curva in cui l'Audi era andata dritta.

Lo Curcio rallentò. A metà curva una Croma era ferma con le ruote di destra sul prato. Accanto alla macchina un uomo, una donna e un paio di bambini.

«Niente di grave?» chiese Lo Curcio, scendendo dall'auto e avvicinandosi.

«No, per fortuna, ma è stato un miracolo. Meno male che andavamo piano, perché a un certo punto la macchina ha slittato su quella grossa macchia d'olio.»

«Vedo», disse Lo Curcio. La chiazza d'olio, di proporzioni maggiori delle precedenti, invadeva il margine destro della carreggiata.

«Questo è il punto in cui quella povera signora ha frenato in modo brusco», disse Armiento. «Quel che restava dell'olio dei freni qui si è scaricato del tutto. Lei senza dubbio andava a una velocità superiore a quella di quei signori e ha avuto un bel pigiare sul pedale... ed è andata dritta fino a schiantarsi contro quel traliccio. Questo è quanto. La mia parte io l'ho fatta. Adesso tocca a voi. Direi soprattutto a lei, commissario.»

«Senta, agente», fece Lo Curcio, «l'Audi, dopo aver sbattuto contro il traliccio, si è ridotta a un catorcio. Non è possibile che i freni siano saltati con l'urto?

«Maresciallo, abbia pazienza, ma la perdita d'olio prima dell'incidente se l'è già dimenticata? E i fori nei condotti che portano l'olio ai freni? Quelli non possono essere stati provocati dall'urto. Sono stati fatti da qualcuno. Da qualcuno che sapeva bene quello che stava facendo.»

«Eh già, ha ragione. A volte faccio la figura del coglione...» sospirò il maresciallo.

Armiento si sforzò di non sorridere.

Appena tornati in caserma, Miceli chiese a Lo Curcio il permesso di fare un paio di telefonate. Non era il caso di usare il cellulare, col campo che andava e veniva.

«Faccia pure con comodo, commissario», rispose il maresciallo, lasciandogli a disposizione l'ufficio.

Miceli chiamò la Procura. Martinelli era già andato a casa e sarebbe tornato dopo le sedici. Raccomandò all'agente di servizio in anticamera di riferire al procuratore che aveva telefonato da Bormio, ma che lo aspettasse perché aveva bisogno di parlargli e si trattava di una cosa estremamente urgente e delicata.

La seconda telefonata fu per Grazia Bruni.

«Allora, Miceli, sei ancora in Valtellina?»

«Sì, sto partendo. Ho chiamato Martinelli, ma era a casa e rientrerà intorno alle quattro del pomeriggio. Ho raccomandato all'agente di servizio di dirgli di aspettarmi, ma non era il solito, non lo conosco, potrebbe anche dimenticarsene. Credo che prima delle diciassette non riuscirò a rientrare a Brescia e ho assolutamente bisogno di parlargli.

Vedi di contattarlo anche tu e digli che per quell'ora sarò da lui. È urgentissimo.»

«Ma cosa è accaduto? Cos'è tutta questa urgenza? Avete scoperto qualcosa di nuovo?»

«Se fosse stato per i Carabinieri locali, e anche per me, non ho difficoltà ad ammetterlo, la morte della Somaschi sarebbe stata archiviata come tanti altri incidenti stradali. La scoperta l'ha fatta Armiento, è tutto merito suo, e non posso che ringraziare Petri che mi aveva consigliato di portarmelo dietro. Con Martinelli, ci dovrai essere anche tu, questo è logico, ma mi porto anche quel ragazzo. Se lo merita e voglio presentarlo al Procuratore.»

«Senti, Miceli, ho capito che è tutto merito di Armiento, ma non mi hai ancora spiegato di cosa si tratta.»

«La macchina, la macchina dei Cancelli, un'Audi, che, in assenza del marito, che era salito a sciare, ha usato lei per andare a Grosio, un paese più giù, lungo la strada per Sondrio. Be', l'auto era stata manomessa, erano stati sabotati i condotti che portano l'olio ai freni e, quando quella poveretta, in mezzo a una curva, ha cercato di rallentare, i freni sono partiti e lei è andata fuori strada, schiantandosi e morendo sul colpo.»

«E a farle questo bel servizio sarebbe stato il marito? Sarebbe stato l'ingegner Cancelli?»

«Mi sembra evidente. Chi altri poteva aver interesse a farlo?»

«Ma dovrebbe essere un'operazione complicata. Una persona qualsiasi, anche se un ingegnere, come avrebbe potuto?»

«Lo pensavo anch'io. Si tratta, invece, di una cosa semplicissima, che è in grado di fare chiunque, soltanto che sappia come. Adesso l'Audi è sotto sequestro e resta qui, presso i Carabinieri di Bormio. È col Cancelli che non so bene che iniziativa prendere, ed è proprio per questo che voglio parlare con Martinelli.»

«Nessuno sa ancora della faccenda dei freni?»

«No, lo sappiamo solamente noi: Palestrina, Armiento e io. E i Carabinieri, è ovvio.»

«Nessun altro?»

«No, non credo... Anzi, mi sto sbagliando, lo sa anche il meccanico di fiducia dei Carabinieri.»

«Allora, se vuoi il mio parere, acqua in bocca con tutti. Anche quel meccanico, che non ne faccia parola con nessuno. Diciamo che per il momento si è trattato soltanto di un incidente stradale. Il Cancelli deve restare nella convinzione che non avete scoperto niente.»

«È su questo che ho qualche dubbio. L'ingegnere potrebbe anche far perdere le proprie tracce.»

«No, Miceli, su questo versante credo che possiamo stare tranquilli. Siamo riusciti a saper qualcosa sulla sua situazione finanziaria: ha un sacco di soldi, investiti in titoli a lunga scadenza e ha in corso due contratti con la Pubblica amministrazione, uno molto importante. No, se ritiene di essere al sicuro, quello non scappa di certo. È ben radicato e non credo proprio che abbia intenzione di rendersi uccel di bosco. Sempre che non sospetti niente, che non ritenga che qualcuno abbia scoperto i suoi inghippi.»

«Va bene, probabilmente hai ragione. Ripartiamo tra breve. Se l'appuntamento con il procuratore è confermato, fammelo sapere. Terrò il cellulare acceso. Potremmo trovarci tutti in Procura alle diciassette, o all'ora che ti dirà Martinelli. Ti richiamo soltanto se fossimo in ritardo.»

Il maresciallo Lo Curcio lo aspettava in corridoio. Stava conversando con Palestrina e Armiento.

«Grazie, maresciallo», disse Miceli. «Tra una decina di minuti ripartiamo, ma prima ho bisogno di dirle un paio di cose.»

«A sua disposizione, commissario. È meglio che rientriamo tutti in ufficio.»

«Prima cosa, molto importante: la faccenda dei freni, per il momento, deve restare rigorosamente riservata. Oltre a noi e voi, lo sa anche il meccanico che stava in officina, presente quando il nostro agente ci ha fatto vedere quei fori. Ora, quello non è un militare e potrebbe avere la lingua lunga...»

«Lo escludo, comunque gli parlerò chiaro.»

«Meglio subito.»

«Va bene. Vado e torno.»

Rientrò dopo pochi minuti. «Quello resterà muto come un pesce. Ci conosciamo da anni, non avevo dubbi. In ogni caso, gli ho detto che, se per caso uscisse la notizia, lo arresterei sui due piedi.»

«Bene, maresciallo. Lei sa senza dubbio meglio di me come trattare i suoi polli. Seconda cosa, altrettanto importante: quando ho detto che nessuno deve sapere, o soltanto sospettare, che abbiamo scoperto il sabotaggio dei freni, mi riferisco soprattutto all'ingegner Cancelli. Quello deve restare nella convinzione di averla fatta franca. Mi diceva che le ha telefonato da Sondrio perché voleva parlarle? Le ha anticipato qualcosa su questo colloquio che vorrebbe avere con lei?»

«Sì, voleva sapere se posso interessarmi dei tempi dell'autopsia, perché domani ha un appuntamento a Brescia che non può rinviare, anche se mi ha assicurato che sarebbe tornato su in giornata per prendere accordi per il trasporto della salma. Voleva che gli indicassi, almeno approssimativamente, una data per prendere accordi con un'impresa di pompe funebri.»

«Nient'altro?»

«Ah sì, dimenticavo, mi ha anche chiesto se qui c'è un rivenditore d'auto che si potrebbe occupare della rottamazione della sua Audi. Vorrebbe acquistare subito un'altra vettura.»

«Quindi ha fretta di far rottamare l'Audi. Si è un po' scoperto, capita anche ai più furbi, o a coloro che si ritengono tali. Bene, a questo punto, la prima cosa da fare con urgenza è togliere quell'Audi dal ponte e metterla in cortile, appunto come fosse un catorcio da rottamare, dicendogli che vi interesserete di tutto voi e tacendogli che il veicolo è sotto sequestro. Ovviamente niente rottamazione, e la tenete qui come corpo di reato. Le faremo sapere quando verremo a prenderla. Veda anche di trovargli un rivenditore d'auto e magari anche un notaio. Mi pare che occorra ancora il notaio per l'acquisto di una macchina, o forse mi sbaglio, forse è cambiato qualcosa. Si informi lei. In una parola: dovete fargli ponti d'oro, andandogli incontro in tutti i modi, come si può fare con una persona colpita da una terribile disgrazia. Ci siamo capiti?»

«Alla perfezione. Stia tranquillo, commissario, la terrò informata.»

Petri era stato di parola. Soltanto un riposino di mezz'ora in poltrona e fu pronto per accompagnare Anna a Roncadelle.

«Se vuoi, guido io», gli disse lei. «Ho studiato lo stradario. Per raggiungere Roncadelle basta...»

«Ma che stradario e carte geografiche! Conosco benissimo la strada. Ci sono stato con Armiento.»

«Ma dove stai andando, Carlo?» gli chiese dopo qualche chilometro.

«A Roncadelle. Che domande mi fai? È la strada più diretta, me la ricordo benissimo.»

Anna preferì lasciarlo fare, aspettando in silenzio, finché sulla destra apparve un cartello: Castegnato.

«Sicuro che siamo sulla strada giusta? Perché, potrei anche sbagliarmi, ma ho la sensazione che Castegnato stia da tutt'altra parte.»

Una sbuffata e Petri accostò sulla destra.

«Un po' di fiducia no, eh? Quando la finirai di mettere in dubbio quello che faccio? Però... in effetti, ho l'impressione che da Castegnato non ci fossimo passati. Va bene, prendi quel maledetto atlante che dovrebbe stare nella reticella dietro al tuo sedile», e inforcò gli occhiali.

«Cerca Brescia», gli suggerì Anna.

«Certo che cerco Brescia. Cosa vuoi che cerchi? Bergamo o Cremona? Eccola qui, e qui c'è Castegnato. Dov'è finita questa stramaledetta Roncadelle?»

«Penso a sinistra, più in basso. Da tutt'altra parte», rispose Anna quieta.

Altra ricerca. «Eccola qui! In effetti, mi stavo sbagliando. Dev'essere stato uscendo dalla città, al semaforo. D'accordo, visto che sei così brava, mettiti alla guida. Il fatto è che non ho fatto il mio solito riposo pomeridiano. Adesso provo un momento ad appoggiare la testa. Se mi addormentassi, cosa che escludo, svegliami quando arriviamo a Roncadelle, poi ti indico io dov'è il negozio.»

Anna era un'ottima guidatrice e aveva anche un buon senso dell'orientamento. Le ci volle, però, quasi mezz'ora per arrivare a destinazione.

«Carlo, siamo arrivati. Ti sei addormentato, per caso?»

Fu costretta a scuoterlo un paio di volte.

«Dove siamo?»

«A Roncadelle.»

«Bene.» Si guardò in giro. «Adesso vai dritta e al primo semaforo giri a destra. Il negozio sta lì.»

Di negozi di abbigliamento neppure l'ombra. Percorsero la strada fino in fondo, e Anna fu costretta a tornare indietro.

«E se chiedessimo a qualcuno?»

«Là c'è un caffè. Io ne ho bisogno. Scendi anche tu?»

«No, Carlo, ti aspetto in macchina.»

Tornò dopo qualche minuto. «Un buon caffè mi ci voleva proprio. Non mi stavo sbagliando, soltanto che al semaforo dovevi girare a sinistra e non a destra.»

Finalmente arrivarono. Anna trovò modo di parcheggiare ed entrarono. La solita ressa, forse ancor più gente di quando c'era stato con Armiento.

«Camicie da notte... Chissà dove saranno, a patto che ci siano. Questo è un bel problema», mormorò Petri.

«Lascia fare a me», e Anna si diresse a colpo sicuro verso il reparto femminile.

Camicie da notte di tutti i tipi: pesanti, leggere, felpate, di cotone, di seta, lunghe, al ginocchio, anche baby doll.

Anna le accarezzava, facendole scorrere in fretta. Lui che guardava perplesso e incuriosito quella serie di indumenti, in qualche caso chiaramente ambigui.

«Buon pomeriggio!» Una voce alle sue spalle che lo fece sussultare. «Credo di capire che le camicie azzurre siano piaciute anche a sua moglie, visto che l'ha portata qui.»

«Sì. Anna, ti presento il signor...»

«Villa. Francesco Villa al suo servizio.» Cercò di farle un goffo baciamano. Lei che ritirava d'istinto la sua e l'uomo che, chinatosi in avanti, per poco non perdeva l'equilibrio.

«Chiedo scusa...» riuscì a farfugliare. «Cosa posso fare per questa bella signora?»

«Ho già scelto: questa e quest'altra», disse Anna e indicò due camicie da notte di seta, al ginocchio, una bianca e la seconda ecrù.

«Ottima scelta. Ma questa volta, se suo marito me lo consente e se lei me lo permette, vorrei farvi un piccolo omaggio. Se ha la bontà di seguirmi un momento...» e si avviò in una piccola stanza adiacente. «Qui abbiamo l'intimo. Scelga pure ciò che le piace. E non mi deluda, per me sarà un piacere.»

Su alcuni banchi, in bella mostra, diversi coordinati in seta, slip e reggiseno, di vari colori.

Petri avrebbe voluto protestare, ma si trattenne in tempo. Nella parte che stava recitando avrebbe potuto insospettire il Villa.

«Lei è molto gentile, ma...» iniziò Anna.

«Le ho detto di non deludermi, la prego di accettare.»

Anna finì con lo scegliere un'accoppiata di colore bianco, che l'uomo si affrettò a stendere su un foglio di carta velina. «Non poteva scegliere meglio. Vi accompagno alla cassa. Questo è un mio omaggio e non dovrete dare spiegazioni.»

Riuscirono infine a liberarsi e si diressero verso l'uscita, accompagnati dal Villa tutto ossequioso.

«Mi raccomando, salutatemi vostro nipote!»

«Nostro nipote?» chiese Anna mentre tornavano alla macchina.

«Sì, si riferiva ad Armiento che mi ha spacciato per suo zio. Mi pare di avertelo già detto.»

«Comunque, non mi piace per niente.»

«Chi? Armiento?»

«No, quello mi piace molto. Parlo di quel cretino che voleva farmi il baciamano», rispose Anna.

Erano appena giunti a Brescia, alle sedici e trenta, e Anna stava riponendo in guardaroba i suoi acquisti, quando dalla Questura telefonò Grazia Bruni.

«Dottor Petri, per caso è andato di nuovo a quel negozio di Roncadelle con sua moglie?»

«Sì, siamo appena tornati.»

«Le faccio sentire la registrazione di una telefonata. Cosa di pochi minuti fa. È in ascolto?»

«Pronto? Finalmente ti trovo. Perché tenevi il cellulare spento? Dove cazzo sei finito?»

«A Bormio, a sciare per qualche giorno, in attesa che si calmassero le acque, ma proprio ieri è successa una cosa terribile...»

«Me lo dirai un'altra volta. Sono io che ho bisogno di parlarti. Comunque ieri è venuto da me quell'agente della Stradale, con un tipo anziano che mi ha detto essere suo zio, per fare qualche acquisto.»

«E allora?»

«Oggi pomeriggio è tornato lo zio, con una donna più giovane di lui, ancora niente male, che voleva comprare delle camicie da notte.»

«E qual è il problema?»

«Che quella tipa, col cazzo che era sua moglie, e lui, quello anziano, il presunto zio, puzza di poliziotto lontano un miglio. Ho paura che ci stiano addosso, che siamo nei pasticci.»

«Allora non chiamarmi più. Se ci stanno addosso, capaci che ci controllino i telefoni.»

«Fine della conversazione. Cosa ne dice?» chiese Grazia Bruni.

«Che dovrebbe farla ascoltare anche ad Anna. Ne sarebbe lusingata. A parte gli scherzi: questo è un bel colpo. La dovrebbe far sentire a Martinelli.»

«L'ho fatta trascrivere e me la porto dietro. Miceli sta tornando da Bormio con Palestrina e Armiento. Ci sono grosse novità sulla morte di Rita Somaschi. Ci troviamo tutti dal Procuratore alle diciassette per decidere il da farsi. Perché non viene anche lei?»

«Perché sarei di troppo, non me lo sogno neppure. E poi sono stanchissimo. È mezzo pomeriggio che me ne vado in giro come un imbecille. Adesso mi metto in poltrona e, per questa sera, non mi schioda più neppure il padreterno.»

«Ma non vuole neppure sapere cosa decideremo?»

«Ci vediamo domani. Me lo dirà domani.»

Capitolo 15

Martinelli li stava aspettando. Conosceva già la vicenda nei più minuti particolari e fu messo al corrente degli ultimi sviluppi: i primi risultati delle intercettazioni telefoniche e, soprattutto, le novità che Miceli recava dalla Valtellina.

«Dottor Martinelli», esordì Miceli, «ho portato con me anche il sovrintendente Armiento della Polizia stradale perché quello che abbiamo scoperto a Bormio è esclusivamente merito suo. Anzi, ci tenevo che fosse proprio lui a riferirle quanto abbiamo appurato.»

Armiento prima arrossì, poi iniziò a raccontare, facendosi via via più sicuro.

«Questa poi... non me l'aspettavo proprio. Occorrerebbe una dettagliata relazione di servizio su quanto avete scoperto, meglio se fosse corredata da alcune fotografie.»

«Le fotografie ci sono, le ho scattate durante la prima ispezione al veicolo. Occorrerebbe ingrandirle», lo interruppe Armiento.

Miceli e Palestrina lo guardarono incuriositi. Non lo sapevano neppure loro, anche se in macchina, durante il viaggio di ritorno, avevano notato che l'agente, rincantucciato sul sedile posteriore, buttava giù una serie di appunti su un block notes.

«Benissimo», proseguì Martinelli, «l'Audi rimane sotto sequestro. Per il momento la lasciamo in custodia presso i Carabinieri di Bormio, anche se poi la faremo prelevare, perché sarebbe opportuno sottoporla a una perizia, che confermi quanto ha scoperto Armiento. A proposito, agente, lei è in forza alla Stradale e si trova a essere distaccato per un breve periodo presso la Mobile. Mi sembra, però, che abbia la stoffa dell'investigatore. Vorrei parlare con la dottoressa Zara, la sua dirigente, e vedere cosa si può fare. Lei non avrebbe nulla in contrario a passare in via definitiva alla Mobile?»

«Non chiederei di meglio», rispose precipitosamente Armiento, mentre Grazia Bruni assentiva in modo convinto.

«Vedo che è d'accordo anche il commissario Bruni, da cui credo che dovrebbe partire la richiesta. Adesso, però, si tratta di decidere il da farsi nell'immediato. Voi che ne pensate?» chiese alla Bruni e a Miceli.

«Mi pare che, con tutti gli elementi che abbiamo a disposizione, un ordine restrittivo sia nei confronti del Villa, l'automobilista, sia nei confronti del Cancelli, ci potrebbe anche stare. Lei non è d'accordo?» chiese la Bruni guardando Martinelli che sembrava pensieroso.

«In teoria, sì. Come ha detto lei, ci potrebbe anche stare, collegando tutti gli elementi secondo logica, a iniziare dalla testimonianza di quel vecchio medico, per finire con l'intercettazione di questo pomeriggio.»

«Ma in pratica?» tornò a chiedere Grazia Bruni.

«In pratica, ci andrei cauto. Questa è una faccenda molto complessa. Non possiamo permetterci il minimo passo falso. Tanto più che abbiamo il tempo per approfondire le cose e chiudere per benino il cerchio.»

«Ad esempio?»

«Ad esempio cercar di capire la vera natura del legame esistente tra il Villa e il Cancelli, un legame tanto robusto da indurre il secondo a rendersi complice d'omicidio, ormai credo che possiamo tranquillamente chiamarlo così. Poi capire le vere ragioni che possono avere indotto l'ingegnere a disfarsi della moglie.»

«Un testimone scomodo», lo interruppe Grazia Bruni.

«Non basta. Non si può uccidere una persona soltanto perché potrebbe rivelarsi un testimone scomodo, soprattutto quando si tratta della moglie che, tra l'altro, in quelle prime battute, in quella falsa testimonianza, non lo aveva affatto smentito. Anche se, rileggendo il verbale con attenzione...»

«Appunto, signor Procuratore», intervenne Armiento. «Ha detto bene: si era limitata a non smentirlo, perché, in effetti, la sola testimonianza è stata del marito, e la mia idea, se non si fossero subito allontanati da Brescia, era quella di risentirli separatamente. La mia sensazione era stata che lei avesse per così dire *subito* la testimonianza del marito.»

«E perché lo avrebbe fatto?» chiese Martinelli.

«Questo non lo so, anche se un'ipotesi si potrebbe anche avanzarla.»

«Si spieghi meglio, Armiento.»

«Ci provo: se le cose sono andate come ha riferito il vecchio medico, è chiaro che un legame esisteva non solo tra il Villa e l'ingegner Cancelli, ma anche tra il Cancelli e la persona cui diede la spinta.»

«Sono d'accordo», convenne Martinelli.

«Ma un legame c'era di sicuro anche tra questa persona e la moglie di Cancelli, e poteva trattarsi di un legame di tipo diverso.»

«Non la sto seguendo...»

«Armiento», domandò Grazia Bruni, «sta forse pensando che il morto potesse essere l'amante di Rita Somaschi?»

«Proprio così, dottoressa», rispose Armiento.

«Questa ipotesi, magari un po' audace, potrebbe anche essere la chiave di lettura di quanto è accaduto», disse Martinelli. «Diviene sempre più necessario arrivare all'identificazione della vittima, ma...»

«Siamo ancora in alto mare, anche se continuiamo a lavorarci», fu costretta ad ammettere Grazia Bruni.

«Allora, dovete fare ogni sforzo in questa direzione, e che Dio ce la mandi buona. Nel frattempo, continuiamo con le intercettazioni e con le indagini bancarie, ci teniamo in stretto contatto e aggiorniamo la seduta. Credo che possiamo essere tutti d'accordo.»

«Sì, procuratore», concluse Miceli. «Non possiamo che essere d'accordo. Di lavoro da fare ce n'è ancora.»

Mentre rientravano in ufficio, Grazia Bruni pensava che il colloquio con la dirimpettaia l'aveva avuto Petri, e lei non ne aveva parlato con Armiento. Eppure l'agente c'era arrivato lo stesso.

Poco dopo cena, Grazia Bruni telefonò a Petri. Una volta tanto fu lui a rispondere. Anna stava incollata davanti al televisore. Su un canale scoperto per caso proiettavano una commedia americana degli anni Quaranta con Cary Grant, che non si sarebbe persa per tutto l'oro del mondo.

«La disturbo, dottor Petri?»

«Lei non mi disturba mai, a patto che non mi cerchi tra le due e le quattro del pomeriggio.»

«Questo l'ho imparato. Anche se lei non me l'ha chiesto, fatto che mi ha un po' meravigliata, volevo farle sapere cosa ha scoperto Miceli a Bormio. Anche se sarebbe meglio dire cosa ha scoperto il nostro Armiento.»

«Le avevo detto che ero stanco, e per le notizie spiacevoli c'è sempre tempo. Anche se penso voglia dire il *suo* Armiento.»

«Senta, Petri... va bene, il mio Armiento. Adesso, però, mi ascolti per cinque minuti senza altre sciocche interruzioni.»

Gli fece un resoconto preciso, che terminò col colloquio avuto con Martinelli.

«Dunque, che ne dice?»

«Che il nostro Armiento ha fatto uno splendido lavoro e ha avuto una geniale intuizione, anche se questo potrebbe complicarvi le cose, aggiungendo un ulteriore interrogativo. Ma forse la risposta potrebbe essere risolutiva.»

«È quello che penso anch'io e su cui convengono sia Miceli che Martinelli. Comunque, sia pure in una direzione ben precisa, c'è ancora molto da fare e, a questo proposito, ho convocato una riunione plenaria per domattina. Mi piacerebbe che ci fosse anche lei. Le chiedo troppo?»

«A che ora?»

«Alle dieci in punto, nel mio ufficio. Ma le sarei grata se potesse arrivare un po' prima, diciamo intorno alle nove, nove e trenta, perché vorrei metterla al corrente di ogni particolare, compresa l'indagine che Grasso e Tondelli stanno conducendo sulla situazione finanziaria dei due e che concluderanno proprio domani mattina, in tempo per la riunione.»

«Va bene, ci vediamo», rispose Petri.

Arrivò in perfetto orario. Grazia Bruni era in piedi, accanto alla finestra, con lo sguardo che le vagava in piazza del Foro.

«Grazie di avere anticipato la sua venuta, dottor Petri. Come le dicevo ieri sera, tra mezz'ora saranno tutti qui. Volevo comunicarle, però, che ho leggermente cambiato gli incarichi che avevo dato ai miei collaboratori. Grasso e Tondelli non avevano fatto altro che correre in giro per la città a esplorare i vari centri estetici, senza venirne a capo, e mi sono sembrati un po' demotivati. Non era cosa per loro e ho ritenuto di incaricare un paio di agenti. Ora che abbiamo in mano l'autorizzazione dell'Autorità giudiziaria per le indagini bancarie, li ho dirottati su questo versante.»

«Mi pare che abbia agito per il meglio. Questa è la loro specialità e si daranno sicuramente da fare. Anzi, mi pare che mi abbia detto ieri sera che a qualche risultato sono già arrivati.»

Squillò il telefono.

«Grasso? Novità? Bene, non anticiparmele. Sei già in ufficio? Allora, vieni qui. Tra poco inizia la riunione.»

«Era Grasso. Ormai lo conosco bene, hanno scoperto qualcosa.»

Bussarono alla porta. Come evocati, Grasso e Tondelli, il cui volto sprizzava soddisfazione, seguiti da Miceli e Palestrina, Giusti, Maccari, Esposito, Vizzini e Armiento.

Già dalle otto qualcuno si era premurato di procurare diverse sedie, che stavano allineate davanti alla scrivania di Grazia Bruni. Esposito, senza dubbio, che a queste cose ci pensava senza che nessuno avesse bisogno di suggerirgliele. Accanto alla poltrona di Grazia Bruni ne aveva aggiunta una seconda su cui prese posto Miceli, mentre Petri, come era sua abitudine, si era rintanato in fondo, sulla poltrona accanto alla finestra.

«Mi pare che non manchi nessuno. Possiamo incominciare», disse Grazia Bruni. «Ieri pomeriggio abbiamo avuto un abboccamento col procuratore della Repubblica. Per chi non lo sapesse ancora, l'andata a Bormio del commissario Miceli ha dato risultati inaspettati. Come sapete, noi cercavamo da giorni di metterci in contatto con l'ingegner Cancelli che, insieme alla moglie, aveva assistito all'incidente mortale avvenuto in via Fratelli Ugoni la notte dello scorso ventotto aprile. Volevamo riparlare con entrambi i coniugi perché la loro testimonianza non quadrava con quelle raccolte per altra via. La novità è che dovremo risentire, e a questo punto non più nella veste di testimone, il solo Cancelli, perché la moglie, Rita Somaschi, è deceduta in un incidente stradale, poco fuori Bormio, mentre lui si trovava a sciare. Anche se il punto non è tanto questo, ma sono le caratteristiche davvero singolari di quello che, in base agli accertamenti eseguiti dal nostro collega Armiento, il quale forse dalla Stradale passerà alla Mobile, diviene difficile qualificare come un comune incidente. Proprio il sovrintendente Armiento ha steso una breve relazione, di cui ho fatto eseguire alcune copie che per brevità vi distribuisco.»

Tutti si immersero nella lettura di quel paio di paginette, prima increduli, poi sempre più interessati, finché Armiento si trovò con una serie di occhi puntati addosso.

«Prima di proseguire, vorrei però richiamare la vostra attenzione su un altro punto, altrettanto rilevante: gli accertamenti bancari effettuati dagli ispettori Grasso e Tondelli sui due personaggi chiave della vicenda, alludo naturalmente a Francesco Villa, l'automobilista che ha investito il pedone uccidendolo, titolare di una grossa azienda di abbigliamento a Roncadelle, e all'ingegner Cancelli, il nostro presunto testimone. Vorrei a questo punto passare a loro la parola, anche perché credo che le loro indagini si siano concluse proprio questa mattina e neppure io ne sono del tutto al corrente. Prendete appunti. Alla fine, se opportuno, cercheremo di tirare le somme, o almeno, per quanto possibile, di farci un'idea più precisa dell'accaduto e di quello che ci resta da fare. Grasso, Tondelli, chi dei due vuole iniziare?»

Grasso si schiarì un paio di volte la voce prima di attaccare, togliendo di tasca un libretto di appunti.

«Punto primo», esordì con voce stentorea, «Luigi Cancelli, l'ingegner Luigi Cancelli, è un professionista molto affermato e conosciuto, che col suo lavoro fa un sacco di quattrini, anche se potrebbe vivere di rendita perché è ricchissimo di suo: diverse proprietà immobiliari, probabilmente anche un bel gruzzolo all'estero, come si usa di questi tempi, un sacco di soldi presso Intesa-San Paolo, un pacchetto di titoli azionari e di obbligazioni per svariati milioni di euro. Quello che potremmo definire uno ricco sfondato, come a Brescia ce n'è più d'uno», e il volto gli si allargò in un sorriso compiaciuto.

«Vai avanti», gli sussurrò Tondelli dandogli di gomito.

«Altrettanto non si può dire per Francesco Villa, il pirata della strada. È l'azionista di maggioranza di una società proprietaria di una grossa azienda di tessuti e di abbigliamento che ha la sua sede a Roncadelle e che in questi giorni sta liquidando tutto, a mio avviso per arraffare il più possibile e squagliarsela indisturbato. Perché abbiamo appurato che il nostro Villa, al di là della facciata, dire che se la passa male, o che se la passava male, è dir poco.»

«Cioè?» lo interruppe Miceli.

«Aveva un buco spaventoso con due banche: Banca Intesa e Unicredit. E, poiché non riusciva a rientrare in alcun modo, proprio Banca Intesa aveva già predisposto un'istanza di fallimento. Dal momento che i suoi guadagni, a quanto possiamo presumere, avevano come destinatario il casinò di Campione d'Italia che frequentava settimanalmente, il fallimento, novanta su cento, poteva significare bancarotta, e la bancarotta, vista la sua allegra amministrazione e altri particolari su cui non mi soffermo, significherebbe galera. In una parola: un uomo finito, con ogni probabilità al limite della disperazione.» Grasso si interruppe di nuovo.

Fu Miceli a intervenire: «Forza, Grasso, vai avanti, perché quanto hai detto finora mi ha tutto il sapore di un preambolo».

«Certo, commissario, ha ragione. Era proprio un preambolo, per darvi un quadro d'insieme della situazione.»

«Vieni al dunque. Questa istanza di fallimento?»

«Prima messa a bagnomaria, quindi bloccata, una volta per tutte. Villa ne è uscito alla grande.»

«Ha per caso vinto all'Enalotto?» chiese Miceli.

«In un certo senso sì, anche se qui l'Enalotto non c'entra, perché il merito è tutto del nostro ingegner Cancelli.»

«Cancelli? Che c'entra Cancelli?»

«C'entra, c'entra. Cancelli una modesta cointeressenza nell'attività del Villa l'aveva e dovrebbe averla ancora. Si vede che non sapeva più come investire il proprio denaro. Il fatto è che Cancelli, che si serve della stessa banca, come mi pare di avervi detto, Banca Intesa, in un primo tempo ha coperto il disavanzo di circa duecentomila euro con Unicredit, quindi ha temporaneamente bloccato l'istanza di fallimento predisposta nei confronti del Villa, rendendosi garante di persona, infine l'ha bloccata definitivamente, coprendo il buco del Villa che ammontava a circa un milione di euro.»

«Una somma del genere!» esclamò Palestrina.

«Bisogna fare le proporzioni: è come se uno di noi sborsasse diecimila euro», spiegò Grasso. «Dobbiamo inoltre tener conto del fatto di quella piccola cointeressenza che il Cancelli aveva nell'azienda del Villa. Ma qui arrivo alla circostanza che, a nostro avviso, è più eloquente di ogni altra, vero, Tondelli?»

Tondelli fece un ampio cenno d'assenso.

«Non immaginereste mai in quale data è avvenuta la copertura del buco e il definitivo salvataggio del Villa», concluse Grasso.

«Ventinove o trenta aprile. Anche se sarei propenso a pensare alla mattinata del ventinove», disse una voce dal fondo della stanza.

Tutti si volsero a guardare Petri che fino a quel momento se n'era rimasto zitto, fumando una sigaretta dopo l'altra, vicino alla finestra che aveva dischiuso, e prendendo appunti su un block notes che teneva sulle ginocchia. «Ventinove o trenta?» tornò a chiedere.

«Ventinove, mattino del ventinove aprile», rispose Grasso in tono mesto, sentendosi come un attore interrotto nel momento clou. «Mi vuol dire, dottor Petri, come ha fatto ad arrivarci subito?»

«Dovrebbe piuttosto chiedermi come avrei potuto non arrivarci. Non ho fatto che seguire una strada obbligata, sulla base degli elementi di cui siamo in possesso e del risultato delle vostre indagini bancarie.»

«Certo, certo, però...» s'intromise Miceli. «Scusi un momento, Petri, come al solito, sarò quello che ci arriva dopo, ma così d'acchito qualcosa non mi torna: se Villa, con la sua scriteriata condotta stava mandando l'azienda a pallino e nell'azienda qualche interesse lo aveva anche il Cancelli, altro che salvarlo, avrebbe dovuto prenderlo a calci. Invece, no. Che cosa gli impediva di farlo? Io, ma non soltanto io, sentendo il resoconto di Grasso, avevo ipotizzato che il Villa, per poter ottenere il salvataggio da parte del Cancelli, avesse in mano qualche carta davvero buona, fosse in grado di ricattarlo. Solamente così mi pareva che si potesse spiegare il fatto che Cancelli si fosse deciso a sborsare tutto quel denaro, per quanto abbiente possa essere. Tu, Bruni, non sei dello stesso parere?»

«Penso di no. Comunque, ho l'impressione che il dottor Petri abbia soltanto iniziato e che anche lui non sia andato più in là di un preambolo. Mi sbaglio, dottor Petri?»

«No, non si sbaglia. Secondo me, se vogliamo dare un senso al tutto, si impone un radicale mutamento di prospettiva, un completo ribaltamento rispetto a quella adombrata dal commissario Miceli.»

«In che senso?» chiese quest'ultimo.

«Proviamo a pensarci un momento, tutti insieme: Villa ricattava, per qualche ignota ragione, Cancelli per essere tolto dai guai... E se, invece, fosse avvenuto l'esatto contrario? Se fosse stato il Cancelli a ricattare Villa, minacciando di lasciarlo al proprio destino, ovvero fallimento, bancarotta e probabilmente carcere, a meno che Villa non accettasse di fargli un grosso favore, uno di quei favori che non hanno prezzo?»

«Come ammazzare qualcuno per conto suo?» chiese Grazia Bruni.

«Sì, come ammazzare qualcuno per conto suo. Il Villa, sull'orlo della disperazione, avrebbe potuto accettare, e con ogni probabilità ha accettato, se teniamo conto della data in cui Cancelli ha sistemato la sua spaventosa situazione finanziaria.»

«Ma un killer professionista gli avrebbe permesso di

raggiungere lo stesso scopo e gli sarebbe costato un decimo», ribatté cocciuto Miceli.

«Certo, questo è pacifico. Ma non dimentichiamo la dinamica del fatto: una parte nell'omicidio l'ha avuta anche il Cancelli in prima persona, quasi che ci tenesse a farlo lui. Ma su questo devo ancora riflettere. In ogni caso, a parte il fatto che Cancelli è un professionista molto noto e conosciuto in città, chi ha avuto modo di conoscerlo di persona ce lo vede a mettersi alla ricerca di un killer a pagamento? Lo chiedo a lei, Armiento.»

«Difficile, molto difficile», rispose l'agente.

«Lo penso anch'io, e per almeno un paio di ragioni», proseguì Petri, «ma ve le dirò tra un momento, prima ho bisogno di prendermi un buon caffè e di fumarmi una sigaretta in pace.»

«Perché? Fino adesso cos'ha fatto?» gli chiese Miceli, una punta di acidità nella voce.

«Me le sono fumate di soppiatto, emettendo il fumo dallo spiraglio della finestra per non affumicarvi tutti. Non posso dire di aver fumato in pace», rispose secco Petri.

Ripresero posto dopo una decina di minuti. Il caffè lo aveva offerto Petri e nessuno aveva protestato.

«Forza, dottor Petri, vediamo di arrivare a qualche prima conclusione. Parlavamo della possibilità di avvalersi di un killer professionista e lei diceva che sarebbe portato a escluderlo per almeno un paio di ragioni. Mi pare che siano state queste le sue parole prima dell'interruzione», incalzò Miceli.

«Esatto. Anzitutto perché siamo a Brescia e non a Chicago, e un killer non lo si trova dietro l'angolo della strada. In secondo luogo, perché, se ci si avvale di un killer, si finisce col mettersi nelle sue mani, e quello sì potrebbe poi ricattare il mandante. Forse il caffè mi ha schiarito le idee, anche se non del tutto. Dando per scontato che le cose siano andate di fatto in un certo modo, è inesatto affermare che Cancelli ha incaricato Villa di uccidere una certa persona. Secondo me, lo ha soltanto convinto a collaborare alla sua uccisione, e sarei tentato di dire che il ruolo principale l'ha svolto proprio il Cancelli con quella famosa spinta. Ha voluto agire lui in prima persona, e gli sarebbe stato molto difficile avvalendosi di un killer.»

«Ma certo!» esclamò Grazia Bruni. «Questo significa... Cosa significa, secondo lei, Petri?»

«Significa che il Cancelli non solo ne voleva la morte, ma anche concorrere a dargli *materialmente* la morte.»

«Certo, però, che il Villa, dicendo che il pedone era sulla destra, ha smentito il Cancelli», osservò Miceli che quel mattino pareva alla ricerca di un proprio spazio.

«Forse non sapeva ancora che il Cancelli ci avrebbe detto il contrario. Potrebbe anche essere, se pensiamo che l'ingegnere si è presentato il mattino alla Stradale con la moglie, dopo essere andato in banca per fare quell'operazione di cui ha riferito l'ispettore Grasso, quindi è subito partito per la montagna e, in seguito, l'unico rapporto telefonico che ha avuto con il complice è quello che abbiamo beccato con la telefonata registrata.»

«Ma prima, prima del fatto, intendo dire», obiettò Miceli, «possibile che non si fossero accordati su questo particolare?»

«Potrebbe sembrare strano, ma non è impossibile», osservò Petri. «Tutti possono commettere un errore e a un risultato la Polizia di solito ci arriva quando un errore è stato commesso. Non dobbiamo poi dimenticare che il Villa si stava difendendo da un'accusa di omicidio colposo e di omissione di soccorso e si era consultato col proprio avvocato che, non sapendo cosa c'era dietro, lo ha consigliato per il meglio, nel suo interesse. Badate bene, però, che il Villa non ha parlato di altre persone, tantomeno dei Cancelli. Non li ha collocati né a destra né a sinistra. Ha parlato di un uomo che si trovava da solo sul marciapiede e che a un tratto è sceso sulla strada.»

«È vero», convenne Grazia Bruni. «Ma la moglie, l'omicidio della moglie da parte del Cancelli? Perché mi pare evidente che tra i due fatti un collegamento ci debba essere.»

«Martinelli cosa ne pensa?» domandò Petri.

«Non si è sbilanciato. Piuttosto, Armiento si è fatto un'idea in proposito, nel momento in cui ha ipotizzato che il morto potesse essere l'amante della moglie», rispose la Bruni.

Petri si bloccò, alzando gli occhi sull'agente della Stradale. «E bravo, Armiento! Questa volta sono stato io a non arrivarci, nonostante abbia raccolto i pettegolezzi della loro dirimpettaia. Sono pronto a scommettere che le cose stanno proprio in questi termini, perché così quadrerebbe tutto. Il fatto che, come dicevo, il Cancelli abbia voluto partecipare di persona all'omicidio, così come l'omicidio della moglie e...»

«Conclusione?» chiese Miceli.

«Obbligata a questo punto: si deve arrivare all'identificazione del morto, anche a costo di battere, oltre ai centri estetici, tutti i parrucchieri che stanno a Brescia, insomma, tutti coloro che offrano anche un servizio di manicure.»

«Sono dello stesso parere», disse Grazia Bruni. «Adesso metto sotto l'intera squadra: Maccari, Esposito, Nicotra, Vizzini, Verullo e magari anche qualcun altro, ad esempio il nostro poliziotto della Stradale.»

«Conti su di me, dottoressa», rispose Armiento.

«Quand'è così, non ci resta che aspettare e, come ha detto il procuratore, per il momento aggiorniamo la seduta», concluse Miceli.

Capitolo 16

Armiento si avviò alla porta per ultimo, trattenendosi sulla soglia, dopo che tutti gli altri erano usciti.

«Voleva dirmi qualcosa?» gli chiese Grazia Bruni.

«Sì, se me lo permette. Si tratta di una cosa personale e... non so come comportarmi. Non so neppure con chi parlarne. Ho pensato che forse lei...»

«Sono la persona giusta? Perché mi ritiene la persona giusta?»

«Non so risponderle con chiarezza. Magari perché è una donna, anche se con questo non intendo... Anzi, forse... soprattutto perché è un commissario, ma non è, formalmente, un mio diretto superiore. Non lo so bene neppure io. Magari è soltanto una questione di fiducia.» Il sovrintendente era arrossito, non sapeva come andare avanti.

Grazia Bruni fu presa da un moto di tenerezza. «Si sieda, si sieda, Armiento, e mi dica qual è il suo problema. Se posso aiutarla...»

Lui si sedette davanti alla scrivania. «Lei, dottoressa, ha ben presenti tutte le circostanze del fatto di cui ci stiamo occupando...»

«Certo, Armiento.»

«Quindi ricorderà bene che poco dopo l'investimento mortale è arrivata una macchina e il conducente, avendo visto il corpo sull'asfalto all'ultimo momento, non è riuscito a evitarlo del tutto, colpendolo di striscio a una gamba.»

«Sicuro. Quella macchina guidata da una dottoressa

che presta servizio all'ospedale Civile e che non ha alcuna responsabilità nell'accaduto. L'unica persona che si è comportata in modo corretto, armandosi di una torcia per deviare il traffico intanto che intervenivate voi. Non vedo quale sia il problema, anche perché l'autopsia ha confermato che non ha concorso alla morte della vittima.»

«Non è questo il problema», disse Armiento arrossendo di nuovo. «Vede, commissario, temo di aver violato le regole della correttezza. Insomma, non voglio abusare del suo tempo, ma con quella dottoressa abbiamo quasi subito simpatizzato, e l'ho anche rivista. Non so dirle come mi sia accaduto, ma con la dottoressa Sommaruga...»

«Laura, Laura Sommaruga, mi pare si chiami.»

«Sì, Laura Sommaruga. Siamo usciti insieme e le confesso di avere il desiderio di rivederla, anche se temo che...»

«Com'è questa dottoressa Sommaruga?»

«Carina e molto intelligente. Una biondina, non certo bella come lei, ma...»

«Quanti anni ha?» lo interruppe bruscamente Grazia Bruni.

«Più o meno la mia età, forse qualcuno di più, anche se sembra molto giovane.»

«Capisco», disse Grazia Bruni aggrottando la fronte.

«Lo so che sarebbe meglio che ci mettessi una pietra sopra. Lo comprendo anche dalla sua espressione. Forse ci vorrà un po' di tempo, ma mi passerà.»

«Una domanda, Armiento: questa cosa che lei prova, è per caso reciproca?»

«Credo proprio di sì.»

«Allora, cosa aspetta a telefonarle? Lo faccia subito, prima di occuparsi di tutto il resto. Per quanto dovrà correre con gli altri per cercare di identificare la vittima, i centri estetici e i parrucchieri sono aperti soltanto di giorno, quindi le serate le avrà tutte libere. Non perda tempo. La chiami appena uscito di qui e veda di invitarla a cena, magari facendosi precedere da un mazzo di fiori, ad esempio delle rose bianche con qualche screziatura.»

Aveva fatto un salto indietro nel tempo, all'inizio della sua storia con Maccari. Si riscosse sentendo la voce di Armiento. «Mi diceva?»

«Che mi ha tolto un peso dal cuore, dottoressa. La ringrazio, la ringrazio davvero.»

«Adesso scompaia», disse Grazia Bruni, seguendolo con lo sguardo mentre usciva. Avrebbe voluto avere una decina d'anni meno e i capelli biondi.

Accese una sigaretta e spalancò la finestra, poggiando i gomiti sul davanzale e vagando con lo sguardo sulla piazza.

Poi richiuse con un colpo secco i vetri e tornò alla scrivania.

Petri aveva terminato di pranzare e, dopo il caffè, si stava gustando la prima delle due sigarette che era solito concedersi prima di ritirarsi in camera da letto.

Aveva cercato di raccontare le novità ad Anna, anche se tutto si riduceva agli accertamenti compiuti da Grasso e Tondelli e all'idea da lui maturata di conseguenza.

«Mi sembri perplessa. Non ti pare che il mio ragionamento fili?»

«Non stavo pensando al tuo ragionamento.»

«A che cosa allora?»

«Al fatto che mi hai portato a comprare due camicie da notte, con un coordinato intimo in omaggio, da un assassino, perché su questo mi pare che ora non ci siano più dubbi. E al fatto che lui, quel bastardo, quelle camicie, quegli slip e quel reggiseno li ha toccati. Li ha toccati con le sue mani ancora lorde di sangue!»

«Adesso non esagerare, Anna. Quello che aveva in mano era un volante, non un coltello da macellaio. Non mi sembra il caso...»

«Non ti sembra il caso? E stai a fare queste distinzioni del cavolo tra un volante e un coltello? Ti metti a fare l'ottuso formalista? Adesso te lo faccio vedere io se non è il caso! » Si alzò di scatto diretta verso la camera da letto, armata di un sacco nero della spazzatura.

Tornò poco dopo, mentre Petri, un po' scosso, aveva appena acceso la seconda sigaretta.

« Cos'hai in quel sacco? »

« Due camicie da notte di seta, un paio di slip, un reggiseno e due camicie azzurre da uomo. »

« E cosa intendi farne? »

« Gettare tutto subito nel cassonetto della spazzatura. »

« Anche le mie due camicie azzurre? »

« Ovvio. »

« Come vuoi, Anna. Secondo me, sei fuori di testa, ma potresti anche avere ragione e non intendo proprio insistere. Fai pure ciò che vuoi, tanto lo so che quegli indumenti non li avresti mai indossati e avresti fatto sparire anche i miei. Adesso, però, mettiti qui tranquilla. Al sacchetto della spazzatura ci penserò io, quando più tardi uscirò a far due passi. »

« Grazie, Carlo. Tornando al discorso che stavi facendo prima, sono convinta anch'io che la soluzione potrebbe trovarsi nell'identificazione della vittima, e mi sembra una buona idea quella di mettersi a battere tutti i parrucchieri. Tanto più che oggi sono sempre più frequenti quelli per uomo e per signora. Come quello da cui vado io, ad esempio, che ha anche una ragazza che fa il servizio di manicure. »

« Dove sta il tuo parrucchiere? »

« Qui a due passi, in piazza del Mercato, proprio all'imbocco di via Gramsci. »

« Allora, sarà bene che mi procuri una di quelle macabre fotografie. Un'occhiata in giro posso anche dargliela, quando sono sugli affari inutili. »

« Mi pare il minimo che tu possa fare, senza limitarti a sparare ipotesi, per fondate che siano. Anzi, sai cosa ti dico? Una di quelle fotografie procurala anche a me, magari senza sbandierarlo subito alla Bruni. »

Petri la guardò perplesso. Poi annuì. Poteva non essere una cattiva idea.

Salvatore Armiento, già in corridoio, prima di raggiungere gli altri che si erano trasferiti nell'ufficio di Miceli, tolse di tasca il cellulare e digitò il numero di Laura Sommaruga.

«Laura? Sono Armiento.»

«Finalmente ti fai vivo. Non ci speravo più. Come va alla Polizia stradale?»

«Non lo so. Mi hanno staccato, forse a tempo indeterminato, presso la Squadra mobile, cosa che mi ha fatto un enorme piacere, anche se poi ti racconterò tutto con calma. Vorrei vederti, ma guarda che vivo mi sono fatto, ma a casa non c'eri.»

«Quando mi hai cercata?»

«Qualche giorno fa. Comunque, quando possiamo vederci? In queste nuove mansioni, devo correre tutto il giorno, ma ho tutte le serate libere.»

«Anch'io. Sono cambiati i miei turni di servizio e per una quindicina di giorni il mio impegno al Pronto soccorso è dal mattino alle diciotto, poi non se ne parla più fino al giorno dopo. Per me andrebbe bene anche questa sera.»

«Allora alle diciannove e trenta passo a prenderti. Spero di non fare tardi. Ciao, Laura.»

«Ciao, Salvatore. A questa sera.»

Richiuse il cellulare, il cuore che gli cantava nel petto, e bussò all'ufficio di Miceli che aveva steso sul tavolo una carta della città e stava segnando a matita alcune zone, marcandole con un numero, che poi trascriveva su un foglio di carta con accanto il nome di un agente.

Protesi sul tavolo Maccari, Esposito, Nicotra, Vizzini, il giovane Verullo, Grasso e Tondelli.

Era Grasso a parlare. «Glielo ripeto, commissario, con Tondelli abbiamo terminato le indagini bancarie. Ci mancavano ancora alcuni centri estetici, non elencati nelle pagine gialle, che siamo riusciti a individuare. Non voglio farla lunga. Finiamo di occuparci di questi centri, quindi diamo una mano agli altri per i parrucchieri. Qui ci sarà da correre perché i parrucchieri saranno non dico centinaia, ma quasi. Se speriamo di venirne a capo in tempi ragionevoli... »

« Va bene, Grasso. Apprezzo la vostra disponibilità. Ecco che ci ha raggiunti anche Armiento, e con lui mi pare che tutta la città sia coperta. Adesso aggiungo anche il suo nome, dopodiché, Esposito, farai una serie di copie di questa carta e la ritaglierai zona per zona, in modo che ciascuno sappia dove deve muoversi. Ormai si è fatto tardi, quasi le tre del pomeriggio, ma potreste iniziare già da questa sera. A che ora chiudono i parrucchieri? »

« Intorno alle diciannove, massimo diciannove e trenta », disse Tondelli.

« Bene. Ora sono proprio stanco e me ne vado a casa. Mia moglie si chiederà dove sia finito. Mi sono scordato di chiamarla. Buon lavoro a tutti. »

Si alzò, dirigendosi verso l'uscita. Camminava piano. Da un paio di giorni lo aveva preso una terribile lombaggine di cui non aveva fatto parola con nessuno, a iniziare da Lucia, che subito si sarebbe messa in movimento, aggredendolo con pomate, linimenti, fasce elastiche e tutta una serie di altre affettuose iniziative che lo avrebbero fatto sentire un vecchio invalido.

Esposito aveva, come sempre, fatto un buon lavoro, di fotocopiatura e poi di ritaglio. Ognuno si prese il suo, considerandolo con attenzione.

« Vedo che la mia zona è contigua alla tua », disse Maccari rivolgendosi ad Armiento. « Vediamo di non pestarci i piedi. »

« Non dovrebbe accadere. Proprio per evitare questa possibilità il commissario ha escogitato queste suddivisioni », rispose Armiento.

« Per quanto ti fermi ancora da noi? » proseguì Maccari.

«Non lo so. Credo che si stiano dando da fare per farmi star qui a tempo indeterminato. Quantomeno fino a quando veniamo a capo di questa faccenda, ma può anche darsi che ottenga un trasferimento da voi. Non chiederei di meglio.»

«Chi si starebbe dando da fare?»

«Per quanto ne so, il Procuratore della Repubblica, ma credo anche il commissario Miceli e la dottoressa Bruni.»

«Comunque, sull'esito delle ricerche che stiamo per iniziare, facciamo capo a Miceli, non alla Bruni», puntualizzò Maccari.

«Tu dici? Ma il commissario dirigente è lei.»

«Lascia perdere. Ti ho detto che dobbiamo far capo a Miceli.»

«Ma è un consiglio o...»

«Qualcosa più di un consiglio», rispose Maccari.

«Va bene, come vuoi. Anche se non capisco. Ma sono proprio uno sciocco. Mi ero scordato un altro consiglio simile che mi avevi dato alcuni giorni fa. In ogni caso, Maccari, anche se qui sono l'ultimo arrivato, potresti anche ricordare che ti sono superiore di grado. Non te lo voglio certo far pesare. Lo dico soltanto perché tu magari trovi il modo di risparmiarmi qualche consiglio di troppo. Mi auguro che ci siamo intesi.»

Maccari non rispose nulla, si limitò a girarsi e ad avviarsi lungo il corridoio. A un tratto, però, si fermò e tornò sui suoi passi.

«Senti, Armiento...»

«Un altro consiglio?»

«No, affatto. Solamente le mie scuse, forse ti dovrei qualche spiegazione.»

«Non ce n'è davvero bisogno. Amici?»

«Sì, Armiento, amici», e Maccari gli diede una stretta di mano.

Salvatore Armiento, rasserenato, ripiegò il suo ritaglio e se lo mise in tasca. Uscì al sole e si diresse verso piazza Tebaldo Brusato. Si fermò in un bar per farsi un panino con una birra, seduto a un tavolino, considerando la zona che gli era stata assegnata: un intersecarsi di strade che conosceva poco. Pensò di annotarsele a una a una, per poi depennarle, via via che le visitava, per evitare giri inutili. Avrebbe dovuto passare in rassegna tutti i negozi di parrucchiere, maschili e femminili, dove era più facile che ci fosse una manicure. L'elenco, però, lo avrebbe fatto più tardi, magari la sera stessa.

Intendeva incominciare subito, con un parrucchiere maschile, ci fosse o meno una manicure. La sera aveva un appuntamento e una regolatina ai capelli con una rasatina come si deve sarebbero state quanto mai opportune.

Grasso e Tondelli, in un paio d'ore, visitarono i tre centri estetici che una ragazza che prestava servizio in un altro di via Corsica aveva indicato a Grasso. In uno ci aveva anche lavorato per un paio di mesi, poi si era licenziata.

Grasso l'aveva guardata sorpreso. «Si è licenziata? Di questi tempi in cui, per trovare un lavoro, si deve sputar sangue?»

«Sì», aveva risposto la ragazza, una bella bionda formosa sui venticinque anni. «Mi sono licenziata.»

«Perché?» aveva chiesto Grasso.

«Perché pretendevano che facessi anche qualche straordinario.»

«Magari pagandoglielo una miseria e in nero...»

«Questo non lo so. Non ho approfondito l'argomento. Ma non lo avrei fatto neppure se mi avessero pagato il triplo della paga oraria.»

«Non capisco», aveva detto Grasso.

«Neppure se le dico che si trattava di straordinari piuttosto particolari? Se volessi mettermi su questa strada, cosa che per il momento mi sento di escludere, lo farei in proprio, guadagnandoci il doppio e lavorando tre giorni alla settimana invece di sei. Ha capito, adesso?»

«Sì», borbottò Grasso, mangiandosela con gli occhi, «ho capito e, abbia pazienza, le assicuro che la cosa resterà tra noi: in quel centro che mi ha indicato, ci venivano anche uomini, a farsi fare manicure e pedicure?»

«Certo che ci venivano, trovando il modo di unire l'utile al dilettevole.»

«Capisco. Non so come ringraziarla. Lei forse ci è stata molto utile.»

«Non lo dica neppure. Anzi, se avesse bisogno di qualche altra informazione, le posso dare il mio numero di telefono.»

«Non credo di doverla più disturbare. Il suo numero di telefono, però, me lo annoto volentieri e mi permetto di lasciarle anche quello privato. Se vuole scriverselo...»

Fu la volta della bionda a scoppiare in una risata. Scrisse il numero su una piccola agenda che ripose nella borsetta.

Finirono alle diciotto e trenta, senza aver cavato un ragno dal buco.

«Un pomeriggio sprecato, domani andremo a visitare un po' di parrucchieri», disse Tondelli.

«Sono d'accordo, anche se non mi sentirei di dire che abbiamo sprecato un pomeriggio.»

«Dici?»

«Certo», rispose Grasso. «Scoprire un paio di bordelli in poche ore non è certo sprecare il proprio tempo. Ci siamo andati con mano leggera, ma domani una rifischiata ai colleghi che si occupano di queste cose la facciamo di sicuro.»

«Stasera che fai? Hai impegni?» chiese Tondelli.

«Nessun impegno, se non quello di mettere le gambe sotto un tavolo di quella trattoria di Borgo Trento per farmi pranzo e cena in un colpo solo. Mi fai compagnia? Aspetta, però, che prima faccio un colpo di telefono.»

«Per prenotare?»

«Giusto, anche per prenotare. Allora, le telefonate saranno due.»

«A chi altro vuoi telefonare?»

«Alla biondona di via Corsica, per ringraziarla ancora delle dritte che ci ha dato.»

«Soltanto per questo?»

«Anche per questo. Ma non si può mai dire...» rispose Grasso.

Capitolo 17

Un pomeriggio inutile, per tutti: molti parrucchieri visitati, per uomo e per signora; da molti una ragazzotta che regolava le unghie di mani e piedi c'era, ma quella fotografia non aveva detto nulla a nessuna.

«Belle mani», qualcuna aveva risposto. «Se appartenessero a un cliente abituale, probabile che me le ricorderei, ma non mi viene in mente nessuno», la risposta più frequente.

Inutile anche per Armiento, che se non altro ne aveva approfittato per dare una spuntatina ai capelli e si era fatto radere a fondo quelle gote brune, che, quando lo faceva da solo, continuavano a recare l'ombra dei peli scuri che parevano dotati di incredibile vigore.

Alle sette meno un quarto era a casa. Una doccia per togliersi di dosso l'odore della lozione che il barbiere non si era risparmiato. Una camicia bianca, aperta sul collo, pantaloni beige e giacca blu. Un'occhiata allo specchio: poteva andare. Salì in macchina.

Alle sette e trentadue parcheggiava davanti alla villetta di Laura Sommaruga.

Nessuna luce alle finestre che davano sul piccolo prato che si stendeva davanti. Scese dall'auto e accese una sigaretta. Non era un fumatore. Una di tanto in tanto, quando si sentiva un po' agitato, come quella sera.

Laura arrivò alle otto meno dieci, quando Armiento ormai stava perdendo ogni speranza. Chiuse la portiera della Clio, che aveva parcheggiato dietro la sua macchina, e gli corse incontro, affannata.

«Scusami per il ritardo. Un'emergenza dell'ultimo momento: un ragazzo scivolato con il motorino lacerandosi una gamba che ho dovuto ricucire come una ricamatrice. Temevo che te ne fossi andato. Ho anche provato a chiamarti, ma non mi hai risposto.»

«Avevo il cellulare spento. Faccio sempre così quando non sono in servizio e temo di ricevere una telefonata deludente.»

Laura gli sorrise. «In questo ci assomigliamo. Anch'io a volte lo faccio.»

Armiento si rabbuiò subito. Allora anche a lei capitava di aspettare con ansia un appuntamento e temeva di ricevere una telefonata che lo avrebbe annullato. Si impose subito di darsi una regolata.

«Che stai pensando, Salvatore? Mi sembra che tu abbia la testa da tutt'altra parte.»

«Scusa», rispose Armiento, «è che sono un po' stanco. Ieri ho avuto una giornata piena. Sono stato in alta Valtellina, per poi concludere a sera con una riunione in Procura e oggi, anche se non mi sono mosso dalla città, non posso dire di essere stato con le mani in mano. Quella vicenda, iniziata la notte del ventotto aprile, si sta facendo sempre più complicata.»

«Poi mi racconti?» chiese Laura.

«Non credo, per il momento, di poterlo fare. Siamo a un punto cruciale.»

«Va bene, sovrintendente Armiento, rispetto il tuo riserbo professionale. Adesso, però, entriamo in casa. La cosa più urgente è farmi una doccia come si deve. Puzzo di ospedale a dieci metri di distanza.»

La seguì verso la porta d'ingresso, quasi inciampando nel mazzo di rose che erano state sistemate su un gradino.

«Chi può avermi mandato queste rose meravigliose?» chiese Laura raccogliendole.

«Stai pensando a una serie di possibili candidati?»

Un sorriso. «Per la verità no. Il candidato è uno solo, spero proprio di non sbagliarmi.»

Lesse il biglietto. «Grazie, Salvatore. Sei un uomo teneríssimo. Come potevi immaginare che la rosa bianca screziata fosse il mio fiore preferito?»

«Intuito professionale», rispose Armiento.

«Nel senso che d'abitudine mandi fiori alle donne e li scegli a seconda di quanto ti detta l'intuito?»

«No. Non è proprio così. Ma questa posso raccontartela dopo, quando saremo a cena.»

Erano entrati. «Scusa, Salvatore, nella prima anta della credenza c'è un vaso. Le rose le sistemi tu, mentre faccio la doccia? A proposito, che programmi avevi?»

«Portarti a cena in un posticino delizioso, in modo da restarcene un po' in pace, tu e io, senza terzi incomodi.»

«Sorpresa: il terzo incomodo non c'è più», rispose Laura.

«Ma quella tua collega, Alessandra?»

«Andata. Dalla sera alla mattina. Senza spiegazioni, se non quella di avere trovato una nuova sistemazione nei pressi dell'ospedale. Ti confesso di aver tirato un sospiro di sollievo. Negli ultimi tempi, anzi, negli ultimi giorni si era creato, non certo da parte mia, una sorta di antagonismo che rendeva tutto più difficile. Non vorrei sbagliarmi, ma ti puntava. Ho fatto quattro conti e l'affitto lo posso pagare tranquillamente da sola. Una piccola tappa sulla via della libertà. Non sei d'accordo?»

«D'accordissimo», rispose Armiento. «Il vaso dove hai detto che è?»

«Prima anta della credenza, in basso. Se vuoi preparare un aperitivo, non hai che da aprire il frigorifero. Io vado a fare la doccia. Cinque minuti e torno.»

Cinque, sei, dieci minuti, e Laura non riappariva.

Armiento aveva sistemato le rose nel vaso che aveva

poggiato su un angolo del tavolo e in frigorifero aveva scovato olive e un paio di Campari, che aveva già versato nei bicchieri e aveva sistemato il tutto sul tavolino che stava tra le due poltrone.

Laura riapparve dopo un quarto d'ora, ancora in accappatoio. Armiento comprese subito perché ci aveva impiegato tanto: non solo la doccia, che aveva sentito scrosciare all'inizio, ma anche una passata di phon sui capelli biondi e, ci avrebbe giurato, un trucco leggero che le illuminava il volto sorridente.

« Vedo che hai preparato l'aperitivo. Accidenti! Un Campari anche per me? »

« Perché? Non lo gradisci? »

« No, non è questo, mi piace molto, ma mi fa un po' girare la testa. »

« Anche a me », confessò Armiento.

Laura si sedette in poltrona, tirandosi addosso l'accappatoio, che nel movimento si era appena scostato, consentendo una fugace visione di due gambe candide e affusolate.

Armiento sollevò il bicchiere. « A cosa brindiamo? »

« A noi », sussurrò Laura, « e alla cattiva sorte che ci ha permesso di incontrarci. »

« Vorrai dire alla buona sorte... »

« Certo, stavo soltanto pensando a quella tragica notte in cui quel poveretto... Ma adesso non parliamo più di queste cose. Avevi detto che intendevi portarmi fuori a cena, per startene un po' tranquillo con me, no? »

« Sì, pensavo... »

« Io, però, pensavo un'altra cosa. Quando oggi mi hai chiamata invitandomi a cena, ho telefonato a casa. C'era ancora la signora che a giorni alterni viene a darmi una ripulita all'appartamento. L'ho pregata di farmi un po' di spesa. In frigorifero dovrebbero esserci salmone, bistecche, insalata e pomodori e anche alcuni formaggi. Per il vino non c'è problema. Cosa ne diresti se, invece di uscire, ci fermassimo qui e facessimo una cenetta per conto nostro? I fiori ci sono già e da qualche parte ci devono essere anche un paio di candelieri. Una cenetta a lume di candela. Io e te. Cosa ne dici? »

« Che per me va bene, va benissimo », rispose Armiento.

« Allora, non c'è fretta. Beviamo il Campari con un paio d'olive, eccezionalmente ci fumiamo una sigaretta e poi... »

Si fermò, come se non sapesse andar oltre e, allungando un braccio, gli sfiorò la guancia con una carezza lieve che lo fece rabbrividire di piacere.

« Hai le gote lisce come quelle di un neonato, senza quel velo di barba che di solito... Sei andato dal barbiere? »

« Sì, un paio d'ore fa. »

« Per me? »

Armiento annuì, arrossendo.

« Sai, Salvatore, qual è la cosa che di te mi ha colpita fin dal primo istante? »

« Il fatto che, nonostante mi rada due volte al giorno, ho sempre le tracce di questa barba scura? »

« No, il fatto che tu sia ancora capace di arrossire. Mi ha subito riempito di tenerezza. »

Gli si avvicinò, sedendosi sul bracciolo della poltrona dove lui era seduto, e si chinò su di lui. Aveva le labbra fresche e leggere, le posò lievemente sulle sue, finché lui dischiuse la bocca, in un lungo, dolcissimo bacio. La mano di lei che gli slacciava i bottoni della camicia e gli accarezzava il petto villoso. « Sembri un orsacchiotto », disse in un sussurro, « il mio grosso orsacchiotto... »

Mentre le loro bocche ora si cercavano, gli si mise in grembo, di traverso, l'accappatoio che si schiudeva, i piccoli seni coi capezzoli inturgiditi che sembravano puntare in alto. E quei seni Armiento iniziò ad accarezzare e a baciare, sentendo che lei si inarcava e gli conduceva la mano verso il folto cespuglio biondo che le copriva l'inguine e parte del ventre.

« Andiamo di là, Salvatore, vieni con me », e, tenendolo

per mano, lo condusse nella stanza accanto, spogliandosi del tutto e stendendosi su di lui.

Quando Armiento, dopo un ultimo bacio, uscì dalla villetta di San Polo, da un vicino campanile udì scoccare le tre.

Ma non aveva sonno e, arrivato a casa, cercò nella tasca della giacca quel ritaglio di carta della zona assegnatagli. Si mise a tavolino e, in meno di mezz'ora, stese l'elenco delle strade, cancellando quelle che aveva già visitato senza frutto nel pomeriggio.

Infine, si mise a letto e dormì sodo per quasi quattro ore.

Alle otto varcò il portone di via Musei, quasi con Grazia Bruni. Salirono insieme.

Lei gli mise una mano sul braccio: «Si fermi un istante, Armiento, e venga un po' qui alla luce», gli disse aprendo la porta del suo ufficio.

«Ha salito i gradini a due per volta e ho faticato a starle dietro, ma quelle occhiaie scure...»

«Vede, dottoressa...»

«No, Armiento, non mi deve spiegare nulla. Mi sembra, però, di capire che ha fatto tesoro dei miei consigli. E la pianti di arrossire come un ragazzino! Ci vediamo più tardi. Verrà a riferirmi se ha pescato qualcosa di interessante.»

«A lei, dottoressa?»

«Certo, a me, chi è il commissario?» rispose Grazia Bruni in tono seccato.

Fu una lunga, interminabile giornata, in cui Maccari, Esposito, Nicotra, Vizzini e gli stessi Grasso e Tondelli non fecero altro che entrare e uscire da parrucchieri per uomo e per signora, muovendosi con discrezione e, là dove prestava servizio una manicure, attendendo pazientemente che fosse libera, per poi qualificarsi e mostrare la fotografia.

Soltanto Esposito e Nicotra, in un paio di occasioni, parvero esserci andati vicino.

«Sì, forse quelle mani mi dicono qualcosa, può benissimo darsi che si tratti di un mio cliente, ma la certezza non posso averla. Una manicure di solito lavora con il capo chinato, concentrandosi sul proprio lavoro e, a meno che ci si trovi di fronte a un cliente che viene ogni settimana, è difficile memorizzare un viso.»

«Belle mani», aveva risposto un'altra, un tipo sveglio che faceva quel lavoro da quasi vent'anni. «Direi che appartengono a un uomo che ha cura di sé e del suo aspetto. Un uomo relativamente giovane, tra i quaranta e i cinquant'anni d'età. Di più, purtroppo, non sono in grado di dirle.»

Alcune avevano chiesto se per caso non potevano tenersi la fotografia, ma era impossibile. Ogni poliziotto ne aveva con sé una sola copia e nessuno aveva pensato a una simile eventualità.

Anche Petri ci aveva provato, passando prima in Questura a prenderne un'altra copia, destinata ad Anna, anche se a Grazia Bruni aveva detto che non riusciva più a trovare la sua ed era possibile che fosse finita nella tasca di una giacca mandata in lavanderia. Ma anche lui non ne era venuto a capo e iniziava a pensare che forse era tutto tempo sprecato e che l'idea di poter risalire dall'immagine di un paio di mani a quella di un volto era stata probabilmente troppo ottimistica.

«Può darsi che ci siamo tutti illusi. La strada forse non è questa. Da qualche parte mi è capitato di leggere o di sentire, forse in un servizio alla televisione, che è possibile risalire alle fattezze di un viso partendo addirittura da un cranio, da un teschio, mi pare dicessero. Ma può essere che fosse una bufala, o che si tratti di un procedimento che sono in grado di fare in qualche istituto americano.»

«Ma quegli specialisti di Parma... come si chiamano?» gli aveva chiesto Anna.

«Il RIS? Potrebbe anche darsi che siano in grado, tanto più che nel nostro caso non abbiamo a che fare soltanto con un cranio spolpato, ma con una faccia, per quanto ne siano stravolti i lineamenti. Può anche darsi che tu abbia ragione. Potrei accennarne a Miceli, anche se so che il RIS non lo ha in grande simpatia. Comunque, mi sono procurato una fotografia anche per te.»

«Poi me la fai vedere. Adesso stiamo pranzando e, come si usa dire, non è simpatico parlare di morti a tavola.»

Petri gliela mostrò mezz'ora dopo, quando erano ormai arrivati al caffè.

Anna considerò a lungo l'immagine. «Belle mani, su questo non c'è dubbio. Dovevano appartenere a un uomo ancora abbastanza giovane.»

«Questo lo si sapeva già», disse Petri.

«Un uomo abbastanza giovane, di ceto borghese, dal momento che si rivolgeva a una manicure, che viveva da solo e non aveva parenti stretti, coi quali fosse in rapporto abituale, e probabilmente anche pochissimi amici.»

«Da dove ti vengono tutte queste certezze?» chiese Petri.

«Perché se ne sta ancora in una cella dell'obitorio. È sparito dalla circolazione e nessuno ne ha denunziato la scomparsa. Mi pare di un'evidenza solare.»

«Sicuro, è anche fin troppo evidente: un uomo solo, senza parenti, con pochissimi amici... Non posso darti torto, anche se questo non semplifica le cose», borbottò lui. «In ogni caso, come pensi di impiegare questa foto, dal momento che un'intera squadra di agenti sta battendo a palmo a palmo tutta la città?»

«Non voglio mettermi in concorrenza con loro. Mi limiterò a mostrarla alla manicure che lavora presso il mio parrucchiere.»

«E il tuo parrucchiere dove sta?»

«Mi pare di avertelo già detto: all'inizio di via Gramsci.»

«Ma è la zona centro, quella cui, a tempo perso, volevo dare un'occhiata. Da via Gramsci, comunque, sono passato stamattina e non mi pare di aver visto parrucchieri.»

«Lo credo bene. C'è soltanto una dicitura su una targhetta dei citofoni. Sta al primo piano. Se non lo sai, è quasi impossibile individuarlo.»

Petri sospirò, augurandosi che di parrucchieri che non avevano il negozio sulla strada non ce ne fossero molti, perché in questo caso una ricerca già difficile, si sarebbe rivelata impossibile.

«Quando vai dal parrucchiere?»

«Oggi pomeriggio, come tutti i giovedì», rispose Anna.

Capitolo 18

«Bingo!» La voce di Anna lo fece sobbalzare, risvegliandolo dal suo sonno pomeridiano. «Sveglia, dormiglione! Ci ho preso al primo colpo!» proseguì Anna eccitatissima.

«Ma cosa stai dicendo? Bingo? Al primo colpo? Non ti sarai messa a giocare al Gratta e vinci?»

«Ma che Gratta e vinci del cavolo! Ci ho preso al primo colpo con la mia manicure. Ha subito individuato il vostro morto.»

«Parli sul serio? Per la miseria! Questa è una notizia! Aspetta un minuto che mi alzo e chiamo subito la Bruni.»

«Un momento, un momento. Adesso datti una calmata. La manicure ha capito a chi appartenevano le mani, ma non è stata in grado di dirmi il cognome. Sa soltanto che ci andava abbastanza spesso, anche se non si è più fatto vivo da una decina di giorni.»

«Quadra alla perfezione, ma se non sa chi sia non andiamo molto lontano, quindi non riesco a capire tutto questo tuo entusiasmo e il fatto che mi sei piombata in camera mentre mi ero appena appisolato.»

«Petri, saranno almeno due ore che dormi come un sasso. La manicure non ha saputo darmi nome e indirizzo, ma qualcosa me l'ha detto.»

«E cosa aspetti a dirlo a me?»

«Per lo meno un invito a cena.»

«Andata. Allora, che ti ha detto la tua manicure?»

«Anzitutto il nome di battesimo: Enrico.»

«Non andiamo lontano.»

«Piantala e vedi di startene un momento zitto. Enrico, un signore sulla cinquantina, qualche anno di più di quanto pensavate. Molto distinto. Probabilmente fa, o meglio faceva, il medico.»

«Che significa "probabilmente faceva il medico"? O era un medico o non lo era.»

«Ho detto, o meglio lei ha detto, che doveva essere un medico, perché in un'occasione la Luciana, parlo della manicure, aveva dovuto interrompere un paio di volte il servizio che gli stava facendo e poi si era giustificata confessandogli che soffriva di colite.»

«E lui?»

«Le aveva chiesto che sintomi avesse di preciso, quindi le aveva suggerito un certo farmaco che in poco tempo l'aveva sistemata. Per questo lei aveva pensato che si trattasse di un medico. Glielo aveva anche chiesto, lui aveva sorriso e risposto: "più o meno".»

«"Più o meno"? Cosa significa "più o meno"? Come dicevo prima, uno o è un medico o non lo è. A meno che non fosse un farmacista o un veterinario, e qui il più o meno ci starebbe. Un piccolo passo avanti, ma non ci siamo ancora.»

«Neppure se ti dico che questo Enrico conosceva bene l'ingegner Cancelli? Mi sono riservata per il finale che anche il nostro Cancelli è un cliente della Luciana e una volta, tempo fa, è arrivato proprio mentre lei stava finendo di fare le mani a questo Enrico, e i due si sono salutati in modo molto cordiale, come se si conoscessero benissimo.»

«Bingo!» esclamò questa volta Petri.

«Bingo l'ho fatto io, non tu», disse Anna. «Adesso dovete darvi da fare, ma la strada dovrebbe essere in discesa e l'invito a cena me lo sono ampiamente guadagnato.»

«Questo è sicuro. Prenoto subito nel miglior ristorante della città e poi faccio un salto in Questura.»

«E tornando vorrei che mi comprassi un mazzetto di

fiori. Te lo sei dimenticato di sicuro, ma vado pazza per i fiordalisi.»

«Affare fatto», rispose Petri e iniziò a vestirsi.

Non telefonò neppure a Grazia Bruni e in meno di venti minuti era in via Musei, certo che sarebbe stata in ufficio.

Entrò senza quasi bussare, e la trovò alla scrivania che stava riempiendo una pagina di appunti.

«Buonasera, Petri. Cosa ci fa qui a quest'ora?»

«Sentivo la sua mancanza.»

«Neppure se me lo giura. Si sieda, piuttosto, che faccio una pausa e ci fumiamo insieme una sigaretta. Qui non stiamo facendo un passo avanti.»

«Ne è sicura?»

«Ogni mezz'ora ricevo una telefonata e... niente da fare. Quelle mani appartengono a un fantasma.»

«Forse no. Appartengono a un signore di mezz'età, che forse faceva il medico, si chiamava Enrico, frequentava abitualmente una manicure che lavora presso un parrucchiere all'inizio di via Gramsci ed era un buon conoscente del nostro ingegner Cancelli.»

«Come c'è arrivato?»

Petri si sedette in poltrona e accese la sua sigaretta. «Se devo esser sincero non ci sono arrivato io. C'è arrivata mia moglie, per caso, con quella che potremmo definire una gran botta di culo.»

«Uno che si chiamava Enrico e che forse faceva il medico... E come c'è arrivata la manicure?»

«Questo non lo so. Si dovrebbe chiederlo a mia moglie. Stia a sentire...» e in pochi minuti le spiegò tutto.

«Comunque, ora la prospettiva cambia. Basta ricerche presso i parrucchieri. Dovete cercare un certo Enrico tra medici, farmacisti, persone del genere. Non la risolveremo questa sera, ma quello che dovrete cercare, lo ripeto, è un certo Enrico. La cosa più semplice è iniziare con l'elenco telefonico, poi, magari, mettersi in contatto con gli ordini professionali. Non è un nome molto originale, ma di Enrico che facciano quel lavoro non credo che nella nostra città ce ne siano centinaia.»

«Va bene. Incominciamo subito.»

Una ricerca affannosa. Ventiquattro in tutto, tra medici e farmacisti, che di nome facessero Enrico.

«Adesso se ne stia un momento tranquillo, mentre stilo un elenco. Anzi, ci pensi lei. Intanto, io faccio rientrare tutti e do le nuove direttive», disse Grazia Bruni.

Petri ci si mise d'impegno. Mentre la Bruni stava attaccata al telefono, riuscì a compilare l'elenco e a farne diverse stampate, aggiungendo ai nomi, indirizzo e numero di telefono.

Finirono quasi contemporaneamente.

«Entro mezz'ora saranno tutti qui e inizieranno a telefonare. Se la sua manicure...»

«La manicure di mia moglie.»

«Sì, se la manicure di sua moglie non ha avuto le traveggole, prima di sera riusciamo a contattarli tutti.»

«Eccettuati quelli che possono essere fuori Brescia per la serata, o che siano partiti per un lungo weekend», disse Petri.

«Certo. A quelli telefoneremo domani o addirittura lunedì. Ma al massimo entro lunedì li avremo tutti in mano.»

«Meno uno», disse Petri.

«Di chi sta parlando?»

«Di quello che sta all'obitorio, è ovvio», rispose Petri. «Quello è molto difficile che vi risponda.»

Mentre Petri tornava a casa, cercando disperatamente presso ogni fioraio che gli capitava di incontrare dei fiordalisi, che parevano una specie in via di estinzione, gli agenti che stavano fuori a battere i parrucchieri rientrarono alla spicciolata.

Grazia Bruni aspettò che ci fossero tutti.

«Allora, contrordine. Abbiamo scovato la manicure che,

vedendo la fotografia delle mani, si è subito ricordata a chi appartenevano: a un tizio che faceva il medico, o una professione similare, del quale stranamente non sapeva il cognome, ma il nome di battesimo sì: si chiamava Enrico e, particolare determinante, conosceva bene l'ingegner Cancelli che è tuttora un cliente della stessa manicure. Ora, ho qui un elenco di medici e farmacisti il cui nome di battesimo è Enrico. Ve li dividete, quindi ognuno torna nel proprio ufficio e incomincia a telefonare.»

«Posso, dottoressa?» chiese Armiento.

«Dica pure.»

«Forse mi è sfuggito qualcosa, non lo so, ma è molto probabile che l'Enrico che cerchiamo con questo metodo non riusciremo a trovarlo.»

«Perché sta all'obitorio, intende dire?»

«Certo, anche per questo, ma non soltanto. Mi pare che avessimo concluso che, dal momento che nessuno ne ha denunciato la scomparsa, con ogni probabilità era un tipo che viveva da solo, quindi...»

Grazia Bruni fu presa in contropiede e lanciò una silenziosa maledizione a Petri. Neppure lui pareva averci pensato, e adesso proprio quel ragazzone della Stradale se ne veniva fuori con un'osservazione elementare, destinata a spiazzarla.

Cercò di rimontare in sella. «Questo è abbastanza evidente, Armiento, ciò non toglie che ci dobbiamo comunque provare. Dopo tutto, il fatto che vivesse da solo resta soltanto una nostra ipotesi.»

«E niente vieta di pensare che invece qualcuno ci sia e non abbia avuto alcun interesse a denunciarne la scomparsa, o abbia avuto qualche preciso motivo per non farlo», osservò Maccari.

«È una possibilità anche questa», convenne Grazia Bruni. «Comunque, in un caso o nell'altro gli accertamenti telefonici di cui parlavo ritengo che si debbano fare. Adesso che abbiamo appreso questa notizia non possiamo esimerci dalla ricerca. Non si può mai sapere cosa può uscire da una telefonata.»

«E cosa chiediamo?» domandò Esposito.

«Anzitutto, se conoscono un collega, anch'egli di nome Enrico, che sia scomparso da oltre dieci giorni, e poi... Vedrete voi, in base alla risposta cos'altro si possa chiedere. Adesso non saprei... Dipende dal verso che prende la conversazione. D'altro canto, siete tutti poliziotti sperimentati.»

«Un'altra strada ci sarebbe, e sarebbe la più sicura e più breve», se ne uscì l'ispettore Grasso che fino a quel momento non aveva aperto bocca.

«Cioè?» chiese Grazia Bruni.

«Quella di andare a prendere il Cancelli e chiedergli chi era questo suo conoscente di nome Enrico.»

«Scusa, Grasso, ma a parte il fatto che il Cancelli non possiamo andare a prenderlo così, perché lo faremo soltanto quando avremo in mano un'ordinanza di custodia cautelare e per il momento deve essere lasciato tranquillo, in questo Martinelli è stato chiaro, ma pensi che ce lo direbbe?»

«Se me lo lasciaste in mano un'oretta a tu per tu, sono certo che ci direbbe anche il cognome, l'indirizzo e la data di nascita», borbottò Grasso.

«Su questo non ho dubbi, ma non è ancora venuto il momento. Anche se in mano tua, scusami la franchezza, non lo lascerei a tu per tu neppure per cinque minuti. Le telefonate! Adesso fate queste benedette telefonate e poi, eventualmente, ci ragioneremo ancora un po'.»

«Come vuoi», disse Grasso. «Il commissario sei tu, ma sono sicuro che sarà altro tempo perso.»

«Fiordalisi?» chiese a Petri l'ultimo fioraio cui si rivolse nei pressi della stazione, dopo aver girato per mezza città. «Li posso far arrivare, ma ci vorranno alcuni giorni e le costeranno un occhio.»

«Come li può far arrivare? Da dove? E quanto verrebbero a costare?»

«Dovrei farli arrivare dall'Olanda e ci vorrà almeno un centinaio di euro.»

«E qualcosa che gli somigli?» Petri aveva una vaga idea di cosa fossero i fiordalisi: dei piccoli fiori sull'azzurro, gli pareva, ma non ne era del tutto sicuro.

«Come qualcosa che gli somigli? I fiordalisi sono fiordalisi.»

«Grazie. Mi occorrevano per questa sera», rispose Petri e prese per piazzale Repubblica. In una decina di minuti sarebbe arrivato in via Cairoli ed era già in ritardo.

Dopo una cinquantina di metri si imbatté in un piccolo chiosco che stava chiudendo e, su un canto del bancone, gli occhi gli caddero su un vaso colmo di fiori azzurri.

Si fermò di botto. «Mi scusi», chiese al tizio che stava riponendo i vasi all'interno del baracchino, «quei fiori azzurri in quel vaso, cosa sono?»

«Fiordalisi, cosa pensa che possano essere?»

Respirò di sollievo. «E quanto vengono?»

«Dieci euro al mazzetto. Qui ce ne sono cinque, farebbero cinquanta, ma, visto che sto chiudendo e domani non apro, se li prende tutti glieli posso dare per trenta euro.»

«Tutti, me li dia tutti, e cerchi di confezionarmeli bene», rispose Petri contando i trenta euro. «Li voglio regalare questa sera a mia...»

«Nipote?» chiese con fare sornione il fioraio.

«Bravo, proprio a mia nipote», confermò Petri e, col suo mazzo di fiori avvolti in un cellophane e i gambi stretti da una striscia di carta argentata, si avviò a casa con aria trionfante.

Pochi passi e fu colto da un dubbio improvviso, che lo colse a tradimento.

Cercò in tutte le tasche il cellulare. Per una volta non l'aveva scordato. Di sicuro era ancora in ufficio e fece il numero di Grazia Bruni.

«Petri? Ci sono altre novità?»
«No, no, soltanto un'informazione.»
«Mi dica.»
«Mi saprebbe dire come sono i fiordalisi? Me li potrebbe descrivere esattamente?»
«Mi scusi, Petri, ho capito bene? Vuole sapere come sono i fiordalisi?»
«Sì, ha capito benissimo. Voglio sapere come sono i fiordalisi, come si presentano. Ne ho una vaga idea, ma lei lo saprà di sicuro.»
«Ebbene, i fiordalisi sono dei piccoli fiori azzurri che...»
Petri, il cellulare incollato all'orecchio, controllava con attenzione il mazzo di fiori che aveva in mano. Tutto sembrava corrispondere. «Grazie, Bruni. Non dico che mi abbia tolto un peso dal cuore, ma mi ha rassicurato. Buona serata.»
«Buona serata anche a lei, dottor Petri, ma è sicuro di star bene?»
«Benissimo, grazie ancora», e chiuse la comunicazione, infilando in tasca il cellulare.
Grazia Bruni mise giù il telefono e si accese una sigaretta, tra il perplesso e il preoccupato.

Alla Squadra mobile gran parte dei telefoni era occupata.
Armiento aveva spento il cellulare dopo avere ricevuto una telefonata di Laura Sommaruga.
«Ciao, Salvatore, non hai ancora staccato?»
«No, purtroppo. Si presenta una serataccia.»
«Peccato. Mi aveva preso la voglia di averti qui. Anch'io ho fatto un po' tardi. Se magari, più tardi, riesci a liberarti...»
«Temo di no. Ma se dovesse accadere...»
«A qualsiasi ora. Ciao, Salvatore.»
Armiento prese il telefono e, come i colleghi, iniziò a scorrere il suo piccolo elenco.
Trovarono la maggior parte delle persone che cercava-

no. In qualche caso rispondeva la moglie, o un figlio. Era l'ora di cena. Sì, il marito o il padre era un medico, in qualche caso un farmacista. Di cosa avevano bisogno? Parlare con l'interessato, ovviamente. E l'interessato veniva all'apparecchio e rispondeva, per lo più con aria scocciata. Era tardi, stavano cenando, o guardando la televisione. No, niente, un semplice controllo, che per lo più lasciava interdetto l'interlocutore.

Fu Nicotra a prenderci, quando ormai era all'ultima telefonata della lista di nomi che gli era toccata. Erano le ventuno e trenta.

«Pronto. Qui è la Squadra mobile della Questura di Brescia e ci scusiamo dell'ora. Parlo col dottor Enrico Modenesi?»

«Sì, sono il dottor Enrico Modenesi, ma che vuole da me la Polizia a quest'ora? Guardi che non faccio visite notturne a domicilio.»

«No, no, dottore. Non è per questo che le sto telefonando, e mi scuso di non essermi presentato. Sono l'agente scelto Nicotra, volevamo soltanto sapere se tutto è a posto, se lei sta bene.»

«Ma che sta dicendo? È per caso brillo?»

«No, dottore, sono solo stanco e mi sono espresso male.» Nicotra si rese conto che aveva esordito con una cazzata e cercò di riprendersi in tempo.

«Vorremmo sapere, e le garantisco che è una faccenda molto seria e delicata, se lei conosce altri suoi colleghi che di nome facciano Enrico.»

«Certo che ne conosco, almeno un paio. Uno è proprio qui da me a cena, un altro, invece, si è messo in pensione anzitempo, un neurochirurgo col quale sono in buoni rapporti, ma che non vedo da oltre dieci giorni, forse anche di più. Sarà andato in vacanza, beato lui!»

«E il nome completo?»

«Enrico Mauri, perché?»

«Adesso non posso spiegarle di più e la ringrazio. Può darsi che le dovremo telefonare ancora.»

«Mi auguro domani. Le ho detto che ho ospiti a cena. Comunque, mi ripeta il suo nome.»

«Agente scelto Nicotra, della Squadra mobile della Questura di Brescia.» Chiuse la comunicazione e si precipitò da Grazia Bruni, senza neppure bussare.

«Che succede, Nicotra? Ti vedo con la lingua di fuori.»

«Mi scusi, dottoressa. Mi scusi, se non ho neppure bussato, ma può darsi che ci siamo. Stavo finendo le mie telefonate, quando ho contattato il dottor Enrico Modenesi.»

«Che di sicuro non può essere quello che stiamo cercando.»

«Ovvio, dal momento che mi ha risposto personalmente.»

«Dunque?»

«Non ci crederà: stava cenando con un collega che si chiama Enrico anche lui.»

«Quindi ne hai beccati due in un colpo solo, ma quello che ci interessa?»

«Ci sto arrivando. Quando gli ho chiesto se per caso conosceva dei colleghi che come nome di battesimo si chiamassero Enrico, prima mi ha detto di averne uno a cena, proprio in quel momento, poi ha aggiunto di essere amico anche di un altro, un neurochirurgo che se ne è andato in pensione un po' di tempo fa, prima del tempo ha detto, col quale è in buoni rapporti, ma che pensa sia andato in vacanza perché non lo vede e non lo sente da oltre una decina di giorni. Un certo dottor Mauri, Enrico Mauri.»

«Gli hai chiesto almeno l'indirizzo?»

«No, dottoressa, me ne sono dimenticato. Gli ho soltanto detto che poteva anche darsi che lo richiamassimo, ma prima volevo parlare con lei.»

«Un neurochirurgo già in pensione che non vede da oltre dieci giorni... Potrebbe anche essere. A questo punto è meglio che lo richiami io.»

«Mi è sembrato un po' seccato. Mi ha risposto che, avendo gente a cena, si augura che lo richiamiamo domani. Ma se ci pensa lei...»

«Sì, Nicotra, ci penso io. Adesso datti una calmata e pensa solamente a riprendere fiato.»

Un'occhiata all'orologio: le ventidue e dieci. Grazia Bruni ci rifletté un momento. Era inevitabile, le telefonate avrebbero dovuto essere due. Avrebbe anche potuto rinviarle al mattino dopo. Poteva perfino trattarsi di una coincidenza, ma voleva risolverla subito. Tanto sapeva che non ci avrebbe dormito.

Si diede una passata di rossetto sulle labbra e tolse dalla borsa un piccolo specchio, per controllare il proprio aspetto.

Lo aveva fatto d'istinto e, nonostante la stanchezza, riuscì a sorriderci sopra.

Capitolo 19

Il primo numero avrebbe dovuto ricordarlo a memoria, ma consultò lo stesso l'agenda da tavolo.

Si fece mentalmente il segno della croce e chiamò Gentilini.

La voce che ben conosceva, più rauca del solito, che risuonò nel ricevitore come una sventagliata di mitragliatrice: «Gentilini. Chi cazzo viene a rompermi i coglioni a quest'ora?»

«Sono il commissario Bruni, dottor Gentilini, e le faccio anticipatamente le mie scuse, facendole notare che sono soltanto le ventidue e quindici.»

«E lei dovrebbe trovarsi a letto, con un uomo a riscaldarla e a impedirle di rompere le palle a un poveraccio che ha finito di fare l'ultima autopsia meno di due ore fa, lavorando senza sosta dalle dieci di stamattina.»

«Se la mettiamo su questo piano, le potrei dire che io ho iniziato due ore prima di lei e sono ancora qui in ufficio, quindi, se la matematica non è un'opinione, ho lavorato quattro ore più di lei, per essere esatti.»

«Cosa intende fare? Imbarcarsi in una nobile gara a chi lavora di più? Perché, se fosse così, le potrei dire che c'è una certa differenza tra lo starsene a frugare per dieci ore tra le frattaglie e rimanersene col culo appoggiato a una poltrona per quattordici, anche se si tratta di un bel culo come il suo.»

«La prego, dottor Gentilini.»

«Che ho detto di male? Forse non ha un bel culo?»

«Di quello, eventualmente, parleremo in un'altra occasione, adesso...»

«E dagliela che cambia subito argomento! Lasciamo pure perdere il suo didietro, quindi, se non vuole che venga a scaldarle il letto io, mi dica che cosa vuole.»

«Glielo dico subito: abbiamo buoni motivi per ritenere di essere molto vicini all'identificazione del morto.»

«Quale morto?»

«Quello del ventotto aprile. Il pedone investito in via Fratelli Ugoni da un pirata della strada.»

«Accidenti a voi! Sta ancora là in cella frigorifera. Spero che non me lo vogliate lasciare in eredità.»

«Dottore», proseguì Grazia Bruni, ignorando l'interruzione, «le stavo dicendo che con ogni probabilità dovremmo essere in grado di dargli un nome, ma ci andrebbe di mezzo un'identificazione formale.»

«Chi vuole che riesca a identificare quel pezzo di baccalà avariato?»

«Un amico che, se si tratta della persona che riteniamo, non dovrebbe avere alcuna difficoltà. Si tratta di un medico.»

«Chi? L'amico o il morto?»

«Entrambi.»

«Capisco», disse Gentilini che, forse per spirito di colleganza, si era un po' ammorbidito. «Dunque, mi faccia pensare, domani l'obitorio è chiuso per uno sciopero del personale, che potrebbe parzialmente protrarsi anche al giorno successivo, salvo per le emergenze, e questa non mi pare che lo sia. Io ho già i miei programmi, e non c'è santo che me li possa far cambiare. Conclusione: temo proprio che dovrete aspettare un paio di giorni. Sì, dopodomani potrebbe andar bene, perché ci terrei a essere presente anch'io.»

«A essere sincera mi auguravo la sua presenza, anche

perché lei dovrebbe essere in grado di valutare il grado di attendibilità dell'eventuale riconoscimento.»

«D'accordo. Allora facciamo per dopodomani, direi intorno all'ora della pausa pranzo.»

«Non era questo che volevo da lei, dottor Gentilini. Per ragioni che non posso spiegarle», si inventò lì per lì, «tra due giorni sarebbe di sicuro troppo tardi. Lei le chiavi dell'obitorio le ha?»

«Certo che le ho, ma non vorrà forse dirmi...»

«Proprio quello cui sta pensando: si dovrebbe fare subito, entro un'ora al massimo.»

«Per caso è impazzita? Sto già in vestaglia. Dovrei rivestirmi e...»

«Accompagnarmi all'obitorio, insieme al medico che dovrebbe effettuare il riconoscimento.»

Fu costretta ad allontanare il ricevitore dall'orecchio. Grazia Bruni non era afflitta da falsi pudori, ma le bestemmie non le poteva sopportare. Tuttavia, capiva anche Gentilini e gli lasciò il tempo di sfogarsi.

«Va bene, commissario, a un patto, però.»

«A qualsiasi patto.»

«Adesso non si butti troppo avanti, potrebbe pentirsene. Prima voglio sapere, esigo sapere, le ragioni di tutta questa fretta. Me le terrò per me, ma le voglio sapere.»

«Perché non si tratta di una morte per un banale incidente stradale, ma di un omicidio, un omicidio da parte di una persona che nel frattempo ne ha commesso un altro e che dobbiamo bloccare al più presto. È soddisfatto adesso?»

«Sì, ma non del tutto, c'è una seconda condizione.»

«Mi auguro che non sia quella di venire a scaldarmi il letto.»

«Per chi mi ha preso? Qualsiasi cosa lei pensi di me, sono un gentiluomo e certe proposte a un commissario di Polizia non le farei mai.»

«Allora, dottor Gentilini, quale sarebbe questa seconda condizione?»

«Quella di darle un consiglio, se me lo permette.»
«L'ascolto.»
«Non tenga il sedere schiacciato in poltrona quattordici ore al giorno. Ne potrebbe soffrire e sarebbe un vero peccato, perché è la cosa più bella che ha.»
«Sul serio? Di solito pensano che si tratti dei miei occhi.»
«Ognuno ha le sue priorità», rispose gravemente Gentilini. «Comunque l'aspetto.»
Maledizione a Gentilini e alle sue boutades alle quali non sapeva rinunciare, pensò Grazia Bruni, vedendo che si erano fatte quasi le undici, respirò a fondo e fece il numero di telefono del dottor Modenesi. Rispose una voce femminile.
«Sono il commissario Bruni, il dirigente della Squadra mobile della Questura di Brescia. Parlo con casa Modenesi?»
«Sì...»
«Mi scusi, signora, ma dovrei urgentemente parlare con il signor Modenesi. Suo marito, suppongo.»
«Sì. È successo qualcosa di grave?»
«No, si tranquillizzi, signora. Devo soltanto sentire suo marito, per una questione che non lo riguarda di persona.»
«Attenda in linea che glielo chiamo, sta salutando degli ospiti.»
Un paio di minuti d'attesa e il dottor Modenesi fu all'apparecchio. «Insomma, si può sapere cosa sta succedendo? Un paio d'ore fa ho parlato con un agente che mi pare non ci stesse del tutto con la testa e l'avevo diffidato dal richiamarmi in serata, e adesso...»
«Ha ragione, dottore. Ma io non sono un agente, sono la dottoressa Bruni, il dirigente della Squadra mobile e, se la disturbo, ho delle ottime ragioni per farlo e sono costretta a farlo ora.»
«Ma io con la Polizia non ho nulla a che fare.»
«Potrebbe renderci un servizio che forse ci sarà di grande utilità in un caso di omicidio.»

«Che dice? Un caso di omicidio? E io che c'entro? Cosa volete sapere?»

«Vogliamo che lei, se possibile, identifichi il corpo di una persona che si trova all'obitorio.»

«E quando lo dovrei fare?»

«Adesso, subito. Massimo mezz'ora e passeremmo a prenderla. Dopo la riporteremo a casa, è ovvio.»

«Adesso? Ma siete per caso tutti ammattiti? Che bisogno c'è di... A quest'ora non ho nessuna intenzione di muovermi.»

«Neppure se le dico che potrebbe trattarsi del dottor Enrico Mauri?»

«Santo cielo! Enrico Mauri? D'accordo, dottoressa, aspetto che mi veniate a prendere.»

«Il suo indirizzo esatto?»

«Via Marconi, 37, terzo piano.»

«Grazie, dottor Modenesi. Le faremo uno squillo e l'attenderemo in strada.»

Stava per riprendere il telefono, quando bussarono alla porta. Maccari, Esposito, Armiento e via via tutti gli altri, con aria sconsolata, compresi Grasso e Tondelli.

Fu Grasso a prendere la parola. «Niente da fare, Bruni, ci siamo confrontati. Non ne siamo venuti a capo, anche se Nicotra ci ha detto che forse forse... Ma non ha voluto dirci altro. Continueremo domani o dopo.»

«Bene, ragazzi, penso che siate tutti stanchi e potete senz'altro staccare. Ma forse, dico forse, incrociando le dita, Nicotra potrebbe averci preso. Subito una macchina, anzi due. Oltre a Nicotra vorrei che venissero con me Maccari e Armiento.»

«Per che fare?» chiese Grasso.

«Primo, per andare in via Marconi, 37 a prelevare un certo dottor Enrico Modenesi, poi per passare a recuperare Gentilini che sono riuscita a convincere ad aprire l'obitorio. Il dottor Modenesi è amico di un altro medico di nome

Enrico, che lui non vede da oltre dieci giorni. Voglio fargli fare un tentativo di riconoscimento del corpo.»

«Vengo con voi», fece subito Grasso.

«No, tu non ci vieni. Ho detto Nicotra, Maccari e Armiento, oltre a me. Tu vai a casa e ci dormi sopra. Se avrò notizie, positive intendo, sarai il primo a esserne informato.»

«Alle sette del mattino sono in piedi e potrai telefonarmi.»

«Facciamo anche alle otto, se non ti dispiace.» Fece cenno a Nicotra.

Un caffè alla macchina distributrice e scesero in cortile. Nicotra si era già messo alla guida della prima macchina. Grazia Bruni salì sul sedile posteriore. Maccari si mise alla guida della seconda, affiancato da Armiento. Partì sgommando, costringendo Nicotra a una brusca frenata.

«Ma che gli prende a quello lì», borbottò tra i denti Nicotra.

«Zitto e guida», ribatté Grazia Bruni.

Pochi minuti e arrivarono al trentasette di via Marconi.

«Aspetta un momento», disse Grazia Bruni, scendendo dalla macchina e avvicinandosi al portone dell'edificio.

Due brevi colpi al terzo campanello di sinistra: DOTT. E. MODENESI.»

«Scendo subito.»

Grazia Bruni approfittò per accendere una sigaretta. Era nervosissima.

«Il dottor Modenesi?» chiese all'uomo che con un impermeabile sulle spalle uscì dopo un momento.

«Sì, e lei è la dirigente...»

«Grazia Bruni, commissario Grazia Bruni. Si accomodi, dottore», disse, prendendo posto con Modenesi, sul sedile posteriore della macchina guidata da Maccari. «Adesso passiamo a prendere il medico legale, il dottor Gentilini, che forse lei conoscerà.»

«Soltanto di nome.»

«Quindi andremo all'obitorio. Dovrebbe trattarsi di una cosa breve.»

Un quarto d'ora di macchina. Gentilini abitava dall'altra parte della città.

Stesso copione: due squilli di campanello, ma non rispose nessuno. Grazia Bruni si attaccò al pulsante, tenendolo premuto.

Finalmente, il vocione di Gentilini al citofono. «Bruni? Mi dia cinque minuti. Mi ero appisolato in poltrona e non riesco a trovare le chiavi.»

«Faccia pure con comodo», rispose Grazia Bruni e si accese un'altra sigaretta, aspirandone un paio di boccate, prima di essere presa da un accesso di tosse.

«Questo è un viziaccio che una bella donna come lei dovrebbe evitare», disse il dottor Modenesi che era sceso a sua volta e le si era avvicinato. «Lo sa che il fumo, a parte gli altri eventuali guai, invecchia la pelle? E nel suo caso sarebbe un vero peccato.»

«E io me ne fotto», rispose Grazia Bruni brusca, lasciandolo di sale.

Quando Dio volle, apparve Gentilini. Il viso buio e il solito mozzicone di toscano che riusciva sempre a governare, passandolo da un angolo all'altro della bocca con un semplice movimento delle labbra, sotto i baffoni gialli di nicotina.

Si fermò, vedendo che le macchine erano due.

«Lei, Bruni, in quale macchina sta?»

«In quella», rispose lei, indicando la macchina di Maccari e Armiento.

«Allora saliamo su quest'altra», e aprì la portiera posteriore.

«Non le ho neppure presentato il dottor Modenesi», disse lei.

Gentilini si limitò a un cenno del capo, mentre Modenesi, dopo un momento di indecisione, riprese posto dietro Maccari e Armiento.

Quando arrivarono all'obitorio, mancavano ormai pochi minuti a mezzanotte.

Gentilini, tra un accidenti e un sacramento, riuscì infine a imbroccare la chiave giusta. Quindi schiacciò una serie di pulsanti prima di trovare quello che illuminò l'atrio.

Gli altri dietro, in un codazzo.

Altra ricerca e individuò la chiave che conduceva alla porta del seminterrato e, continuando a brontolare, aprì una seconda porta che, alla fine di un breve corridoio, dava nello stanzone con quella parete metallica che occupava la parte sinistra piena di cassetti cui erano legate delle targhette.

«Io, lei e quel medico...»

«Il dottor Modenesi.»

«Sì, il dottor Modenesi. Gli altri aspettino fuori, mica siamo venuti per fargli il funerale.»

«D'accordo», rispose Grazia Bruni, «con l'eccezione del sovrintendente Armiento», che fece un passo avanti.

«E questo cos'avrebbe di speciale?»

«Il fatto di essere l'agente della Stradale intervenuto sul luogo dell'investimento, quello che vi ha spedito qui il nostro cliente», spiegò Grazia Bruni.

Ormai la stanchezza l'aveva attanagliata e doveva faticare a darsi un contegno, muovendosi con il suo solito piglio.

«Se non ricordo male dovrebbe essere qui», disse Gentilini, dirigendosi a colpo sicuro verso uno dei cassetti che, impugnata la maniglia, fece scorrere sui cuscinetti a sfera. Il corpo era ricoperto da un telo.

«Lo tolga lei», continuò il medico legale rivolgendosi ad Armiento. «Per lo meno sarà qui per qualcosa, a meno che il commissario abbia voluto portarla per i suoi begli occhi.»

Armiento si fece paonazzo e spostò il telo.

Modenesi si avvicinò e osservò il corpo. Non ebbe bisogno di un esame particolare. Si guardò intorno con aria smarrita, il viso gli si era fatto di un colore spettrale che pareva rimandare la luce al neon che illuminava la stanza.

«È lui, è Enrico, il mio amico Enrico, il dottor Mauri... Ma da quanto sta qui?»

«Dalla notte dello scorso ventotto aprile», disse Grazia Bruni.

«E io che mi chiedevo dove fosse finito e lo pensavo in vacanza... Ma povero, povero Enrico.»

«Da cosa lo riconosce?» chiese in tono brusco Gentilini.

«È lui, sono sicuro. Il viso è devastato, ma è lui. Se ce ne fosse bisogno, c'è quella piccola cicatrice rimasta da quando l'avevano operato di appendicite e quei due grossi nei sotto il capezzolo sinistro del petto. Andavamo al mare molto spesso insieme. Se aveste dei dubbi, potreste chiamare subito mia moglie e chiederle se il nostro amico Mauri aveva sul petto qualche segno particolare. Se lo ricorderà benissimo, perché più di una volta lo aveva preso in giro dicendogli che pareva avere tre capezzoli.»

«Va bene, basta così, grazie a tutti. Ora possiamo tornarcene a casa», disse Grazia Bruni.

«Mi scusi, dottoressa, ma al telefono mi aveva accennato a un omicidio. Cosa intendeva dire?»

«Dopo, dottor Modenesi, dopo le spiego tutto.»

Prima scaricarono Gentilini, quindi proseguirono per via Marconi.

«Dottor Modenesi, ha ancora un momento?» chiese Grazia Bruni.

«Tutto quello che vuole, commissario, anche perché, a quanto ho capito, non si è trattato di un comune incidente stradale.»

«Appunto e magari lei, visto il vostro rapporto di amicizia, ci potrà dire qualcosa di utile.»

«Salga, salga pure da me.»

«La ringrazio, ma non è il caso. Non ha voglia di far due passi?»

«Volentieri.»

Grazia Bruni accese una sigaretta.

«Ne offrirebbe una anche a me?» chiese Modenesi.

«Avevo capito che non fumava.»

«Adesso ho bisogno di una sigaretta anch'io», rispose il medico.

Camminarono un momento in silenzio.

«Mi ha parlato addirittura di omicidio», disse a un certo punto Modenesi. «Cosa significa? Glielo chiedo perché il corpo aveva tutta l'apparenza di uno che fosse stato vittima di un terribile incidente stradale.»

«Dopo. Prima una domanda: a quanto mi è parso di capire, lei non solo conosceva bene il suo collega Mauri, ma aveva anche un rapporto di intima amicizia.»

«Infatti.»

«Allora, potrebbe dirmi se negli ultimi tempi le appariva preoccupato, se per caso si fosse fatto dei nemici, se qualcuno ce l'avesse con lui? Il lavoro di un medico è molto delicato, non parliamo poi di quello di un neurochirurgo. Potrebbe benissimo capitare che un paziente ce l'abbia con lui. Del resto, anche quella sua andata in pensione prima del tempo fa insospettire.»

«No, commissario. Lo escludo. Sgombriamo subito il campo: dell'andata in pensione, quando aveva davanti a sé ancora molti anni di lavoro, avevamo parlato, avevo anche cercato di dissuaderlo. Ma l'attività di un neurochirurgo è davvero stressante. Enrico aveva bisogno di pensare ad altro e sotto il profilo economico se lo poteva senza dubbio permettere. No, direi proprio che nella sua attività non si era fatto nemici. Nessuno poteva avercela con lui. Negli ultimi tempi poi, direi grosso modo da un anno a questa parte, non solo non era preoccupato, ma sarei portato a dire che, al contrario, pareva rinato a nuova vita, contento di sé, qualche volta addirittura sopra le righe. Anche se a volte sembrava avere una piccola ombra in viso.»

«Un momento, dottor Modenesi, contento di sé, ma con qualche piccola ombra... Intende dire che la nuova situazione di libertà cui era approdato lo soddisfaceva, ma qualche volta aveva nostalgia per la passata attività?»

«No, niente di tutto questo. La professione non c'entrava per nulla. Con me si era confidato, ma, anche se purtroppo non è più tra noi, ho una certa difficoltà a raccontare. Si tratta di fatti suoi privati, appartenenti alla sua intimità...»

«Dottor Modenesi, le ho già detto che la morte del suo amico potrebbe nascondere un omicidio. Proprio in nome della vostra amicizia non dovrebbe farsi alcuno scrupolo. Direi anzi che sarebbe doveroso da parte sua comunicarmi ogni notizia che potesse risultarci utile.»

«Va bene, dottoressa. Mi ha convinto, anche se si tratterà di un discorso un po' delicato.»

«Non si preoccupi. Soltanto un momento, vado a prendere le sigarette che ho lasciato in macchina.» Si avvicinò alle due auto. «Ne avrò ancora per alcuni minuti. È inutile che stiate qui tutti ad aspettarmi. Per riaccompagnarmi basterà Maccari.»

Prese la borsa e tornò dal dottor Modenesi. «Io me ne fumo un'altra e al diavolo l'invecchiamento della pelle. Ne vuole una anche lei?»

«Sì, grazie», rispose il dottor Modenesi.

Capitolo 20

«Dunque, mi parli più approfonditamente del suo amico Mauri.»

«Abitava in via Montesuello...»

«Da solo?»

«Sì, da solo. Fino a una decina di anni fa, con lui stava una sorella, molto più anziana, scomparsa per uno di quei tumori al cervello che non perdonano. Proprio lui aveva cercato di operarla, inutilmente, cosa che un medico non dovrebbe mai fare. Ecco, adesso che mi ci fa pensare, quella vicenda potrebbe anche averlo traumatizzato, inducendolo a un certo punto ad abbandonare la professione. Anche se col tempo si era ripreso.»

«Quindi, non era sposato. Altri parenti?»

«Nessuno, che io sappia. Una volta, forse, mi aveva parlato di un cugino che abitava in Toscana o in Umbria, ma col quale non aveva più alcun rapporto.»

«Quindi, un uomo solo. Questo spiega perché nessuno ne abbia denunziato la scomparsa. A quanto mi è parso di capire, pur vedendolo in quelle condizioni, poteva essere un bell'uomo, che ci teneva al proprio aspetto, e lei mi sta dicendo che non si era mai sposato. Forse era... badi, dottor Modenesi, che io non ho alcun pregiudizio...»

«Ho capito, dottoressa, dove vuole arrivare, ma è del tutto fuori strada.»

«Magari era un misogino...»

«Neppure per idea. Da giovane – potrei dire che ci conoscevamo da una vita – qualche fidanzata, o meglio qualche relazione, l'aveva avuta. Le donne gli erano sempre piaciute e lui piaceva alle donne. Ma ogni relazione pareva destinata a morire sul nascere e, vista la confidenza che c'era tra noi, provai a sondarlo, a cercar di capirne le ragioni. Per completare il quadro: un paio di volte alla settimana trovavamo il tempo di prendere un aperitivo insieme, di solito in centro, e fu proprio in una di queste occasioni che lo vidi contento, di buon umore. Fu lui a riferirmelo, a dirmi la novità che gli aveva cambiato la vita: si era innamorato e il sentimento era reciproco. "Una passione travolgente", mi raccontò. Ricordo che gli dissi che ero felice per lui e che forse era ancora in tempo a metter su famiglia, uscendo da quella solitudine in cui aveva finito col rinchiudersi.»

«E lui?»

«Mi rispose, con un'ombra di tristezza, che di questo non era il caso di parlare, perché la donna era sposata e il marito non le avrebbe mai concesso il divorzio. Un marito, tra l'altro, molto geloso, che anche lui conosceva e qualche volta frequentava. La sua felicità, dunque, era guastata da quello che anche a lui pareva un grosso tradimento, anche se non era assolutamente disposto a rinunciare a questo suo amore, nonostante lei gli avesse detto di avere avuto l'impressione che il marito sospettasse qualcosa.»

«Sa chi fosse questa donna?»

«No. Non me lo disse, e io non chiesi. Tuttavia, una sera, tre o quattro mesi fa, lo incontrai in centro. Ero con mia moglie. Eravamo in via Pace ed eravamo tutti diretti, per ragioni diverse, in corso Zanardelli. Subito dopo San Francesco imboccammo corso Palestro e, passando davanti al terzo o al quarto edificio, adesso non ricordo, mi strizzò l'occhio, sussurrandomi, mentre mia moglie si era fermata a guardare una vetrina, che lei stava lì, in un palazzotto cui si accede attraverso una piccola galleria dove ci sono alcuni negozi. Ma il discorso finì lì, perché mia moglie, dopo un momento, tornò ad avvicinarsi e proseguimmo. Senza più tornare sull'argomento, né allora né poi. Ecco, dottoressa, penso di averle riferito tutto quanto so del povero Enrico. Gliel'ho detto in confidenza e non so se potrà esserle utile...»

«Non si può mai dire. Comunque, limitandoci all'ubicazione della casa della signora con cui il dottor Mauri aveva una relazione, lei, se si rivelasse necessario, sarebbe disposto a rendere una dichiarazione ufficiale?»

«Su questo sì, sul resto, però...»

«Il resto non dovrebbe interessarci, dottore. Non mi resta che ringraziarla per tutto il tempo che mi ha dedicato.»

Si salutarono e lei risalì sulla macchina di Maccari.

Era l'una e quaranta. In dieci minuti furono a casa e si misero a letto.

Arrivarono in Questura verso le nove, a cinque minuti uno dall'altra, come al solito, non tanto per salvare le apparenze, quanto per rispettarle.

Per lei era stata una nottataccia. Non aveva quasi chiuso occhio, e si vedeva.

Si era alzata verso le otto e aveva subito chiamato Miceli, per riferirgli i dettagli della sera e della notte precedente. Il commissario era stato ad ascoltare, quasi senza interromperla.

«Cosa posso dirti?» aveva commentato alla fine. «Solanto che ti sei mossa da quel grande poliziotto che stai diventando. Forse io non ci sarei riuscito. Di sicuro non avrei mai potuto convincere Gentilini a schiodarsi di casa la sera alle dieci. Ma basta, non voglio farti complimenti superflui. Non ti resta che fissare un appuntamento con Martinelli.»

«Per te va bene a qualsiasi ora?»

«No, Bruni. Da Martinelli voglio che tu ci vada da sola. Più tardi verrò in ufficio e mi occuperò di qualche scartoffia. Col daffare che hai avuto, penso che se ne siano accumulate un po'. Poi ci sentiamo.»

Grazia Bruni aveva compreso che Miceli, da quel galantuomo che era, non voleva rubarle la scena, ed era stata presa da un moto di tenerezza per il suo vecchio commissario.

Quando giunse in via Musei trovò lì tutti, in attesa di ordini.

«Che facciamo, Bruni?» chiese Grasso, andandole incontro. «Riproviamo con le ultime telefonate?»

«No, non credo proprio che ce ne sia bisogno. Scusami se non ti ho informato prima, come ti avevo promesso, ma abbiamo finito quasi alle due di notte.»

«Allora, ci sono novità.»

«Spero proprio di sì.»

«E non possiamo saperle?»

«Prima voglio parlare con Martinelli, poi vi metterò al corrente di tutto. Per adesso, salvo chi è di servizio, via libera per un paio d'ore. È una bella giornata. Godetevela.»

Rimasero interdetti, tranne Armiento che pensò che avrebbe potuto subito telefonare a Laura Sommaruga.

Grazia Bruni provò a chiamare la Procura. Trovò Martinelli che stava mettendo a punto un ricorso per Cassazione, ma l'avrebbe ricevuta quando voleva.

«Spero di non disturbarla troppo. Vedo che è impegnato.»

«Non si preoccupi. Sono già a buon punto e stavo per prendere un caffè. In ogni caso, rivederla è sempre un piacere e, se mi è piombata in ufficio di prima mattina, avrà delle ottime ragioni, non credo proprio di sbagliarmi. Attenda un momento che chiedo al maresciallo Perego di ordinare un caffè per tutti e due. Nel frattempo, potremmo fumare una sigaretta.»

«Procuratore, fuma anche lei?»

«Purtroppo, dopo anni, ho ripreso, però cerco di contarle. Mi aiuta a concentrarmi, anche se credo che si tratti soltanto di una mia convinzione. Comunque sia, basta crederci. L'effetto è il medesimo.»

Grazia Bruni tolse dalla borsa il pacchetto di Marlboro e glielo tese.

«No, grazie, per me sono troppo pesanti. Fumo quelle sigarette lunghe e sottili che... quelle che fuma Petri, tanto per intenderci.»

Il caffè era tiepido, e Martinelli fece una smorfia di disgusto. Ma lo mandò giù in una sorsata e si accese un'altra sigaretta.

«Posso permettermi un'osservazione, dottoressa Bruni? La vedo stanca, gli occhi pesti. A mio avviso, sta lavorando troppo, oppure non riesce a riposare a sufficienza. Non tiri troppo la corda, lo dico per esperienza.»

Grazia Bruni sorrise, pensando che, se c'era qualcuno che sapeva dosare le proprie forze, difendendosi molto saggiamente dal lavoro, era proprio il procuratore Martinelli.

«Adesso, il nostro commissario ci racconta le ultime novità. Sono certo che ci siano e che saranno grosse.»

«Determinanti, direi, procuratore. Siamo finalmente riusciti a dare un nome al morto del ventotto aprile scorso.»

«Ero sicuro che prima o poi ci sarebbe riuscita. Tra l'altro, dispone di una squadra di ottimi elementi.»

«Questa volta non è stato merito nostro, non del tutto, almeno. Non immaginerebbe mai chi è stato.»

«Mi faccia indovinare: sono pronto a scommettere che c'è riuscito quel diavolaccio di Petri.»

«No, in questo caso no. La notizia che ci ha permesso di disincagliarci, mentre ispettori e agenti battevano in lungo e in largo la città alla ricerca di una manicure in grado di riconoscere quelle mani, non viene da Petri, ma da sua moglie.»

«Che mi sta dicendo? Adesso avete assunto come collaboratrice esterna anche Anna Petri?»

«Ci mancherebbe! Però, aveva voluto portarsi dal parrucchiere una fotografia delle mani della vittima, procuratale dal marito. Un vero colpo di fortuna, perché da quel parrucchiere al primo piano di un edificio di via Gramsci, che non è reclamizzato in alcun modo, non ci saremmo mai arrivati. La signora Petri, invece, o meglio la sua manicure, ha colto subito nel segno, riconoscendo dalle mani un cliente abituale di nome Enrico che probabilmente faceva il medico.»

Martinelli l'ascoltava a bocca aperta.

«Il passo seguente, cosa di ieri sera, è stato contattare tutti i medici di nome Enrico.»

«Ma quello che cercavate non avrebbe potuto rispondere», la interruppe Martinelli.

«Ovvio. La nostra sarebbe stata una ricerca per esclusione, non scartando la possibilità di trovare un medico che conoscesse un omonimo. Era l'unica strada che potevamo battere, e qui il colpo di fortuna l'abbiamo avuto noi: abbiamo pescato un certo dottor Enrico Modenesi, intimo amico di un collega con il medesimo nome, un neurochirurgo pensionatosi anzitempo che, contrariamente al solito, non vedeva né sentiva da oltre dieci giorni. Ma mi rendo conto di avere saltato un passaggio importante: la manicure della signora Petri le aveva dato anche un'altra preziosa informazione, che l'Enrico suo cliente conosceva bene l'ingegner Cancelli, perché in un'occasione si erano incrociati dal parrucchiere e si erano salutati molto cordialmente. Tornando alle nostre telefonate...»

«Che avete fatto...?»

«Mi pare di averglielo già detto: ieri sera tra le nove e le dieci.»

«Prosegua, dottoressa.»

«Salto alcuni passaggi irrilevanti. Domani le farò avere una relazione completa. Tornando al punto, prima sono riuscita a convincere questo dottor Modenesi a venire all'obitorio per tentare un riconoscimento.»

«Stamattina?»

«No, sempre ieri sera. Convinto Modenesi, sono riuscita a fare altrettanto con Gentilini, che, sia pure sbuffando, ha accettato di venire ad aprire l'obitorio.»

«È riuscita a convincere Gentilini a fare una cosa del genere? Dopo le dieci di sera? Abbia pazienza, dottoressa Bruni, ricordo bene i nostri primi incontri-scontri, quando mi scappava qualche complimento per la sua avvenenza, che la mandava in bestia. Converrà anche lei che si trattava di un vizio abbastanza innocuo nel quale non sono più ricaduto...»

«E gliene sono grata.»

«Ma adesso contravvengo alla regola, perché un Gentilini che di notte accetta di venire ad aprirle l'obitorio, se me lo permette... Sono certo che, se lei avesse degli occhi castani invece di quegli occhi verdi, col cavolo che sarebbe riuscita a convincerlo. Lo dico augurandomi che questa volta in bestia non ci vada.»

«No, no, dottor Martinelli», rispose Grazia Bruni sorridendo, «potrebbe anche aver ragione. Forse il terzo colpo di fortuna è stato condurre le trattative con Gentilini per telefono, perché se ci fossi andata di persona, con la faccia che mi ritrovo stamattina...»

«Penso che sarebbe riuscita a convincerlo lo stesso. Ma a questo punto devo pensare che questo medico sia riuscito a identificare il collega all'obitorio. Mi racconti tutto per bene.»

Grazia Bruni parlò per circa un quarto d'ora. Martinelli l'ascoltava senza interromperla, limitandosi a prendere appunti su alcuni fogli bianchi che aveva tolto dal sottomano.

«E questo è quanto», terminò lei, riprendendo fiato. Aveva fatto un resoconto molto dettagliato, senza trascurare nulla.

«Una domanda, dottoressa Bruni: tutto è avvenuto questa notte. A che ora si è decisa a staccare?»

«Ora non lo ricordo con esattezza. Penso che, quando terminai la chiacchierata col dottor Modenesi, fosse l'una e trenta circa. Alle due ero a letto, di sicuro, anche se non posso dire di averci fatto sopra una buona dormita.»

«Capisco», disse Martinelli, guardandola con ammirazione e anche, le parve, con un certo affetto. Restò un momento in silenzio, scorrendo con rapidità gli appunti. «A questo punto direi che è fatta. Mi pare che non manchi più nulla. Provo a riassumere i punti salienti e, se mi è sfuggito qualcosa, mi aiuti lei.»

Una breve pausa e riprese, sotto gli occhi il foglio pieno della sua minuta grafia.

«Primo: senza soffermarci su discorsi che abbiamo già fatto, la morte del dottor Mauri è senza dubbio un omicidio. Un omicidio fuori del normale, premeditato, studiato con molta cura, che, se non fosse stato commesso qualche errore successivo da parte di Villa e Cancelli, avrebbe potuto essere scambiato per un comune incidente stradale. Un omicidio nel quale hanno concorso in uguale misura l'automobilista e l'ingegner Cancelli, quest'ultimo nella veste di mandante e di coesecutore materiale, vedi spinta con quel che ne è seguito. Secondo: la povera Rita Somaschi, la seconda vittima, aveva un amante, un amante che era un conoscente o addirittura un amico di famiglia, del quale il Cancelli sospettava l'esistenza. Anzi, probabilmente, l'ingegnere era riuscito a individuarlo nella persona del dottor Mauri. E qui i conti tornano, il cerchio si chiude, perché, e veniamo al terzo punto, finalmente abbiamo anche un solido movente che prima ci sfuggiva. L'ingegner Cancelli, in presenza della moglie, quindi punendo entrambi, ha tolto di mezzo l'amante di lei. Direi che ce n'è d'avanzo per chiedere un'ordinanza di custodia cautelare nei confronti sia del Villa, sia del Cancelli. Un paio di giorni, tre al massimo, per darvi il tempo di fare una relazione completa, in cui non dovranno mancare anche i risultati degli accertamenti bancari, dopodiché non vi resterà che eseguirla. Quello che potremmo definire un ottimo lavoro investigativo.»

«E per l'omicidio della moglie?» chiese Grazia Bruni.

«Una cosa alla volta. Quello verrà in un secondo tempo. Già oggi provvedo a far ritirare l'Audi che si trova a Bormio e ci facciamo sopra un fior di perizia. Al Cancelli, per il momento, basterà un avviso di garanzia. Poi, volta che siamo in possesso della perizia, e qui ci vorranno tempi brevissimi, farò scattare la seconda ordinanza di custodia. In questo caso, forse, il movente è più discutibile, ma credo che possa reggere. Quelli che contano sono i dati oggettivi. È evidente che il Cancelli non si fidava del fatto che la moglie avrebbe resistito a tener la bocca chiusa e, per pararsi le spalle una volta per tutte, ha deciso di chiudergliela lui, per sempre.»

Martinelli volle accompagnarla fin giù, sul portone del palazzo.

«Arrivederci, commissario Bruni. Adesso è fatta e, complimenti a parte, mi permetto di darle un piccolo consiglio.»

«Quale, Procuratore?»

«Di andarsene a casa e festeggiare con una buona dormita. Me lo promette?»

«Promesso, dottor Martinelli.»

Era venuta a piedi e si appoggiò alla fontana, godendo il sole che le riscaldava il viso. Poi telefonò a Maccari. «Bruno, sono davanti al Tribunale, ma non mi reggo in piedi. Voglio andarmene a casa.»

«Ma qui tutti aspettano di sapere...»

«Verrò in ufficio nel tardo pomeriggio. Ti autorizzo a dire a Miceli, che lo comunicherà a tutti, che entro due o tre giorni dovranno eseguire un'ordinanza di custodia cautelare, una duplice ordinanza. Capiranno. Puoi venire a prendermi con una macchina?»

«Certo, e poi potremmo...»

«No, Bruno, se avevi qualche programma toglitelo dalla testa. Voglio soltanto andare a casa. Voglio dormire, solamente dormire.»

Capitolo 21

Si dovette attendere alcuni giorni prima che i quotidiani locali sparassero un titolo in prima pagina: RISOLTO IL MISTERO DI VIA FRATELLI UGONI.

Nel corpo dei due articoli, che nella sostanza non si diversificavano tra loro, si spiegava che erano state arrestate due persone al di sopra di ogni sospetto: l'ingegner Luigi Cancelli, un noto professionista cittadino, e tale Francesco Villa, grosso commerciante di Roncadelle che, nella notte del ventotto aprile, in via Ugoni, con la sua Mercedes aveva travolto e ucciso, dandosi poi alla fuga, un pedone privo di documenti, soltanto di recente identificato come il dottor Enrico Mauri, neurochirurgo in pensione.

Pare, proseguivano i due cronisti di nera, che il dottor Mauri avesse una liaison sentimentale con la moglie dell'ingegner Cancelli e che quest'ultimo, in concorso col Villa, al quale era legato da oscuri rapporti ancora non del tutto chiariti, abbia concorso a simulare un incidente stradale, che avrebbe anche potuto apparire casuale, mentre era stato congegnato con una sconcertante abilità criminale. Queste le prime notizie trapelate da una fonte attendibile, che non escludeva la possibilità di ulteriori clamorosi sviluppi, aventi come protagonista sempre il noto ingegnere, per la morte, all'apparenza accidentale, anche in questo caso per incidente stradale, della moglie Rita Somaschi, deceduta il sette maggio, a bordo della propria auto, in territorio del comune di Bormio in Valtellina. La Procura della Repubblica proseguiva nelle indagini.

Nelle pagine interne, i due cronisti si sbizzarrivano poi in ipotesi strampalate che non chiarivano in verità nulla, salvo confondere ulteriormente le idee ai lettori, per i quali che in via Fratelli Ugoni fosse accaduto qualcosa di misterioso era un'assoluta novità.

Grazia Bruni che, ogni mattino, si trovava sulla scrivania i giornali, fu una dei primi a leggere i due articoli. Proprio il giorno prima Palestrina, Grasso, Maccari ed Esposito avevano ammanettato i due, e Palestrina aveva anche consegnato all'ingegner Cancelli l'avviso di garanzia che lo vedeva indagato per la morte della moglie.

Con un moto di stizza la Bruni si chiese per un momento chi potesse essere la fonte attendibile. Dei suoi uomini si fidava ciecamente. Pensò a Martinelli che, come qualche volta accadeva, di fronte ai cronisti che bazzicavano sempre i corridoi del Palazzo di giustizia non sapeva tenersi, soprattutto quando fiutava la luce dei riflettori.

Quelle notizie non potevano che venire dalla Procura, concluse con aria indispettita e non trovò di meglio da fare che telefonare a Petri. «Buongiorno, ha letto i giornali locali di questa mattina?» lo investì subito.

«I giornali esco a comprarli più tardi, e quelli locali li acquisto di rado. Cosa è successo?»

«Vada subito e se li legga.»

«È un consiglio o un ordine?»

«Un consiglio, naturalmente, ma abbastanza pressante. Poi ci risentiamo.»

«Ho almeno il tempo di infilarmi i pantaloni?» chiese Petri.

«Questo mi pare opportuno. A dopo.»

Anna era già uscita, e Assunta non ancora arrivata. Quella di Petri non era stata una boutade, i pantaloni se li infilò davvero. Quindi, si precipitò all'edicola dei giardini di via dei Mille e oltre a *Repubblica* comprò il *Giornale di*

Brescia e *Bresciaoggi*. Vide subito i due titoli in prima pagina, mentre si prendeva un caffè al solito chiosco.

Non pensò neppure per un momento di tornare a casa. Proseguì, invece, con passo spedito verso la Questura, coi giornali sotto braccio.

Non che con Grazia Bruni si fosse dato appuntamento. Non ve n'era stato bisogno. Lo riteneva scontato.

La trovò che stava confabulando con Miceli.

«Cos'è quella faccia scura?» le chiese subito. «Mi sembrano articoli abbastanza innocui. L'unica cosa che mi verrebbe da dire è che, se avete risolto tutto, ho saltato molti passaggi. Mi fa sorridere che quei cazzoni di cronisti hanno rivelato un mistero che certo non attanagliava l'opinione pubblica, che, per quanto ne so, a parte pochi intimi, ignorava del tutto che un mistero vi fosse. Al telefono mi è sembrata irritata, ma non credo che sia il caso. Martinelli lo conosciamo tutti.»

«Allora, pensa anche lei che la fonte attendibile sia il Procuratore?»

«Ovvio. Ma cosa cambia? Piuttosto, quel che non so è come siete arrivati alla quadratura del cerchio, perché sono rimasto un po' indietro.»

«Il caffè l'ha già preso?» chiese Grazia Bruni.

«Sì, ma questa mattina faceva schifo.»

«Allora, vada a prenderne un altro con Miceli. Vi fate due passi e lui la metterà al corrente di tutto.»

Petri preferì non fare alcuna obiezione. Non aveva intenzione di iniziare la giornata con le paturnie di Grazia Bruni.

Anche Martinelli era inquieto. Come sempre, si era pentito di non essere riuscito a tener la bocca chiusa, ma ormai era fatta, non poteva che battersi il petto. Pazienza, si disse, dopotutto in quel che hanno scritto non c'è nulla che possa recar danno. Non è stato svelato alcun segreto. Lo rammaricava, però, quell'accenno servile alla Procura che proseguiva nelle indagini. Grazia Bruni non l'avrebbe ingoiato facilmente, ne era sicuro, perché, se c'era stato un caso in cui il suo ufficio si era tenuto ai margini, era proprio quello di via Ugoni, e anche quell'altro di Bormio. Maledetti cronisti, concluse, pensano sempre di farmi un favore e finiscono col mettermi in difficoltà. D'ora in poi acqua in bocca. Al massimo un «no comment», che suona pure bene.

Andava su e giù per la stanza, cercando di rinviare il momento in cui avrebbe acceso la prima sigaretta, quando bussarono alla porta.

«Scusi, procuratore, la disturbo?» chiese il maresciallo Perego.

«Lei mi disturba sempre. No, no, sto scherzando. Che c'è? Mi stanno cercando dalla Squadra mobile, per caso?»

«No.»

Tirò un sospiro di sollievo.

«C'è al telefono un notaio, un certo Frugoni, che vorrebbe un appuntamento con lei con una certa urgenza.»

«Il notaio Frugoni? Me lo passi, me lo passi subito.»

«Pronto. Sono il notaio Frugoni.»

«Ciao, Frugoni, cosa sono tutte queste cautele? È un po' di tempo che non ci sentiamo, ma non pensare che mi sia dimenticato che siamo stati compagni di scuola all'Arnaldo. Non potevi chiamarmi direttamente?»

«Non ho il tuo numero privato e non compare neppure sulla guida telefonica.»

«Va bene, va bene. Cosa posso fare per te?»

«Non telefono perché abbia bisogno di qualche favore, me ne guarderei bene. È che questa mattina ho letto i giornali locali e ho appreso che ti stai occupando di una questione molto delicata che riguarda un certo ingegner Cancelli.»

«Sì, sì, me ne sto occupando, anche se è stata la Squadra mobile a risolvere il caso. Com'è che interessa anche a te?»

«Perché sono in possesso di una lettera, arrivatami da

Bormio con un certo ritardo, proprio della signora Rita Somaschi, la moglie di questo Cancelli. La signora era stata mia cliente, come lo era stato il padre, e c'era un vecchio rapporto di fiducia tra noi. Ebbene, la lettera, in busta chiusa, è indirizzata al Procuratore della Repubblica di Brescia, ed era contenuta in un'altra busta più grande insieme con un biglietto per me, nel quale mi pregava di fartela avere nel caso di una sua scomparsa. Poco fa ho letto sul giornale che la povera signora è effettivamente deceduta in un incidente stradale, quindi...»

«Non hai idea di cosa volesse dirmi?»

«Come ti ho detto, è in busta chiusa. Ne sono il semplice depositario, ma credo che ormai si sia verificata la condizione che mi autorizza a consegnartela, cosa che vorrei fare al più presto. Quando puoi ricevermi? Ho lo studio in corso Zanardelli, in cinque minuti potrei portartela.»

«Anche subito. Sono libero. Avverto l'anticamera che ti facciano entrare appena arrivi. Vediamo un po' di cosa si tratta.»

«Arrivo», rispose il notaio.

Martinelli, avvertito Perego, continuò col suo andare e venire per l'ufficio, accendendosi una sigaretta senza quasi rendersene conto.

La sua stessa età, soltanto qualche chilo in più e quella che Martinelli, che lo ricordava molto più giovane, qualificò subito come un'aria notarile. Forse l'abito di grisaglia scura, la camicia immacolata e la cravatta sobria. E quegli occhiali cerchiati d'oro che contribuivano a dargli un aspetto serio, compunto, destinato a ispirare rispetto e fiducia.

Presero posto sulle due poltrone che stavano in un angolo della stanza.

«Ti posso offrire qualcosa?» chiese Martinelli.

«Grazie. Un bicchiere d'acqua naturale lo gradirei.»

Per quello non c'era bisogno di scendere al bar di fronte, ci pensò Martinelli stesso. Osservò il notaio mentre beveva l'acqua a piccoli sorsi, passandosi poi il fazzoletto da taschino sulle labbra.

«Ecco la lettera di cui ti parlavo», disse infine Frugoni, estraendola da una sottile cartella di pelle che aveva posato sul tavolino tra le due poltrone.

Una busta azzurra, con la scritta vergata a mano, in una grafia chiara ed elegante.

Martinelli la prese e ne lacerò il dorso col tagliacarte.

I fogli interni erano intestati: *Rita Somaschi Cancelli*, la piccola scritta in corsivo in alto a sinistra, e sotto, a destra, la data e il destinatario.

Martinelli inforcò gli occhiali e iniziò a leggere, in silenzio.

Bormio, 7 maggio 2012

Al Procuratore della Repubblica di Brescia

Signor Procuratore, mi permetto di disturbarla perché, essendo ormai certa che non potrò farlo di persona, ritengo doveroso comunicarLe alcune notizie di cui l'Autorità giudiziaria deve essere messa al corrente, anche se non so se a questo punto vi siano indagini in corso e a che punto eventualmente siano.

Mi riferisco all'incidente stradale avvenuto pochi minuti prima di mezzanotte, il ventotto aprile scorso, in via Fratelli Ugoni a Brescia. Forse i giornali locali ne hanno parlato, ma non la stampa nazionale che qui, a Bormio, è la sola reperibile con quella valtellinese. Sul luogo era intervenuta una pattuglia della Polizia stradale, dietro chiamata di mio marito, l'ingegner Luigi Cancelli, residente a Brescia al trentanove di corso Palestro.

All'apparenza un caso di pirateria stradale, essendosi l'investitore dato alla fuga. In realtà, un omicidio premeditato, studiato a tavolino da mio marito e dal suo complice, l'automobilista che ha fatto perdere le proprie tracce. Non so se il nome della vittima, il dottor Enrico Mauri, abbia insospettito la Polizia, trattandosi di un nostro amico di famiglia, oppure se la cosa sia stata ritenuta una semplice coincidenza. Vi è, però, una terza possibilità: che nessun legame esistesse tra noi, presunti testimoni del fatto, e il dottor Mauri.

Ho detto che si è trattato di omicidio e cerco di spiegarmi.

Tra me e il dottor Mauri da quasi due anni esisteva una profonda relazione amorosa, alla quale non avevamo saputo resistere, nonostante il senso di colpa che Enrico provava per aver tradito la fiducia di quello che considerava qualcosa di molto simile a un amico. Per quanto mi riguarda non cerco scusanti: non ho mai amato mio marito e credo che lui non abbia amato me. Posso dire di aver scoperto l'amore soltanto con Enrico.

Il mio comportamento deve però avere insospettito mio marito. Lo dico perché a un certo punto ho avuto la sensazione di essere seguita nei miei spostamenti. La sensazione si è trasformata in certezza quando, un giorno, Luigi, senza mezzi termini, mi rinfacciò il tradimento e, alle mie timide proteste, disse di avere scoperto l'identità del mio amante, il dottor Mauri. Allora credo di aver commesso l'errore che si è rivelato fatale: ammisi tutto, addirittura in tono aggressivo, e gli chiesi di concedermi il divorzio. La risposta fu che non solo non me lo avrebbe mai concesso, ma che entrambi, Enrico e io, avremmo pagato a caro prezzo il nostro tradimento. E qui commisi il secondo fatale errore: dissi a Enrico soltanto che Luigi forse sospettava qualcosa, senza dirgli nulla di più; e lo feci perché forse anche Enrico, per la prima volta nella sua esistenza, aveva scoperto l'amore; ma anche per il timore che decidesse di troncare il nostro rapporto, cui non avrei mai saputo rinunciare.

In un primo tempo, mi illusi che quelle di Luigi fossero vuote minacce, che non avrebbero avuto seguito, perché con Enrico riuscì a non far trapelare nulla, continuando apparentemente a coltivare l'amicizia, addirittura invitandolo a cena in due occasioni. Mi tranquillizzai. Non sapevo cosa covasse nella sua mente.

Arrivo, dunque, a quanto accaduto il ventotto aprile.

Al cinema Freccia Rossa proiettavano un film di cui avevamo parlato in occasione della seconda cena di Enrico a casa nostra, avvenuta il ventisei aprile, cioè due sere prima. Mio marito aveva manifestato l'intenzione di andarlo a vedere all'ultimo spettacolo del ventotto e aveva proposto a Enrico, anche lui interessato al film, di unirsi a noi. Fu una serata strana. Avevamo appuntamento fuori della sala e Luigi, mentre attendevamo il dottor Mauri, mi disse che mi aveva preparato una sorpresa. Al momento, non riuscii a comprendere il significato di quelle parole, anche se non mancò di inquietarmi.

Lo compresi poi, tornando a casa, quando stavamo percorrendo a piedi via Ugoni, commentando il film appena visto. A un certo punto, Luigi si fermò per accendersi una sigaretta. Soltanto successivamente, ripensando all'accaduto, mi sono resa conto che in realtà scrutava la strada, come se avesse intenzione di attraversare, per portarsi sul lato opposto dove ci sono i giardini. Noi eravamo fermi sul marciapiede di fronte.

All'improvviso Luigi smise di parlare del film e, rivolgendosi a Enrico, gli disse (ricordo perfettamente le sue parole): «Adesso parliamo di cose serie. Quando la finirai di scoparmi la moglie sotto gli occhi?»

Enrico fu preso alla sprovvista e farfugliò qualcosa, cercando di difendersi e di difendermi, ma Luigi riprese subito, mentre Enrico si stava girando come per andarsene: «La finisci subito, in questo momento, e sotto gli occhi della tua puttana!»

E alle parole seguì una spinta che colse Enrico di sorpresa. Barcollò, quasi cadendo dal marciapiede e facendo un passo malfermo proprio nel momento in cui a pochi metri sopraggiungeva a forte velocità, tutta sulla destra, una macchina con gli abbaglianti accesi, che travolse Enrico facendolo volare in aria, per poi proseguire nella sua corsa senza fermarsi.

A quel punto, Luigi mi afferrò per un braccio, si accostò a quello che restava di Enrico e mi trascinò dall'altra parte della strada, al limitare dei giardini pubblici. «Noi venivamo di qui, tienilo bene a mente. Abbiamo assistito all'incidente e non sappiamo chi fosse la vittima. Adesso chiamo la Stradale. Siamo soltanto due testimoni spaventati e, se ti azzardi a dire qualcosa di quello che è avvenuto, sappi che gli incidenti stradali possono avvenire in qualsiasi momento, anche a Pieve del Cairo, dove tuo padre ama uscire a far due passi tutte le mattine e le sere. Come hai visto, è più facile di quanto potessi pensare. Avrei potuto fare la pelle anche a te, ma voglio che tu viva, voglio lasciarti tutto il tempo per piangere quel mucchio di stracci che sta in mezzo alla strada.»

Signor procuratore, mi sono a lungo chiesta perché Luigi avesse voluto fermarsi ad attendere la Polizia, invece di trascinarmi a casa. Forse, perché ha sempre amato sfidare il pericolo, oppure perché, uscendo dal cinema, avevamo incrociato un tizio che lo conosceva bene, e che magari conosceva anche Enrico, dal momento che aveva salutato entrambi. Sinceramente non lo so. Quella sera fummo sentiti da un agente e non ebbi il coraggio di rivelare la verità. Altrettanto avvenne il mattino dopo, presso la caserma di via Monte Grappa, dove arrivammo in ritardo perché Luigi volle prima fermarsi a fare un'operazione presso la sua banca. Tornati a casa, preparò l'occorrente per lo sci e mi trascinò in montagna, qui, a Bormio, dove abbiamo una casa.

Ma la mia vita, senza Enrico, è finita. Mentre Luigi va a sciare, io resto a casa e mi macero. Sono disperata, ho anche pensato al suicidio. L'odio nei confronti di Luigi va crescendo dentro di me. Come le ho detto, passo le giornate in casa, salvo qualche corsa in macchina nei dintorni (Luigi non la usa, perché sale a sciare con la navetta). È stato proprio in una di queste occasioni che ho sentito che la macchina faceva uno strano rumore. L'ho portata da un meccanico del posto (credo che potrà testimoniare, si tratta dell'officina Gotti) e il proprietario, che mi conosce, l'ha messa su un elevatore, scoprendo che lo strano rumore che avevo percepito era causato da un ramoscello d'abete che si era incastrato vicino a una ruota posteriore. Io, alzando il capo, mi sono meravigliata di quell'intrico di tubi e tubicini che si rincorrevano sotto la vettura, così il meccanico me ne ha spiegato la funzione e mi ha mostrato anche due piccoli condotti vicini alle ruote: «Questi portano l'olio ai freni. Sono molto importanti, basterebbe anche un piccolo foro per far uscire l'olio. Prima poco e poi, a mano a mano che si frena, sempre di più, finché l'olio finisce del tutto e allora si ha un bel frenare, perché la macchina va dritta e non c'è niente da fare».

Le parole del meccanico mi sono rimaste in mente e ho maturato un'idea. Come ho detto, la mia vita è finita. Odio con tutte le mie forze quell'uomo che è stato mio marito. Lo odio per quello che ha fatto a Enrico e per quello che ha fatto a me, costringendomi ad assistere alla sua morte e lasciandomi in vita. All'improvviso, ho capito cosa fare: non un plateale suicidio (che forse è proprio quello che mio marito si aspetta, dopo avermi fatto soffrire abbastanza), ma una morte all'apparenza accidentale, che mi liberi dal dolore che mi porto dentro. Così, con la punta di un paio di forbicine da unghie, sono riuscita a incidere quei due condotti, ritenendolo il modo migliore per darmi la morte, nello stesso modo in cui l'ha incontrata Enrico. In questo modo potrei forse raggiungere anche un altro obiettivo: far pagare a Luigi tutto il male che mi ha fatto. E qui mi affido alla sorte, perché, se gli inquirenti si accorgeranno di quel sabotaggio all'Audi, che già ha provocato una perdita d'olio sullo spiazzo di cemento davanti alla villa, nessuno penserà che sono stata io l'autrice del sabotaggio, e i sospetti cadranno inevitabilmente su Luigi, che così pagherà il conto.

Ma all'ultimo momento, mi sono resa conto di non esserne capace.

Signor procuratore, se la morte di Enrico Mauri è passata per un episodio di pirateria stradale, voglio che lei sappia che invece l'ha ucciso mio marito. Quanto invece alla mia morte, ne è soltanto moralmente responsabile (e vorrei che lo sapesse anche lui). Ma per quello che ha fatto voglio che paghi fino in fondo e mi affido a Lei.

Credo di avere finito. Adesso spedirò questa lettera al mio notaio di fiducia.

Poi, vado a raggiungere Enrico.

Rita Somaschi

Capitolo 22

Martinelli posò la lettera sul tavolo. Si tolse gli occhiali e guardò il notaio Frugoni, che era rimasto seduto di fronte a lui, in silenzio, senza muovere un muscolo.

«La vuoi leggere?» gli chiese, tendendogli i tre fogli azzurri. «Rita Somaschi io non l'ho mai conosciuta, ma tu sì. Vorrei che sapessi quanto quella poveretta mi ha scritto. Non voglio il tuo parere. Sento soltanto il bisogno di condividere questo momento con un vecchio amico.»

Frugoni prese la lettera, leggendola a sua volta con attenzione. Poi alzò gli occhi su Martinelli con aria smarrita.

«Qual è la tua impressione? Cosa ne pensi, tu che la conoscevi bene?» gli chiese Martinelli, mentre infilava i fogli nella busta.

«Che, nonostante i momenti di stanchezza e di delusione che mi vengono dalla professione che ho scelto, questo è uno dei casi in cui ringrazio il cielo di aver fatto il notaio e non il magistrato», rispose Frugoni.

Andatosene il notaio, Martinelli restò solo nel suo ufficio, con mille pensieri che gli si accavallavano nella mente.

Poi prese il telefono e, in successione, chiamò Miceli e Grazia Bruni e, dopo averci pensato un momento, anche Petri. Li convocò tutti in Procura, per mezzogiorno.

Rilesse la lettera una seconda volta e si recò in anticamera, dove si trovava la fotocopiatrice.

«Ma che fa, signor procuratore? Se ha bisogno di alcune

fotocopie le posso fare io», si affrettò a dire Perego alzandosi.

«No, grazie. Questa volta ci penso io», rispose Martinelli e di ogni foglio fece tre copie, provvedendo a spillarle. Poi tornò nel suo ufficio.

L'ordine a Perego era che non voleva essere disturbato per alcun motivo. Per mezzogiorno attendeva i dirigenti della Squadra mobile e il giudice Petri.

Furono tutti puntuali e presero posto, incuriositi, davanti alla scrivania, senza fare domande.

Avevano capito dalla sua espressione, tesa, e dal suo pallore che qualcosa di grave era avvenuto.

«Vi ringrazio di essere venuti», esordì Martinelli con un tono di voce che non gli conoscevano. «Stamane un mio vecchio amico, il notaio Frugoni, letti i giornali, ha sentito il dovere di venire a consegnarmi una lettera, a me indirizzata, speditagli il sette maggio da Bormio da Rita Somaschi. Vi sarei grato se la leggeste anche voi.»

Martinelli attese che finissero, rileggendo anche lui la lettera, per la terza volta.

«Volevo che ne foste subito al corrente. Posso chiedervi che ne pensate?»

«Che una faccenda del genere non mi era mai capitata in quasi quarant'anni di servizio, e non mi capiterebbe neppure se lavorassi per altri quaranta. Sono curioso di vedere come la prenderà Armiento. In ogni caso, è il sigillo sulla responsabilità di Cancelli e Villa per l'omicidio del dottor Mauri», rispose Miceli.

«E lei?» chiese Martinelli a Grazia Bruni.

«Che sarebbe bene che trovasse il modo di ricontattare i cronisti di nera, o meglio ancora fare un breve comunicato stampa, per chiarire che la morte di Rita Somaschi è dovuta a un semplice incidente stradale e che la Procura non sta svolgendo alcuna indagine in proposito. Mi pare il minimo che si possa fare. Non le pare, procuratore?»

Martinelli fece un cenno d'assenso. «Ci ho già pensato», rispose con aria mortificata. Guardò Petri.

«A mio parere per i comunicati stampa c'è tempo. E lascerei quella buona lana di Cancelli a cuocere nel suo brodo ancora un po'. Tuttavia, la lettera di Rita Somaschi, quando verrà il momento, la farei leggere anche a lui. Quando ti mollano un ergastolo, il tempo bisogna pur passarlo e la lettura credo sia una delle cose più indicate.»

«Ti pare una buona idea?» chiese Martinelli.

«Sì, mi pare una buona idea», sentenziò Petri.

Arrivò in via Cairoli verso l'una. Anna lo stava aspettando e, appena entrato, sentì un profumo delizioso. Stava cucinando un pollo alla diavola.

Era presente anche lei, quando Martinelli aveva telefonato a Carlo, e non si teneva dalla curiosità. «Allora? Cos'è accaduto?»

«Niente di eclatante. Soltanto una lettera della moglie di quell'ingegner Cancelli, che ha chiarito i fatti una volta per tutte.»

«E non mi racconti?»

«Posso fare di meglio: ho con me una fotocopia della lettera. Dopo pranzo la potrai leggere.»

Gliela diede quando arrivarono al caffè.

Anna la lesse fino in fondo. «Povera donna...» concluse dopo un momento. «Carlo, non hai mai pensato che noi, in fondo, siamo una coppia fortunata?»

«Mai avuto alcun dubbio in proposito», rispose Petri, alzandosi da tavola.

Armiento, nonostante i timori di Miceli, la prese benissimo. Lui le cose le aveva fatte per bene e nei confronti di quella Rita Somaschi, che era uno dei pochi ad aver conosciuto, provava una sorta di ammirazione. Adesso che tutto era finito, avrebbe potuto raccontare l'intera storia a Laura, compreso quel capitolo finale.

Provò a chiamarla. Anche lei aveva la serata libera.

«Allora, questa sera puoi venire da me. Muoio dalla voglia di vederti.»

«Anch'io», rispose Armiento. «Però, niente storie: prenoto subito e questa sera ti porto fuori a cena.»

Grazia Bruni quel pomeriggio staccò verso le due, per andarsene a casa, da sola. Con Maccari non era un buon periodo.

Gianni Simoni
Sezione Omicidi
Un'indagine del commissario Lucchesi

Per Andrea Lucchesi inizia una nuova vita: da ispettore della Sezione Furti e Rapine è stato promosso a commissario della Sezione Omicidi. Ma insieme con la promozione arrivano i guai, le responsabilità e soprattutto i rospi difficili da digerire. E tre casi di omicidio, tre donne uccise con ferocia e determinazione, tre vittime cui rendere giustizia. Nemmeno la vita privata gli riserva belle sorprese: la figlia adolescente, sua unica vera ragione di vita, sembra sfuggirgli di mano; i fantasmi del passato, carichi di dolore e colpe, non lo abbandonano mai; e le donne del presente sono per lui universi incomprensibili e pericolosi, dai quali fuggire. Come sempre ad Andrea Lucchesi restano solitudine, rabbia, paura... Ma ancora una volta c'è una donna al suo fianco, che lo ama abbastanza da volerlo salvare da se stesso: la bella e brava ispettrice Lucia Anticoli, compagna d'indagini insostituibile, ma anche presenza silenziosa e indispensabile nei giorni bui che lo attendono.

TEA

Finito di stampare
nel mese di gennaio 2024
per conto della TEA S.r.l.
da Rotolito S.p.A.
Seggiano di Pioltello (MI)
Printed in Italy

FSC
www.fsc.org
MISTO
Carta
da fonti gestite in
maniera responsabile
FSC® C005461